ROTBUCH KRIMI

Zu diesem Buch:

Die Lower East Side in New York ist das Revier des großen blonden jüdischen Supercops Isaac Sidel, der sich über seine Stadt keinerlei Illusionen macht. Die offizielle Politik ist korrupt, das Schulsystem ein Witz, und neben der Polizei sind die einzigen funktionierenden Ordnungsmächte das organisierte Verbrechen, die Mafia, chinesische Geheimgesellschaften oder eine Familie von spanisch jüdischen Zuhältern und Pornoproduzenten. In bislang fünf Büchern entwirft Jerome Charyn mit seinem Helden, dem *guten Bullen* Isaac Sidel, ein gewaltsames und farbenprächtiges Panorama der schwarzen Seite New Yorks, wobei pralle-bendige Figuren wie der tödliche Engel *Blue Eyes* und seine Geliebte *Marylin the Wild* an echte Gewächse uramerikanischer Populärkultur erinnern.

Jerome Charyn
Marilyn the Wild

Mit einem Nachwort
des Autors

Rotbuch Verlag

Originaltitel: Marilyn the Wild
Aus dem Amerikanischen
von Uschi Gnade, überarbeitet

Lektorat: Gabriele Dietze
Umschlagtypographie und -motiv von Hendrik Dorgathen
Satz und Druck: Wagner GmbH, Nördlingen
Printed in Germany.
ISBN 3 88022 089 1

Erster Teil

1

»Blue Eyes.«

Sie war den ausgeprägten Unebenheiten in seinem Gesicht verpflichtet, den hohen Wangen, die eine entsetzlich grobe Färbung annehmen konnten. Die Sprenkel in seinen Augen wären schlecht für jedes Mädchen, das gerade seinem Ehemann abgehauen war. Sie wollte nicht wieder in die Schlinge gehen. Ihr Besuch galt russischem Tee, prall gefüllten Kissen und den Annehmlichkeiten eines vorübergehenden Zuhauses.

»Marilyn«, sagte er mit einem Näseln, das sie zusammenfahren ließ. Er hatte die Stimme ihres Vaters. Es widerstrebte ihr, mit Isaac auf Coens Bett zu ringen.

»Marilyn, solltest du nicht mit Isaac reden?«

»Scheiß drauf.« Vor einer Stunde hatte sie ausgepackt. Ihr Koffer lag unter Coens Wäschesack. Sie beabsichtigte, ihre schmutzige Wäsche mit seiner zu vermischen. Mit dem Kaltwaschmittel, das sie mitgebracht hatte, würde sie sie in der Badewanne einweichen, wenn Coen zur Arbeit gegangen war.

»Was ist, wenn er dahinterkommt, Marilyn? Lügen ist nicht gerade meine Stärke.«

Sie hielt sein Schlüsselbein zwischen den Zähnen und versetzte ihm gekonnt kleine Bisse in der Absicht, den »Engel« ihres Vaters zu erregen. Sie würde keinen Protest dulden. Ihre Nippel gruben sich in seine Brust, und ihre Spucke lief unter seinen Arm. Doch sie würde in die Falle gehen, Coen zum Opfer fallen, wenn sie nicht seine Augen mied.

Immer, wenn sie schwach wurde und seinen infernalisch blauen Blick zuließ, senkte sie den Kopf und leckte die Narben auf seinem Rücken – Souvenirs, die Coen sich auf der Straße geholt hatte – oder starrte das Pistolenhalfter auf seinem Schreibtisch an.

Sie saß rittlings auf ihm und rieb seinen Schwanz mit einem nassen Finger. Jetzt konnte die Bläue ihr nichts mehr anhaben.

Coens Augen verdichteten sich mit unreinen Flecken. Sie stieß ihn in sich hinein, molk ihn mit dem Druck ihrer Schenkel, bis sie jedes Gefühl für Isaac und diesen blöden Ehemann verlor, einen Architekten aus Brooklyn, und auf Coens zarten Körper reagierte.

Zwei Scheidungen mit fünfundzwanzig. Sie verspeiste Ehemänner schneller, als jedes andere Mädchen aus Bronx-Manhattan, das aus der Schule geflogen war. Isaac war immer dagewesen und hatte neue Ehemänner für sie gefunden, vornehme Herren mit Vierzigtausend-Dollar-Jobs und einem Hauch von Studienabschluß.

Ihr Vater saß im Polizeipräsidium hinter den getäfelten Wänden des First Deputy Commissioner. Man hatte ihn, wie man erzählte, nach Paris eingeladen. Als Besten Bullen der Welt – von 1970/71 – oder so was Ähnliches. Coen ließ sich von Isaac ausnehmen, ein Spion des First Deputy.

Sie schluckte durch die Nase und roch Coens blondes Haar. Fünfmal kam sie; ihre Zunge zog sich tiefer in ihren Mund zurück. Jetzt konnte sie ihn bitten.

»Komm in mich rein, Manfred, bitte.«

Sie sah das Zögern auf seinen Lippen. Er hatte Angst, Isaacs Mädel zu schwängern, seinem Chef einen Enkel aufzubürden, einen kleinen Coen. Doch Marilyn war ein hartnäckiges Geschöpf. Sie besänftigte das heftige Pochen in Coens Kiefer mit ihrer Wange. Sie brachte Verständnis für die Tiefen dieses Bullen ihres Vaters auf. Er war ein schüchterner Junge, eine gutaussehende jüdische Waise mit dem Hang, alle Traurigkeit der Bronx in sich zu schlucken: Beide Elternteile hatten Selbstmord begangen. Sie löste die angespannten Punkte in seiner Kehle mit der Haut auf ihrer Schulter und der kräftigen Membrane ihres Ohrs.

Marilyn hatte das Telefon nicht eingeplant. Coen war schneller aus ihr draußen, als sie den Hörer unter das Bett kicken konnte. »*Fuck*«, sagte sie, weil ihr nichts anderes einfiel.

Sie kauerte sich neben Coen, um ihren Vater zu hören. Er rief vom Times Square an. »Manfred«, krächzte er, »Marilyn hat wieder mal ihren Mann verlassen. Hat sie sich bei dir gerührt?«

»Nein«, sagte Blue Eyes. Marilyn war froh, daß seine Erektion unter der Nötigung ihres Vaters nicht verging.

»Bleib, wo du bist«, sagte Isaac, »Sie kommt immer zu dir.«

Coen kam ohne Schwanz ins Bett zurück. Marilyn konnte dem Bullen nicht böse sein. Ihr Vater hatte halb New York City an den Eiern.

»Isaac ist nicht blöd«, sagte sie. »Er hat meine Routen in seinem Kopf aufgezeichnet wie einen Monopolyspielplan. Er kennt all meine Rastplätze, mein Erzeuger. Jedes Wasserloch.«

»Sei nicht so sauer, Marilyn. Er sorgt sich um dich.«

»Wach auf, Manfred. Dir gehts doch keinen Deut besser als mir. Wir stehen beide auf Isaacs Verlustliste! Sind wir nicht beide geschieden?«

Sie hatte Manfred zum Lachen gebracht. Sie hätte sich in ihn verlieben können, vielleicht jedenfalls, wenn er die Unverschämtheit besessen hätte, sein Dienstabzeichen zu zerknüllen und Isaac ins Gesicht zu spucken. Doch sie sollte nicht zu grob zu ihm sein, ihn mit ihren Phantasien und Erwartungen würgen. Coen war Coen.

Isaac war nicht für die Abteilung des First Deputy auf dem Times Square, hing in runtergekommenen Bars rum und sah durch die Schaufenster von Pornoläden. Er war auf einer privaten Mission. Mit einem Foto in der Faust sprang er rein und raus aus dem Wagen. Der First Deputy hatte ihm seine Privatlimousine zur Verfügung gestellt, einen dicken Buick mit kugelsicheren Scheiben. Den Chauffeur des First Dep nahm er nicht an. Isaac hatte seinen eigenen Fahrer. Fat Brodsky, ein Kriminalbeamter mit Schweinsäuglein, der tat alles für Isaac.

»Wer ist die Kleine, Isaac? Du sagst, du hättest sie nicht mehr gesehen, seit sie fünf war. Wie willst du sie nach einem blöden Foto erkennen?«

»Laß das meine Sorge sein«, sagte Isaac. In der Nähe der sechsundvierzigsten Straße fand er ein Mädchen mit Knubbelnase und einem hochsommerlichen Rock – es war Februar. Er öffnete ihr die Tür. »Steig ein, Honey Shapiro.«

Das Mädchen hatte Striemen auf seinen bloßen Kniescheiben.

Sie blickte Isaac finster an. »Ich bin Naomi, Mister. Wer sind Sie?

Er packte sie und zerrte sie auf seinen Schoß, aber er konnte die Tür nicht zumachen. Honey trat zu heftig um sich. Isaac mußte aufpassen, daß sie ihm nicht ins Ohr biß.

»Was soll das? Sie gehören nicht zur Sitte. Die Typen kenne ich alle.«

Sie schrie nach ihrem Beschützer, einem Ganoven namens Ralph, der in seinem Ledermantel von der fünfundvierzigsten rüberrannte. Brodsky brachte ihn mehr aus der Fassung als Isaac. Der Chauffeur hatte seine Pistole auf Ralphs Leistengegend gerichtet.

»He, Bruder«, sagte Ralph an Isaac gewandt. »Was ist hier Sache?« Ralph griff nicht nach seinem Geldclip. Der Buick gebot Vorsicht. Wald- und Wiesenbullen kutschierten nicht mit dermaßen auffälligen Wagen herum.

»Wollen Sie sie abschießen?«

»Nein«, sagte Isaac. »Sie geht nach Hause zu ihrem Vater.«

»Erzähl mir keinen Scheiß, Mann. Soll ich dir nen Hut kaufen? Die Feder mußt du selber zahlen. Höher als fünfzig geh ich heut nicht.« Dann sah er die blauen Zacken auf Isaacs Dienstabzeichen. Ihn fröstelte unter seinem Mantel. Ralph kannte sich mit den Sitten der Reviere von Manhattan aus; die Zeichen von Kriminalern hatten keine blauen Zacken.

Isaac sprach durch die Scheibe mit ihm. »Laß die Finger von Honey Shapiro, verstanden? Wenn ich sie noch einmal oberhalb der vierzehnten Straße finde, schlag ich dir eigenhändig die Fresse ein.« Er gab Brodsky ein Zeichen, und Ralph winkte dem Buick mit schlotternden Knien nach. Er mochte es nicht, wenn man ihn anschwindelte. Hätte er von Honeys Beziehungen gewußt, hätte er ihr niemals die Beine zerschunden. Er hätte sie mit einer besseren Ecke und einem saubereren Kundenkreis belohnt. Dieses häßliche Judenmädchen hatte also einen Draht zur Polizei.

Auf der Rückfahrt lachte Brodsky. »Mann, du machst jedem kleinen Zuhälter Angst. Hast du seine Augen gesehen, Isaac?«

»Halt's Maul«, sagte Isaac. Brodsky war vollauf zufrieden. Er liebte es, von seinem Boß beschimpft zu werden. Wenn Isaac ihn anschnauzte, spürte er neue Kraft und war wieder auf der Hut. In

Brodskys Augen war kein Bulle in der ganzen Stadt, einschließlich diesem irischen Chef, First Deputy O'Roarke, einen Furz wert. Der Chauffeur schwor auf Isaac. Fliegt er nicht nach Paris in Frankreich? argumentierte Brodsky. Welcher andere Bulle reist sechstausend Kilometer für einen Vortrag?

Das Mädchen rutschte von Isaacs Schoß. Am Union Square geriet sie beim Anblick der Bänke und des gefrorenen Rasens in Panik. In der zweiten Avenue vergrub sie ihr Kinn in die Polsterung unter dem Fenster. Mit bitterem Mund und runterhängenden Backen beobachtete sie mißmutig Isaacs Abstieg in die Lower East Side.

Brodsky bemerkte, daß sich der Zustand des Mädchens verschlechterte. »Magst du einen Drops, Honey?«

»Laß sie in Ruhe«, sagte Isaac.

Sie parkten in einer Lücke hinter den Sozialbauten an der Essex Street. Isaac schob seinen Dienstausweis sichtbar aufs Armaturenbrett. Der Geruch von Urin verfolgte sie bis zum Hintereingang des Wohnblocks. Brodsky wollte sich zu dem Geruch äußern, aber er bemerkte im letzten Moment Isaacs Blick. Er zeigte dem Portier mit dem kaputten Gummiknüppel und den Stoppeln im Gesicht sein Dienstabzeichen. Mit sichtlicher Verachtung las er im Aufzug die Graffiti. Die Essex Street dünstete Moschus und den ätzenden Charme eines Zoos aus. Brodsky wohnte in einem Haus oben in Spuyton Dyvil Hill. In die Essex, Clinton und Delancey kam er, um Meerrettich und Zwiebelbrot zu kaufen, da beides in seiner Gegend unbekannt war.

In den überheizten Korridoren des neunten Stocks verloren Isaac und das Mädchen ihre winterliche Röte. Sie gingen in eine Wohnung mit graugrünen Wänden. Brodsky trat als letzter ein. Ein Mann in einem seidenen Schlafanzug ohne einen einzigen Zahn im Gesicht drückte das Mädchen an sich und weinte in seinen Ärmel. Als er Brodsky bemerkte, der ihm völlig fremd war, riß er sich zusammen. »Isaac, ich suche monatelang, und du findest sie in eineinhalb Stunden. Du kannst hexen, Isaac. Als du sie zum letzten Mal gesehen hast, war sie noch ein Baby.«

»Ich hatte ein Bild von ihr, Mordecai. Es war keine Leistung.«

»Keine Leistung, sagt er. Ohne dich wäre die Polizei völlig aufgeschmissen.«

»Ich muß jetzt gehen, Mordecai.« Der Chef behielt Honey im Auge; sie blieb in der Umarmung ihres Vaters verkrampft. Ihre Züge waren so zerlaufen wie die einer aufblasbaren Puppe.

»Noch was, Isaac. Philip sucht dich.«

Isaac ging zur Tür; er wollte sich nicht in einen weiteren Familienzwist ziehen lassen. Schließlich hatte er selbst genug am Hals: eine wilde, unbändige Tochter, die mitten im Winter Ehemänner abschüttelte.

»Darum kümmere ich mich später, Mordecai. Jetzt nicht.«

Brodsky konnte Schreie und Weinen und das Echo einer Ohrfeige aus der Wohnung dringen hören, als er mit Isaac in den Aufzug stieg. Der Tumult, den Mordecai und Honey veranstalteten, nötigte ihm ein Lächeln ab. Der Chef stieß ihn mit einem Daumen in die Rippen. »Denk an was anderes, Brodsky. Das ist eine Privatangelegenheit.«

»Wer ist der Typ, Isaac? Der Geliebte deiner Mutter, oder was?«

»Ich bin mit ihm zur High School gegangen.«

»Du nimmst mich auf den Arm. Der könnte doch dein Großvater sein, das schwör ich dir.«

»Vergiß die ganze Angelegenheit. Mordecai hat keinen Zahnarzt in der Park Avenue, der sich um sein Zahnfleisch kümmert.«

»Was macht er beruflich, Isaac?«

»Mordecai? Er ist beim Zweiten Weltkrieg auf der Strecke geblieben. Er hat alle Kriegerdenkmäler von Chinatown bis Corlears Hook beharkt, ohne an seine eigenen Karotten zu denken.«

Was hätte Isaac seinem Chauffeur erzählen können? Mordecai hatte sich hundert Meter neben der Seward Park High School niedergelassen und sich nie mehr von der Stelle gerührt. Isaac hatte nichts dagegen, wenn jemand sich auf einen bestimmten Umkreis beschränkte. Er war am West Broadway geboren in einem Häuserblock, der Juden aus London gehörte, Menschen mit einem deftigeren Vokabular als ihre Yankeenachbarn. Und doch zog er die Essex Street, an der seine Mutter einen Trödelladen betrieb, den Londoner Juden des West Broadway vor, ebenso dem Riverdale eines Brodsky und Kathleen, seiner Ehefrau, mit der er sich auseinandergelebt hatte.

Der Chauffeur hielt vor der Picklefabrik an der Essex, Ecke Broome, um sich ein Glas geraspelten Meerrettich zu kaufen, rein und weiß und ohne den süßenden Effekt der roten Beete. Nur ausgetrocknete Weiber und Lackaffen aus dem Büro des Staatsanwalts kauften roten Meerrettich. Er steckte seine Nase in das Glas, roch, bis ihm Tränen in die Augen traten, und erholte sich gerade noch rechtzeitig, um zu beobachten, wie Isaac an Sophie Sidels Trödelladen vorbeiging.

»Willst du nicht bei deiner Mutter vorbeischauen, Isaac?«

Der Chef antwortete nicht darauf. »O'Roarke braucht seinen Wagen, Brodsky. Bring ihn zurück.«

Isaac hoffte, seiner Mutter zu entkommen. Zu viele Dinge, die er nicht erklären konnte, gingen in seinem Kopf vor. Er würde sie nach Paris besuchen, nicht vorher. Isaac trat in Huberts Feinkostgeschäft fünf Häuser weiter. Der Laden schien völlig in Ordnung zu sein; der Dampf der Fischbällchen beschlug das Glas der Theke, und auf dem Herd kochten etliche Töpfe mit Pudding blubbernd runter, aber mit Hubert selbst stimmte etwas nicht. Der kleine Mann mit den eckigen Schultern und der zottigen Löwenmähne hatte Beulen auf seinem Schädel und ein paar Blätter Toilettenpapier bedeckten dunkle Flecke auf seiner Kinngegend.

»Was ist passiert, Hubert?«, fragte Isaac und setzte sich auf seinen Lieblingsstuhl. »Hast du heute morgen beim Rasieren nur ein Auge aufgemacht?« Isaac hätte nicht gewußt, warum er mit etwas Schlimmem rechnen sollte. In dem Feinkostgeschäft fühlte er sich zu Hause. Andere hohe Kriminalbeamte saßen in erlesenen Muschelrestaurants an der Mulberry und der Grand, Ellbogen an Ellbogen mit Mafia-Leutnants und hoffnungsvollem Nachwuchs. Doch Isaac saß allein. Bei Hubert konnte er den Sprüngen in den Wänden ohne Unterbrechungen folgen. Hubert war in fünfzehn Jahren kein Cent aus seiner Ladenkasse gestohlen worden. Die Einbrecher der East Side hatten es sich zur Gewohnheit gemacht, ihre Schritte südlich an dem Feinkostgeschäft vorbeizulenken. Wenn sie doch bei Hubert vorbeischauten, um sich über einer winterlichen Tasse Tee die Hände zu wärmen, ließen sie betont reichliche Trinkgelder zurück.

Der Chef war nicht unsensibel. Als der große Löwenkopf nicht sofort einen Flunsch zog und im Elan des Dienst am Kunden Haferschleim auf das Tischtuch schüttete, nahm Isaac einen neuen Anlauf.

»Wer war es? Weiß oder schwarz?«

»Schneeweiß«, sagte Hubert.

»Wieviel haben sie mitgenommen?«

»Nichts. Sie haben die Kasse nicht angerührt, nur ein paar Stühle demoliert, mich zusammengeschlagen, und weg waren sie.«

»Was hatten sie an, Hubert?«

»Armeejacken, Marinejacken, wer erinnert sich schon an so was? Über den Gesichtern hatten sie Skimützen.«

»Wie kannst du dann so sicher sagen, daß sie weiß waren?«

»Wegen der Hände, Isaac. Wegen der Hände. Ein Mädchen war auch dabei. Ich bin kein Detektiv, aber ich erkenne die Form von Titten.«

»Wann ist das passiert?«

»Gestern. Direkt vor Ladenschluß.«

»Wie kommt es, daß ich das erst einen Tag später erfahre?«

»Schluß mit der Inquisition, Isaac. Bitte. Das ist nichts für die Polizei. Verrückte Kinder. Es hätte jeden anderen erwischen können.«

»Sicher doch«, sagte Isaac mit kratziger Stimme. »Das war bloß ein Aprilscherz. Komisch, daß es erst Februar ist. Dein Geld war ihnen zu gut. Deshalb haben sie sich an deinem Schädel gütlich getan. Wie viele waren es?«

»Drei.« In Huberts Mund sammelte sich Spucke.

»Ich bin eine Woche weg. Einer von meinen Männern wird sich die Sache anschauen.«

Die Beulen auf dem Löwenkopf liefen dunkel an. »Ich will keinen Schläger in meinem Laden, Isaac. Brodsky hat breite Ellbogen. Neben ihm hat niemand Platz, um eine Suppe zu trinken.«

»Ich schicke dir Coen. Er nimmt wenig Platz weg und wird deine Kunden mit seinen blauen Augen in den Schlaf wiegen.«

Isaac klopfte an das Fenster der Milchbar in der Ludlow Street; nach Möglichkeit mied er dieses Lokal. Es war gerammelt voll mit hungrigen Stückeschreibern und Studenten, die versuchten, Isaac in ein Gespräch über Spinoza, Israel, die Brutalität der Polizei und über die seltsame Bruderbeziehung zwischen Aaron und Moses zu verwickeln. Die Stückeschreiber behandelten ihn nicht verächtlich. Sie sahen in Isaac den Schutzheiligen der Ludlow und des East Broadway. Er hielt die Gangster von ihren Straßen fern, doch seine Stärke überraschte sie nicht. Er war mit besonderer Milch gestillt worden. Seine Mutter war eine sture, eigensinnige Frau. Sie nahm sich mehr der Araber und der Puertoricaner an als der Juden.

Sie lachten über die Reaktion der Kassiererin auf Isaacs Klopfen. Ida Stutz riß sich ihren Arbeitskittel runter und klatschte sich Puder ins Gesicht. Sie galt als Isaacs Verlobte. Alle wußten, daß Isaac eine irische Ehefrau oben in Riverdale hatte, aber es wäre unklug gewesen, wenn sie Ida verletzt hätten. Sie stattete die Studenten mit Zahnstochern aus und schob ihnen heimlich Butterstücke und zusätzliche Semmeln zu, weil sie gern Wohltaten für unterernährte Männer vollbrachte. Idas Arme und Beine waren äußerst üppig. Wenn sie schön war, kam es von diesen Proportionen. Sie verbrachte selbst ihre Mittagspause im Ludlow Restaurant. Morgens und nachmittags war sie meistens ein Arbeitsgaul. Die Restaurantbesitzer ließen sie irre schuften. Auf Idas Schweiß konnten sie zählen. Und auf Idas kräftigen Rücken. Daher gestatteten sie ihr eine Eigentümlichkeit. Wenn der Chef ans Fenster klopfte, verschwand Ida.

Isaac bewohnte zwei mickrige Zimmer in der Rivington Street. Die Toilette mußte er mit einem antiken Junggesellen teilen, der immer daneben pinkelte. Er wusch seinen Körper in einem Küchenzuber, der ihn nicht vollständig aufnehmen konnte, wenn er seine Ohren nicht zwischen die Knie steckte. In eben dieser unwürdigen Haltung fand Ida den Chef vor. Auf dem Bett sah sie seinen Koffer, der vor gestärkter Unterwäsche, Notizbüchern und naturbelassenem Honig überquoll.

»Ich kenne dich, Isaac. Das mit dem Einseifen ist nur ein Vorwand. In Gedanken bist du schon in Paris.«

Isaac krümmte sich in dem Zuber, ein Gefangener seiner Knie. Er mußte lächeln. Seine Ehefrau Kathleen war eine außergewöhnliche Schönheit gewesen. Mit neunundvierzig – sie war fünf Jahre älter als der Chef – hatte sie einen Busen, der Ida zum Erröten gebracht hätte. Doch Isaac war nie ein Connaisseur von Fleisch gewesen. Sein Zuhause in Riverdale hatte er aufgegeben, weil Kathleen sich von ihm unabhängig gemacht hatte. Die Immobilien dieser Frau waren einfach spektakulär. Ihre Besitzungen in Florida verschlangen den größten Teil ihrer Energien. Isaac hätte es nicht nötig gehabt, zum Vögeln zur Lower East Side zu kriechen. Er hätte mit gutaussehenden Witwen in Riverdale bleiben können, mit Filmsternchen, die nach intellektuellen Bullen lechzten, Puppen mit Penthäusern und restaurierten Hintern. Ida gefiel ihm besser. Sie besaß eine Zunge, mit der sie ihn sauber ausschimpfen und einen Mund, in den sie all seine Zähne saugen konnte. Ihr war gleich, wie Isaac sich benahm. Ida war kein zerbrechliches Wesen. Sie konnte es mit den Küssen, den rauhen Umarmungen und den Bissen des Chefs aufnehmen. Jetzt zog sie sich aus.

»Das ist dein letztes Bad in Amerika. Tut es dir nicht leid, daß du keine größere Wanne hast?«

»Im Präsidium gibt es eine Wanne, in die wir beide und noch fünf Bullen passen, Ida. Magst du hingehen?«

»Machen wir«, sagte sie. »Wenn du mal keine Eile hast.« Sie trocknete ihn mit feinstem Talkpuder aus der Mulberry Street und legte sich neben Isaacs süßlich duftenden Körper auf das Bett, ohne sich an dem Koffer zu stören. Sein gleichmäßig gepuderter Stiernacken konnte sie nicht einschüchtern. Ida gab sich keiner Täuschung über ihren Verlobten hin. Er hatte einem Gangster ein Auge ausgerissen, verdächtigen Subjekten die Arme gebrochen und Schießereien mit Puertoricanern und abgebrühten Juden überlebt. Aber sie hatte das Kind in dem Bären gesehen. Er war ein Mann, der sich leidenschaftlich gern benutzen ließ. Unter der gepuderten Haut lebte ein Entsetzen, das Ida zu lindern verstand. Der Chef spielte ihr keine Männlichkeit vor. In Idas Armen zitterte er. Seine Leidenschaften waren der primitive Zugriff eines Ertrinkenden.

Nachdem er sie geliebt hatte, war der Bär ruhig. Ida nahm seine Verdrießlichkeit nicht hin, solange Isaacs Samen aus ihr tröpfelte. Sie zog ihn an der Nase. Der Chef streckte sein Bein über das Honigglas und einen Stapel Unterhosen.

»Was für Sorgen hast du, Isaac?«

»Ah«, log er. »Ich habe nur an einen Fall gedacht.« Er murmelte Huberts Namen. »Er ist von einer Bande zusammengeschlagen worden. Die Kasse haben sie nicht angerührt. Da ist was faul.«

»Wahrscheinlich sind sie von der Jewish Defense League abgelehnt worden. Vielleicht ist Hubert nicht koscher genug.«

»Mach dich nicht lustig, Ida. Das sieht nicht nach jüdischen Teenagern aus. Einem alten Mann die Birne einzuschlagen!«

»Glaubst du, das ist was Besonderes? Schau dir mal meine Arme an.«

Er sah sich die blauen Flecken auf Idas Haut an, Daumenabdrücke, die braun wurden. Aus dem Kranz um jeden der Flecken konnte er ersehen, wieviel Druck ausgeübt worden war.

»Die gleiche Bande«, sagte sie. »Mich haben sie auch besucht. Sie haben Blintzen gestohlen, kein Geld.«

»Was haben sie sonst noch gemacht, Ida?«

»Die kleinen Kniffe. Einer packt meinen Arm, und der andere steckt seine Hand in meine Bluse.«

Der Chef verteilte seine Unterwäsche um das Bett herum.

»Wenn ich wieder da bin, Ida, finde ich diese Hand und hacke sie ab.«

Mit zwei Fingern strich Ida seine verkniffenen Lippen glatt. »Soll ich dir erzählen, wieviel Kunden schon versucht haben, eine Handvoll von mir zu erwischen?«

»Das waren keine Kunden«, sagte der Chef. Ida zog ihn an den Ohren. Sie massierte die zierlichen Knochen an seinem Hinterkopf. Isaac hätte seine Krawatte anziehen müssen. Ihm blieben keine zehn Minuten mehr. Sein Gesicht war in Idas Brüste vergraben. Der Koffer fiel vom Bett.

Isaac konnte seine alten Probleme nicht loswerden. Idas Geruch nach Milch brachte ihm Marilyn zurück nach Hause. Der Chef betrieb keinen Inzest im Bett. Er brachte die Mädchen nicht durcheinander. Doch Küsse konnten schmerzhaft sein. Es gelüstete ihn nach Idas Milch, und dabei hatte er eine Tochter, die von Ehemann zu Ehemann zog und sich ihm nicht anvertrauen konnte.

2

Marilyn ernährte sich ausschließlich von Thunfischbrokken. Sie gab ihre Streifzüge erst auf, als Blue Eyes ihr versichern konnte, daß Isaac im Flugzeug nach Paris saß. Das Büro des First Dep hatte die Nachricht bestätigt: Isaac war um neunzehn Uhr an Bord gegangen. Sie hatte den ganzen Nachmittag mit Coen vertrödelt. Jetzt beobachtete sie, wie er den Kragen eines weißen Hemdes an seinem schönen Hals zuknöpfte. Zuletzt kam das Halfter. »Wart auf mich, Manfred. Ich geh mit.«

Coen hatte Isaacs Wagen übernommen. Blue Eyes haßte die Fahrerei. In den Hauseingängen spielte sich zuviel Aufregendes ab, Bettler sprangen auf die Straße, Hunde jagten Bussen nach oder krabbelten ihm unter die Räder, alte Frauen verloren mitten auf der Straße das Gedächtnis und lenkten den Blick eines Bullen vom Verkehr ab.

»Glaubst du, daß Isaac die gesamte französische Polizei einer Revision unterziehen wird?« Marilyn langweilte sich. Coen war nicht zum Quatschen aufgelegt. Sie mußte ihn mit den Geheimnissen ihres Vaters aus der Reserve locken. »Dein Boß ist trickreich, Manfred. Mit den Kriminalbeamten da drüben hat er nichts im Sinn. Isaac ist hingefahren, um seinen Vater zu besuchen.«

Auf Coens Kinn bildeten sich Falten. Marilyn schämte sich ihrer Rohheit. Coens Vater hatte sich umgebracht. Vor zehn Jahren, als Blue Eyes gerade in Deutschland stationiert gewesen war, hatte Papa Coen sich für den Gashahn entschieden. Seitdem trug Coen sein trauriges Gesicht.

»Ich wußte nicht, daß Isaac einen Vater hat – einen Vater, der noch am Leben ist.«

»Es ist ihm peinlich. So peinlich wie ein Bruder im Gefängnis.« Coen hatte gelernt, Isaacs kleinen Bruder nicht zu erwähnen.

Leo war in der Crosby Street eingemauert, einem Bau, der dem alten Gefängnis vorübergehend angeschlossen war. Wegen ausstehender Alimente. Die ganze Polizei zuckte die Achseln über diese unwürdige Behandlung. Doch der First Dep war machtlos. Leo weigerte sich, das Gefängnis zu verlassen.

»Marilyn, was kann an einem Vater peinlich sein?«

»Er hat seine Familie schon vor Jahren verlassen. Isaac mußte von der Schule abgehen. Hat er dir das nicht erzählt? Sein Vater war früher Millionär. Joel Sidel, der Pelzkragenkönig. Für einen lausigen Pinsel hat er alles hingeworfen. Er hatte eine lange Nase, wie Gauguin. Paris hielt er für das neue Tahiti. Er hat sich in den Kopf gesetzt, die Dschungel um die Sacré Coeur zu malen.«

Pariser Dschungel sagten Coen nichts. »Warum besucht Isaac ihn ausgerechnet jetzt?«

»Weil seine Sterblichkeit ihn in jüngster Zeit erschreckt.« Coens eingefallene Wangen ließen sie ihre krasse Ausdrucksweise bereuen. »Er geht auf die fünfundvierzig zu, Manfred. Das ist ein gefährliches Alter. Isaac braucht seinen Vater. Er muß Joel sehen, damit er weiß, daß noch Jahre vor ihm liegen.«

Coen setzte sie an der Crosby Street ab. Er würde den Wagen auf Isaacs Stellplatz in der Polizeigarage parken, ins Präsidium marschieren, Staub von Isaacs Schreibtisch pusten und im Namen seines Chefs Telefonate entgegennehmen. Er würde sagen: »Abteilung O'Roarke, Inspektor Sidel«, und Marilyns Parfum würde sich auf seiner Haut entfalten.

Die offiziellen Besuchszeiten im Nebengebäude in der Crosby Street waren vorbei, aber Marilyn kam ohne Schwierigkeiten rein. Keiner der Wächter konnte sich an den Namen ihres derzeitigen Mannes erinnern. Man kannte sie als »Miß Sidel«. Selbst der Gefängnisaufseher wollte es sich nicht mit Marilyn verscherzen. Er brachte Leo persönlich zu ihr und murmelte Schmeicheleien über Isaacs Reise vor sich hin. »Er wird ganz Paris lehren, wie man die Gauner schnappt. Darauf können Sie wetten, Miß Sidel.«

Leo bewegte sich nur mühsam in der viel zu großen Gefängniskluft. Es fiel ihr schwer, ihn als Onkel zu betrachten. Sein Leben lang würde er Isaacs kleiner Bruder sein.

Leo war unbeschadet von den üblichen Gefängniszwängen. Er bestimmte seinen Tagesablauf selbst, zog sich Süßigkeiten aus einem Automaten und machte die Wächter in Pinokel, Dame und Bridge nieder. Verbrecher, mit denen er sich hätte einlassen können, gab es hier nicht. Nur Fälle wie Leo, Männer, die mit ihren Alimentenzahlungen im Rückstand waren und wegen Mißachtung ihrer Pflichten festgehalten wurden. Kriminalbeamte hatten Leo aus dem überfüllten Foyer des Gebäudes, in dem er arbeitete, gezerrt, ihn den schmachvollen Blicken der leitenden Angestellten, der Einkäufer und Tippsen ausgesetzt und ihn aufgrund einer Klage seiner früheren Ehefrau in Handschellen abgeführt. Den Kriminalbeamten war ebenso unwohl wie Leo. Sie fühlten sich elend bei der Vorstellung, daß sie als die Männer gelten würden, die dem Bruder Isaacs des Gerechten an den Kragen gegangen waren.

Marilyn hatte eine Schwäche für Leo. Sie besuchte ihn nicht als Isaacs mitfühlende Tochter. Mit Leos Notlage konnte sie sich identifizieren. Leo stand ihr näher als ihre übrigen Verwandten: Beide hatten kaputte Ehen hinter sich, beide waren lebendigen Leibes gehäutet worden.

Sie konnten sich im Besuchszimmer des Gefängnisses umarmen und küssen, ohne von den Wächtern angeschnauzt zu werden. »Freust du dich auch so, Marilyn? Ich kann atmen. Es ist durchgesickert, daß Isaac das Land verlassen hat. In den nächsten Tagen werde ich Fett ansetzen. Was ist mit dir?«

Marilyn dehnte die Umarmungen aus.

»Onkel Leo, ich wünschte, ich hätte dreitausend, um dich hier rauszuholen. Würde das der blöden Selma reichen? Wenn du willst, erwürge ich sie für dich. Isaac könnte mich sicher wieder rauspauken. Du wärst dann allerdings ein Witwer mit Kindern. Haben Davey und Michael dich schon besucht?«

Leos Züge verdüsterten sich. Er machte sich von Marilyn los. »Die stecken mit ihrer Mutter unter einer Decke«, sagte er. »Sie schreiben mir gehässige Briefe. Selma zwingt sie, ihre Schönschrift an mir zu üben. Ich höre ihre Stimme hinter jedem Wort. ›Papi, du bringst uns ins Grab.‹ Marilyn, diese Frau hat genug Geld, um einen Elefanten darunter zu ersticken. Sie bewahrt ihre Sparbücher in einem alten Büstenhalter auf.«

Marilyn war aufgebracht über ihre Unfähigkeit, Leo zu helfen. Ihre beiden letzten Männer waren reich gewesen, doch sie war arm zurückgeblieben. Sie mußte Coen anpumpen.

»Ich könnte Sophie oder Isaac fragen. Leo. Einer von beiden blecht sicher.«

»Niemals. Marilyn, vergiß nicht, daß ich im Oktober zweiundvierzig geworden bin. Kann ich meine Mutter anbetteln oder sehen, was beim großen Isaac zu holen ist? Lieber sollen sie mich rausholen und erschießen. Wie sie mich erledigen, ist mir gleich. Solange Sophie nichts davon erfährt. Isaac hat Mama doch nichts davon erzählt, oder? Ich rufe sie jeden Morgen an. Ich erzähle ihr, daß ich in einem Hotel ohne Telefon im Zimmer wohne. Komisch, daß sie heute nicht ans Telefon gegangen ist. Sie muß den Laden dichtgemacht haben, um neuen Plunder einzukaufen.«

»Isaac baut viel Scheiße, aber er petzt nicht. Nicht deinetwegen. Ihm wäre es zu unbequem. Er würde eurer Mutter erklären müssen, warum du im Gefängnis sitzt. Stell dich nicht an, Leo. Ich rede mit Sophie. Ich gehe jetzt gleich hin.«

Auf dem Weg zur Tür sogen sich die Wächter Banalitäten aus den Fingern. Sie bangten um Isaacs Gunst. »Wir kümmern uns um Leo, Miß Sidel. Wir sorgen dafür, daß er sich wie in einem Country Club fühlt.«

Marilyn überquerte die Bowery und begab sich in Isaacs Territorium: die puertoricanisch-jüdische East Side. Sie lächelte über die alte Synagoge in der Forsyth Street, die jetzt ein »Templo Adventista« war; der Judenstern in dem kleinen Fenster dicht unter dem Dach war noch intakt. Später würde sie in der Orchard Street Unterwäsche kaufen, aber erst mußte sie Sophie besuchen.

Israel hatte sich die Essex Street unter den Nagel gerissen. Aprikosen aus Galiläa, Pflaumen aus Haifa und Spaghetti made in Tel Aviv überwogen in den Schaufenstern der kleinen Lebensmittelgeschäfte. Ihr wurde klar, was für einen Schlag das für ihre Großmutter bedeuten mußte, die für die Diaspora kämpfte, für heimatlose Araber und Juden in einem nichtjüdischen Universum. Die übliche Menge Plunder stand nicht vor Sophies Tür. Gab sie Suppe an die Tippelbrüder aus? Oder hatte sie eine Ziege beim christlichen Metzger aufgespürt? Die Tür war angelehnt.

Marilyn wußte nichts über Pflaumen aus Haifa. Sie hatte eine irische Nase und Erinnerungen an Kommunionshandschuhe und sabbernde Priester. Heißblütig wie sie war, ließ sie mit zwölfeinhalb den Raub ihrer Unschuld zu. Mit vierzehn erstreckte sich ihr Ruhm von Riverdale bis Washington Heights, und einige ihrer Unterhosen vermoderten in den Kellern der Fordham Road. Die Frühreife der Villenviertel verband sie nicht mit ihrer mysteriösen Großmutter, Sophie der Hamsternden. Das jedenfalls war Marilyns Sicht der Sachlage. Sophie würde ihr eigenes Porzellan nicht kränken, um einem Landstreicher Zuneigung zu erweisen. Dazu war sie zu vorsichtig. Marilyn stieg über die kaputten Kinderwagen, die Sophie besonders schätzte. Sie waren in einem desolaten Zustand. Keinen konnte man von der Stelle bewegen. Doch sie hatte die Gestelle mit Unmengen von Draht zusammengeschnürt.

Marilyn wagte sich tiefer in den Laden vor. Bei den zerfetzten Lampenschirmen dachte sie sich noch nichts. Das hätte Sophies Werk sein können. In einer Ecke lag ein Stapel Decken mit eigentümlichen Ausbuchtungen. Sophies Arm schockierte sie nicht; ohne einen Makel an den schönen Adern ruhte er in einer natürlichen Lage. War dies ein angemessener Schlafplatz für eine Großmutter?

Marilyn zog an den Decken. Sie folgte dem Verlauf des Armes. Sophies Kopf tauchte auf. Die Blutlache, in der er lag, hatte sich in eine zähflüssige, gallertartige Masse verwandelt. Die gallertartige Masse reichte bis zu den Ohren. Die Abdrücke an ihrer Stirn erinnerten an eine Gürtelschnalle, die sich in Haut einfrißt. Marilyns Schreie kamen trocken und abgehackt heraus. Sie torkelte zum Telefon. Der Gedanke an einen Krankenwagen lag ihr fern. In ihrer Panik fiel ihr nichts anderes ein, als Coens Nummer zu wählen.

3 Isaac saß in einem feuchten Palast am Quai Voltaire. Er hatte kalte Füße. Von Waffenschmieden, pensionierten Kriminalbeamten, Herstellern von Schnüffelvorrichtungen und einem Team von Spezialisten aus den Gerichtslaboratorien in Brügge und Antwerpen umgeben, versuchte er, mit seinem Schulfranzösisch über die Runden zu kommen. Er wurde mit Fragen bestürmt, bis er nur noch Brocken aus diesem Wirrwarr entschlüsseln konnte. Isaac fühlte sich elend. Sein erster Spaziergang in Paris hatte ihn als gebrochenen Mann zurückgelassen.

Durch New York gewappnet, hatte er geglaubt, er könne mit geschwollenen Augen ankommen, seinen Honig schlecken und die ganze Stadt verächtlich betrachten. Für Sehenswürdigkeiten fehlte ihm der Instinkt. Isaac gehörte nicht zu der Sorte von Menschen, die sich wie durch Schwerkraft zum Eiffelturm und den Marsfeldern hingezogen fühlten.

Vor einigen Monaten war Herbert Pimloe, der Harvardabsolvent, der dem First Deputy unterstand und aufs Reisen versessen war, aus Paris zurückgekehrt und hatte Isaac einen Zeitungsausschnitt mitgebracht, in dem ein gewisser Monsieur Sidel erwähnt wurde, ein Porträtmaler mit ständigem Sitz in einem Hotel an der Avenue Kléber in der Nähe des Arc de Triomphe. »Chef«, hatte Pimloe gesagt und voller Stolz mit einem Finger auf den Zeitungsausschnitt gedeutet. »Besteht da möglicherweise eine Verwandtschaft?« Isaacs Kehle brannte. Er hatte nicht damit gerechnet, daß sein Vater nach fünfundzwanzig Jahren den Lazarus spielte. Joel Sidel wurde zu den Vermißten und Toten gezählt. Isaac hatte sich bemüht, den Namen seines Vaters zu vergessen. Jetzt spielte er mit dem Gedanken, Joel zu ermorden oder ihm bei einer Gegenüberstellung in der Avenue Kléber den Kopf einzubeulen. Isaac schmiedete Ränke. Er lud sich zu einer Konferenz über Kriminalität ein, die für Waffenschmiede und Provinzpolizisten abgehalten wurde. Jetzt war er in Paris, um zu töten, zu zermalmen und Schulden einzutreiben.

Als Isaac auf dem Weg zur Konferenz die Seine überquerte, war er darauf vorbereitet, auf Boote zu spucken, die schrillen Papageien der alten Frauen mit staubigen Kleidern zu überhören und die Bouquinisten und Leierkastenmänner zu meiden. Doch gegen die Ile de la Cité konnte er sich nicht wirklich wappnen. Der steinigen Insel, eine mittelalterliche Stadt, die sich aus dem Wasser erhob, konnte Isaac sich nicht entziehen. Er starrte auf die grasbewachsene Stelle der Insel, ein Fleckchen Grün vor den grauen Wänden der Herrschaftshäuser und den Spitzen von Notre Dame. Stein, der den Schleier eines nebelverhangenen Flusses durchbohrte, war Isaac unerträglich. Nichts in New York würde ihm diese Vision nehmen können. Die Schornsteine von Welfare Islands waren mit diesen feuchten Mauern verglichen belanglos. Mit finsterem Blick erschien er bei der Konferenz.

Einer der Spezialisten aus Brügge trieb Isaac nach einer kurzen Ansprache über die Pariser Bankräuber in die Enge. Der Flame mit dem selbstbewußten Englisch schüttelte pessimistisch den Kopf. Isaac verstand ihn nicht. »Inspektor Sidel, wie ist die Lage in Amerika? Gibt es Amateurverbrecher? Widerliche kleine Unterweltler, die man unmöglich aufspüren kann? In Paris wimmelt es nur so davon. Ich spreche nicht von dem Abschaum der afrikanischen Viertel. Der stellt für uns keine Bedrohung dar. Ich rede von den jugendlichen Wüstlingen aus den Sozialbaublocks bei Clignancourt und aus anderen kleinen Löchern am Rande von Paris – Ungeziefer mit Pistolen in den Händen. Dieses Ungeziefer taucht auf den Champs-Elysées auf, knackt eine Bank und krabbelt wieder in eines seiner Löcher. Was kann man dagegen unternehmen? Keine Freaks, keine organisierte Bande, keine wirkliche Unterwelt. Nichts als Kakerlaken, haufenweise einzelne Kakerlaken.«

»Das haben wir in den Vereinigten Staaten auch, Monsieur, aber nicht in diesem Umfang«, sagte Isaac. In Gedanken beschäftigte er sich schon mit dem Maler Joel, seinem abtrünnigen Vater in dem Hotel an der Avenue Kléber.

»Was können Sie unseren Freunden in Paris anraten, Inspektor Sidel?«

»Gehen Sie hin. In die Sozialbunker.«

»Mit einem Heer?«

»Nein, mit Spionen.«

»Ah«, sagte der Flame und erwärmte sich für Isaac. »Sie meinen, es ist eine Frage der Infiltration. Solange man die Schaben nicht ausrotten kann, schläft man in ihren Betten. Bleiben Sie in Paris, Inspektor. Sie haben eine Zukunft bei der Sûreté.«

Isaac verließ die Konferenz vor dem Mittagessen. Er nahm seinen Spaziergang am Quai Voltaire wieder auf und ging auf den Invalidendom zu. Alles war in Ordnung, solange er sich den schwitzenden Steinen der Ile de la Cité fernhielt. New York holte ihn ein; die Mansardendächer der Commerce Street, die abbrökkelnden Wände der Cherry Lane, die Schlachthöfe in Gansevoort, die mit unglaublichen Stahlrolläden verrammelten Fabriken der Lafayette und der Mulberry. Paris war ein Klacks.

Die Boulevards oberhalb des Trocadero waren Isaac vertrauteres Terrain. Jetzt mußte er sich nicht mehr mit gewundenen Straßen auseinandersetzen. Er konnte die Augen schließen und über den kleinen Bäckereien und Schmuckgeschäften der Rue Hamelin die Madison Avenue vergessen. »The Iroquois« an der Avenue Kléber erstaunte ihn nicht: Dieses Hotel mußte für reiche Amerikaner gebaut worden sein. Von einem großen Fresko auf der Stirnwand sprudelten alle Nebenflüsse des Ohio über Isaac Ohren. Im Foyer des Iroquois mußte er einen enormen Eiffelturm umrunden. Isaac gestattete sich kein Lächeln.

Sein Vater war im Nachteil. Joel Sidel war der einzige Maler im Foyer. Isaac konnte kein Mitgefühl für einen Siebzigjährigen an einer Staffelei aufbringen. Das war der Mann, der seine Mutter in den Wahnsinn getrieben und seinen Bruder zu einem Schwächling gemacht hatte. Sophie hatte sich auf einen Trödelladen gestürzt, Isaac war *Flic* geworden, und Leo war übergangslos von der Kindheit über die Ehe ins Gefängnis geschlittert.

Isaac mußte seinem Vater lassen, daß er eine gute Technik hatte. Joel schnappte sich die Amerikaner, wenn sie aus dem Aufzug traten. Mit gekonnten Gesten umgarnte er ein Paar. Während sie sich mit Kamera, Belichtungsmesser und Reiseführer in Position stellten, tauchte Joel seinen dicken Pinsel in einen Farbtopf und malte in weniger als einer Minute die Umrisse und auffallenden Merkmale, ehe die Leute dazu kamen zu protestieren. Für seine Arbeit stellte er zwanzig Francs in Rechnung. Ähnlichkeit spielte keine Rolle. Zuviel Genauigkeit hätte die Paare beleidigt. Joels Geschwindigkeit im Umgang mit dem Pinsel flößte ihnen Ehrfurcht ein. Isaac räusperte sich in das Revers seines Regenmantels. Er war nicht als Spion in Paris.

Joel war ausgeschlafen. Er erkannte das Entscheidendste: Dies mußte einer seiner Jungen sein. »Leo?« fragte er.

»Nein, Papa. Schau noch mal hin.«

»Isaac, du mußt das Gesicht von deinem Bruder geerbt haben. Ich bin nicht enttäuscht, daß du es bist. Du bist mein Ältester. Ein halbes Jahrhundert ist vergangen, und du kannst immer noch ›Papa‹ zu mir sagen.«

»Übertreib nicht, Papa. Vor fünfzig Jahren war ich noch nicht auf der Welt.«

Joel hatte Rouge aufgelegt. Er trug einen Schal um den Hals und einen flaschengrünen Malerkittel, der ihn in jeder denkbaren Umgebung als Porträtmaler ausgewiesen hätte. Im Iroquois war Joel in Uniform.

»Ich habe dich erwartet, Isaac. Dein Besuch überrascht mich nicht. Bist du gekommen, um deinen Papa umzubringen?«

Isaacs Kiefer verzerrte sich. Nur ein spärliches Lächeln blieb.

»Du kannst mich abtasten, Papa. Ich bin ›clean‹. Nach Paris kann man keine Waffen schmuggeln.«

»Du könntest alles schmuggeln, Isaac. Glaub bloß nicht, ich wüßte nichts von deiner Karriere. Vielleicht bin ich ein Stück Scheiße, aber ich verfolge, was meine Jungen tun. Deine Tochter heißt Marilyn. Sie ist eine irische Schönheit und verschleißt haufenweise Ehemänner. Bist du schockiert, daß ich das alles weiß? Ein Junge aus der siebten Avenue, der früher für mich gearbeitet hat, kommt einmal im Jahr nach Paris. Er kauft international ein und hat Millionen in der Tasche. Bei einem Glas Wein erzählt er mir von meiner Familie. Was macht Leo?«

»Leo ist im Gefängnis«, fauchte Isaac durch die Zähne.

Das Rouge unter Joels Augen sprang hervor. Er zog sich in seinen Malerkittel zurück. Über der Staffelei ragte seine blau angelaufene Kopfhaut. Er musterte die Aufzüge im Hinblick auf amerikanische Beute. »Ich vernachlässige mein Geschäft, Isaac. Das wird ein magerer Nachmittag.« Er nannte eine Adresse in der Rue Vieille-du-Temple. »Das ist im Marais, oberhalb der Rivoli. Frag einfach nach den Juden. Du findest es schon, Isaac. Allerdings wirst du eine Weile brauchen. Du kannst mich umbringen, wenn du ankommst.«

Isaac ging, damit sein Vater sich ranhalten konnte. Auf der Rue Hamelin holte er einen gigantischen Stadtplan von Paris heraus und suchte nach dem richtigen Planquadrat. Mit der Logik eines Polizisten legte er sich einen Spaziergang von zwei Stunden zurecht. Isaac hielt sich oberhalb der Flußbiegung nach Osten und landete auf der Place des Etats-Unis.

Zwei Männer in glänzenden braunen Mänteln lungerten in Isaacs Nähe herum. Sie wollten Tauben füttern. Isaac beobachtete das Spiel ihrer Hände. Die Suche nach den Vögeln erschien ihm als Vorwand – Isaac sah kein bißchen Taubenscheiße auf der Place des Etats-Unis. In den Lackmänteln steckten ein Taschendieb und sein Komplize. Mit kühlem Kopf taxierte Isaac das Team. Südamerikaner können es nicht sein. Die Guzmanns – eine Sippe von Taschendieben aus Peru – würden niemals Lackmäntel tragen. Die kommen aus Algerien. Oder Sizilien. Verhungernde Kinder mit den zarten, schönen Fingern eines Mädchens.

Das Team trennte sich, um Isaac einzukreisen. Der Statist, ein Junge mit vernarbter Nase, stieß Isaac gegen seinen Kumpel. Der Junge hörte einen entsetzlichen Schrei. Die Hand des Taschendiebs war in Isaacs Regenmantel gefangen. Isaac zermalmte die mädchenhaften Finger mit seiner Faust. Er zwang den Taschendieb in die Knie.

Dabei vergaß er nicht den anderen. Der Helfer war der Üblere, das wußte Isaac. Er hatte seine Klinge herausgezogen, ein rührendes Taschenmesser ohne Griff, mit dem er Isaac aufspießen wollte. Doch er konnte dem Chef kein Blut abzapfen. Isaac schlug einmal zu, hinter das Ohr, und der Kerl flog quer über die Place des Etats-Uris. Der Chef begann, Paris zu mögen.

In den Tuilerien hatte er noch mehr als eine Stunde Zeit. Die Abmessungen dieses langen, toten Gartens sagten ihm zu. Die Nutten, die am Rand der Tuilerien auf Kundenfang waren, strahlten eine Unabhängigkeit aus, die Isaac Bewunderung abnötigte. Sie trugen warme Mäntel. Keine von ihnen machte sich an ihn ran oder schien auch nur seine Gegenwart wahrzunehmen.

Auf der Rue de Rivoli begann Isaacs Heiterkeit nachzulassen. Eine großartige Reihe berittener Polizei mit Federn auf dem Rükken und silbernem Kopfschmuck rief ihm die Uniform seines Vaters ins Gedächtnis. Isaacs Zorn auf Joel wuchs. Mein Vater ist ein Clown, murmelte er vor sich hin. Ein Clown in einem rotzgrünen Hemd.

An der Rue de Rivoli standen jetzt nur noch schäbige Warenhäuser, die Schaufenster zeigten die Verwüstungen eines Schlachtfelds, und kurz darauf war Isaac im Marais. Enge Straßen mit windschiefen Gebäuden stießen in verrückten, undefinierbaren Winkeln aufeinander. Über Isaacs Kopf ragten Kaminkappen auf wie Warzen an einem monströsen Finger. Er kam an koscheren Metzgereien vorbei, an Restaurants, in denen »*Boercht Romain*« und »*Salami Hongrois*« serviert wurden, und an konkurrierenden Parolen (»*Israël Vaincre!*« und »*Halte à l'Aggression Arabe*«) und an einer ausschließlich Nordafrikanern vorbehaltenen Synagoge. Joel, der die New Yorker Rabbis verflucht hatte, war auf seine alten Tage religiös geworden.

Isaac bereute seine Reise; er hätte statt dessen nach London fahren sollen, das London um Whitechapel, aus dem Joels Vater stammte; er hatte als Kleinkrämer Schlüpfer in der Princelet Street feilgeboten und war »Diakon« der Spitalfields Synagoge gewesen. Selbst damals hatten die Sidels nicht gebetet; sie waren für die wirtschaftlichen Angelegenheiten der Synagoge und für die Suppenküche für arme Juden zuständig gewesen, mildtätige Menschen durch die Bank.

Isaac fand das Haus in der Rue Vieille-du-Temple, in dem Joel wohnte. Kein Hof war zu sehen, kein benutzbarer Durchgang. Er stand neben dem Haus, bis eine alte Frau aus einer Öffnung in der Wand auftauchte. Isaac ging nach drinnen.

Er kroch im Dunkeln herum und suchte mit beiden Händen nach einem nichtvorhandenen Geländer; er berührte fettiges Holz und eine rauhe, niedrige Decke. Irgendwie kam er wieder raus und stand in einem Hof mit wüstem blauem Boden und einem eingesunkenen Baum. Er humpelte auf eine Treppe zu. Sein Vater wohnte im obersten Stockwerk.

Joels Geliebte war Vietnamesin – Sophie hatte sich nie die Mühe gemacht, sich von ihrem herumziehenden Mann scheiden zu lassen; die Frau hatte ein zartes Kinn und köstlich geformte Wangenknochen. Sie arbeitete als Zimmermädchen im Iroquois. Joel nannte sie Mauricette. Sie konnte nicht über dreißig sein, doch außerhalb des Iroquois verjüngte sich auch Joel um ein Wesentliches. Er hatte den flaschengrünen Mantel und die Requisiten des Porträtmalers abgelegt und trug ein altes Samthemd. Ganz gegen seinen Willen fand Isaac seinen Vater reichlich gutaussehend. Zu Hause war Joel kein Clown. Das Rouge hatte er abgewischt.

»Wer hat deinen Mantel zerrissen, Isaac?«

»Das war nichts weiter, Papa. Ich bin zwei Taschendieben begegnet. Sie wollten mit mir tanzen. Ich habe abgelehnt. Allzu behende werden sie in den nächsten zwei Wochen nicht sein.«

Joel zuckte die Schultern über Isaacs Enthüllung; Kriminalromane konnte er nicht enträtseln. Er bot Isaac einen Platz am Tisch an. Der Geruch von perfekt bereitetem Reis drang in Isaacs Nase. Er sah Joels Verhältnisse nicht mehr ganz so verbissen. Joel brauchte nicht mehr als ein Zimmer. Hier hatte er alles untergebracht.

Sie aßen den Fisch mit den Händen, knabberten die Gräten ab. Isaac trank einen seidigen Wein, der ihm wie Wasser durch die Kehle rann. Joel quälte ihn erst nach beendeter Mahlzeit.

»Ein Superdetektiv, dessen kleiner Bruder im Gefängnis sitzt – Isaac, das muß moralische Gründe haben. Hat er die Frau des Polizeipräsidenten vergewaltigt?«

»Er sitzt nicht bei den Verbrechern, Papa, ich schwöre es dir. Es geht nur um eine Zivilklage. Ich würde nicht zulassen, daß Leo mit Perversen in Berührung kommt. Ich habe einen Bruder, der es für ritterlich hält, sich blind und taubstumm zu stellen. Dieser Leo geht freizügig mit seinem Leben um. Er kratzt sich den Arsch mit einem lecken Füller und verschreibt seine Seele. Jetzt ist er ein Sklave. Seiner Exfrau gehören die Zähne in seinem Mund. Leo läuft mit Eiern rum, die bis auf den Boden hängen. Er kommt mit den Alimenten nicht mehr nach.«

»Ich könnte fünfhundert Dollar zusammenkratzen, Isaac. Wieviel braucht er?«

»Bitte, Papa, sprich nicht über Geld. Glaubst du, ich würde diesem blöden Sack nicht helfen? Er nimmt keinen Cent. Er genießt sein Unglück.«

Isaac stieg die Treppe o-beinig hinunter. Der Wein hatte seinen Nacken gerötet. Er tastete sich an den Wänden entlang und kicherte wie ein dummer kleiner Junge, der seinem Vater davongelaufen ist. Während er schwankend über die feuchte blaue Erde im Hof seines Vaters ging, wurde er nachsichtig gegenüber Joel. Seine Mutter hatte schon längst gesponnen, als Joel sie verlassen hatte. Sie hatte in Mülltonnen gewühlt und aufgeweichte Pappdeckel und häßliche Kordeln gesammelt, als Joel noch seine Millionen besaß. Isaac liebte sie; er mochte den Plunder und die Araber, die sie mit nach Hause brachte, Bettler, gescheiterte Musikanten und Köche, die keine Anstellung mehr fanden, nachdem sie Straßenkehrer auf der Atlantic Avenue gewesen waren, doch warum hätte sein Vater freiwillig bei einer Frau bleiben sollen, die immer einen Schnurrbart und Rost an den Fingern hatte, der sich nicht abwaschen ließ?

Isaac mochte Mauricette. In seinen Augen war sie keine böse Stiefmutter und kein simples Anhängsel seines Vaters, keine künstliche Ehefrau. In diesem einen schäbigen Zimmer vermischte sie ihre Spucke und ihr Blut mit Joel.

Isaac machte sich auf den Rückweg zu seinem Hotel bei der Place Vendôme. Er versuchte zu schlafen; das metallische Klicken des Telefons drang durch seine Benommenheit. Die Hilfe der Überseevermittlung erübrigte sich. Er erkannte Coens nasales Hallo.

»Komm nach Hause, Isaac. Deiner Mutter ist etwas zugestoßen.«

4

Eine Invasion von Stoßtrupps fand sich im Präsidium ein. In den Gängen, den Umkleideräumen und den Klos stolperte man über sie. Sie versammelten sich bei den Marmorsäulen im Erdgeschoß, lutschten bittere Halstabletten, Männer in schwarzen Ledermänteln mit schmutzigen Augen. Sie kläfften sich gegenseitig an und gingen ruppig mit den Inspektoren niederen Ranges und den Büroangestellten um, von denen sie wegen der Unmengen schwarzen Leders die »Krähen« oder die »Leichenbestatter« genannt wurden. Die »Krähen« arbeiteten für miteinander konkurrierende Abteilungen. Sie waren Rivalen, Elitetruppen, die dem Chief of Detectives, dem First Deputy und dem Police Commissioner selbst unterstellt waren. Der PC hatte sich ungewöhnlich grob ausgedrückt: Er wolle die Drecksäcke, die Sophie Sidel verwundet hatten.

Isaac ging den Lederknaben aus dem Weg. Wenn sie den Chef zu Gesicht bekamen, verteilten sie sich hinter den Säulen. Isaac hatte seinen eigenen Trupp, Jungen ohne Ledermäntel, blauäugige Detektive, gute Schützen, die kein Hohnlächeln kannten. Er trat in sein Büro, das dem von »Cowboy« Rosenblatt gegenüberlag, dem jüdischen Chief of Detectives. Isaac war nur drei Tage fortgewesen; dennoch war sein großer Schreibtisch mit Memoranden und persönlichen Notizen beladen, mit Beileidsschreiben aller irischen Bosse im Präsidium und von Newgate, dem FBI-Mann, der Gin Rommé mit dem First Dep spielte, von Barney Rosenblatt und dem PC, außerdem eine altmodische blaue Karte mit dem feinen Gekritzel von First Deputy O'Roarke. Sein Telefon läutete schon seit einer Stunde ununterbrochen. Er hielt den Hörer an seine Wange und knurrte seinen Namen. Ihm war nicht nach Mordecai zumute.

»Ich habe gehört, was deiner Mutter passiert ist, Isaac. Die ganze Nachbarschaft hat sich bewaffnet. Wir bilden Patrouillen, Isaac. Auge um Auge zahlen wir es ihnen zurück. Wie geht es Sophie?«

»Sie liegt noch im Koma.«

»Sophie ist ein zähes Mädchen. Sie kommt bestimmt durch.«

Isaac kannte die Gewohnheiten eines alten Freundes. Mordecai rief ihn nicht im Büro an, um über Sophie zu plaudern. Dieser Mordecai war heikel. Mit Sicherheit wollte er auf etwas anderes raus.

»Geht es um Honey?« fragte der Chef. »Sie ist doch nicht etwa schon wieder nestflüchtig? Ich kann sie jetzt nicht aufgabeln. Aber ich kann dir Brodsky leihen. Oder Coen.«

Isaac vernahm ein Geräusch, von dem er nicht wußte, ob es Mordecais Seufzen oder ein elektronisches Zischen war. »Honey ist zu Hause – es geht um Philip. Kannst du ihn besuchen? Er ist in einer entsetzlichen Lage, Isaac.«

»Herr im Himmel, meine Mutter liegt in Bellevue und steckt voller Schläuche, und dann kommst du mir mit Philip. Macht er Rückschritte im Schach? Philip läuft mir nicht weg. Bis dann, Mordecai.«

Mordecai, Philip und Isaac waren die drei großen Köpfe der Seward Park High School gewesen. Als unentwegte Mitglieder des Schachclubs und Verehrer von Sergei Eisenstein und Dashiell Hammett waren sie in den Jahren 1943, 1944 und 1945 unzertrennlich gewesen. Doch Mordecai und Philip blieben Phantasten, wogegen Isaac zur Polizei gegangen war.

Er rief nach Pimloe, der in Isaacs Abwesenheit den elitären Spitzeltrupp des First Deputy befehligte. Pimloe erschien mit seinem Notizblock und einem Füllfederhalter mit Goldfeder. Er trug sein Phi Beta Kappa Abzeichen aus Harvard. Isaac sah das Ding verächtlich an. Er hatte vier erbärmliche Semester in Columbia studiert und solange in einer Mönchszelle in Morningside Heights gewohnt.

»Wo ist Coen?«

»Auf Spurensicherung. Er geht Tips nach wie alle anderen auch.« Pimloe wedelte mit seiner Schreibunterlage, auf die ein exakter Plan von Lower Manhattan geklemmt war, grüne Karos für Stadtparks und ein blauer Stern für das Präsidium; der Plan wurde von Zeichen aus Pimloes Füller verunziert. »Letzte Woche haben sie an zwanzig Stellen zugeschlagen, Isaac. Sechs zwischen Essex und der Bowery, sechs in Chinatown, fünf in Little Italy, einer in Soho und zwei an der Hudson Street. Barney nennt sie die

›Lollipops‹. Ein alter Itaker in Little Italy beschwört, sie hätten Dauerlutscher gelutscht, als sie in seinen Laden kamen.«

»Machst du gemeinsame Arbeit mit Barney Rosenblatt, Herbert?«

»Du kannst Cowboy nicht abschieben, Isaac. Der PC gibt ihm Rückendeckung.«

»Wenn es sein muß, schiebe ich jeden ab. Es gibt mehr als eine Bande, die die Straßen unsicher macht, Herbert. Kann sein, daß dein Plan leicht überholt ist; dann hätten wir es mit einem ganzen Bündel Lollipops zu tun.«

»Es paßt alles zusammen, Isaac. Sie schlagen alte Leute zusammen. Sie tragen Masken. Sie rühren das Geld nicht an.«

»Was hast du für eine Theorie, Herbert? Erzähl mir, was du dir denkst.«

»Bekloppte. Eindeutig. Sie machen einen Überfall, verstecken sich und machen den nächsten Überfall. Ein idiotischer Krieg der Lollipops.«

»Hast du meine Mutter in deiner Theorie berücksichtigt?«

»Wie meinst du das, Isaac? Das ist Zufall. Es hätte genauso gut eine beliebige andere alte Frau in einem Laden sein können.«

»Ach du meine Scheiße, Zufall. Jemand schickt mir eine ›Nachricht‹, und ich komme nicht dahinter, warum. Herbert, was hast du rausgebracht?«

Pimloe führte den Chef in seine Lieblingsnische vor dem Verhörraum im ersten Stock. Durch den Einwegspiegel starrten sie die Verdächtigen an, die Pimloe, Barney Rosenblatt und die »Krähen« für Isaac zusammengestellt hatten: Stützeempfänger aus einem Wohlfahrtshotel an der achten Avenue, Schluckspechte frisch aus Chinatown, eine schwarze Hure mit Schorf auf den Knien, Ausgebrochene aus einer Nervenheilanstalt in New Jersey und zwei puertoricanische Bullen, die sich als Zuhälter verkleidet hatten – Isaac hatte ganz beachtliche Auswahlmöglichkeiten. Er überflog die Gesichter nur einmal; Spott lag auf seinen Lippen. »Schickt sie heim.«

Isaac ging um die Ecke. Er suchte Margedonnas Bar und Grillrestaurant auf. Der Barmann fühlte sich nicht zum Grinsen aufgelegt. Isaac schaute ins Hinterzimmer, in dem der Chief of Detectives mit seinen »Krähen« saß; an einer Wand hingen ihre schwarzen Ledermäntel auf Haken aufgereiht. Isaac ging auf Barney Rosenblatts langen Tisch zu. Keine der »Krähen« stand auf, um ihm Platz zu machen. Sie stopften sich die Backen mit Auberginen voll und starrten ihn an.

Barney Rosenblatt war der höchstgestellte jüdische Bulle von New York City. Er haßte Isaac mehr als die irischen Bosse, von denen er umgeben war. Isaac unterlief Barneys Leute mit seinem Spähtrupp und seinen persönlichen Spitzeln. Beide waren Vorstandsmitglieder bei den »Hands of Esau«, einer Bruderschaft jüdischer Polizisten. Dort lagen sie sich ebenso sehr in den Haaren wie im Polizeipräsidium. Ihre Schuld war es, daß der Fortbestand der »Hands of Esau« ständig gefährdet war.

Barney trug einen Colt, in den sein Name und sein Dienstgrad direkt über dem Abzug eingraviert waren, und ein Schnellziehhalfter mit Fransen wie Buffalo Bill. Als er sich vom Tisch erhob, hielt er das Halfter an den Fransen fest, damit der Colt ihm nicht in den Magen piekste. Die Krähen hatten zuviel Peperoni gegessen: Beim Anblick der Umarmung, die Barney und Isaac austauschten, trat ihnen das Wasser in die Augen. Hatten sie es mit ausgewachsenen Männern oder mit Tanzbären zu tun?

Cowboys Umarmung entbehrte jeder Scheinheiligkeit. Hingebungsvoll quetschte er Isaacs Rippen zusammen. Barney war kein lumpiger Krieger; er teilte den Kummer seiner Feinde.

Doch Isaac hatte Cowboy nicht wegen seiner bärenhaften Umarmung beim Mittagessen gestört, auch nicht, um Chianti in einer Flasche mit Bastkorb zu riechen. »Laß die Finger aus meinem Hühnerstall, Barney. Der Fall geht dich nichts an. Ich werde allein damit fertig.«

»Wer ist hier der Hühnerdieb?« fragte Cowboy. Er kämpfte gegen seinen sehnsüchtigen Wunsch an, Isaac an den Ohren zu packen und ihn unter den Tisch zu werfen.

»Wenn es hier ein Rätsel zu lösen gibt, so werde ich es lösen. Die Leute, die es gewagt haben, meine Mutter anzurühren, bekommen es mit mir zu tun.«

»Keine Blutrache, Isaac. Das ist Sache der Polizei. Ich kann das ganze südliche Manhattan auf diese Verrückten ansetzen, ganz gleich, wer sie sind.«

»Barney, ich will nicht, daß deine Jungen hier überall rein- und rausrennen. Das ist mein Bier. Hände weg.«

»Wen hast du denn, Isaac? Blue Eyes? Dieser Minderbemittelte, der seinen Schwanz nicht erkennt, wenn er ihn sieht.«

»Paß auf, was du sagst, Barney. Du redest über meinen Mann.«

Cowboy mußte ihn ziehen lassen. Als Chief of Detectives stand er über der höchsten Sprosse der Leiter, auf die ein Inspektor es je bringen konnte. Doch der First Deputy starb an Krebs, und der Bulle, der seinen Stuhl erbte, hatte die Kontrolle über die gesamte Polizei der Stadt. Barney brauchte sich gar nicht erst den Kopf zu zerbrechen, wer O'Roarkes Erbe sein würde. Dennoch war er zum Feiern aufgelegt. Seine älteste Tochter, eine alte Jungfer von zweiunddreißig, würde in acht Tagen vor dem Traualtar stehen. Dann hatte Barney seine Kinder alle unter der Haube. Was hatte Isaac erreicht? Er hatte seine einzige Tochter schon dreimal verheiratet.

Isaac ließ Brodsky nicht holen; ein Chauffeur hätte ihn möglicherweise abgelenkt. Er nahm ein Taxi, weil es ihm widerstrebte, sich über Furcht und Schrecken, über Kriminalität oder über das Wetter zu unterhalten.

Der Fahrer hielt Isaac für einen Pornokönig oder für einen Manager von Tunten auf Zeit: Noch nie hatte ihn jemand aufgefordert, langsam an sämtlichen Lichtspieltheatern der zweiundvierzigsten Straße vorbeizufahren, die die ganze Nacht über geöffnet hatten. »Das da ist es«, sagte Isaac und sprang aus dem Taxi. Der Fahrer sah ihn im Foyer des Tivoli verschwinden. Er packte Isaacs Dreistigkeit nicht. »Der Typ muß sich für unsichtbar halten. Der läuft da rein, ohne Eintritt zu zahlen.«

Isaac stöberte in den hinteren Reihen herum. Er konnte sich keine Taschenlampe von einer Platzanweiserin des Tivoli ausleihen. Wadsworth, der Mann, den er suchte, hätte sich vor ihm versteckt. Er mied die männlichen Prostituierten, die einen direkt an den Gängen ansprachen. »Brauchst du einen Finger, Baby? Kostet dich allerdings was. Drei Dollar pro Zentimeter.« Isaac hätte sie einbuchten lassen können, aber dann hätte er seinen Mann verloren. Er mußte Wadsworths Kino beschützen.

Hinter sich hörte er ein leises Knistern. »Was machst du hier, Isaac?« Wadsworth war ein Albino, ein milchiger Neger mit rosa Augen. In der Sonne konnte er nicht überleben. Wadsworth brauchte vierundzwanzig Stunden Dunkelheit. Er lebte im Tivoli, spülte sich den Mund in der Trinkwasserfontaine aus, wusch seine Unterwäsche im Waschbecken, schlich sich nach Mitternacht ins Freie und kehrte vor dem ersten Sonnenstrahl in das Lichtspieltheater zurück. Er lebte von Popcorn und Karamelbonbons aus den Automaten des Tivoli. Während Zeichentrickfilmen, Spielfilmen und Vorankündigungen konnte er regungslos in einer Stellung verharren. Wadsworth behauptete, niemals Schlaf zu brauchen.

»Hast du dich wegen meiner Onkel umgehört, Isaac? Meine Onkel bedeuten mir viel.«

»Ich versuche es, Wadsworth. Ich kann nichts gegen die Bewerberlisten des Staatsdiensts machen. Aber bei der Abteilung für städtische Parkanlagen könnte man eine Tippse unterbringen.«

»Meine Onkel können nicht Schreibmaschine schreiben, Isaac.«

Der Chef mußte Wadsworth mit Gefälligkeiten bei der Stange halten, mit kleinen und großen. Er besorgte Gelegenheitsarbeiten für Wadsworths weitschweifige Sippe, Onkel, Cousins und Freunde. Wadsworth wollte keinen Nutzen für sich selbst aus seinen Diensten ziehen. Er war der beste Informant, den Isaac je gehabt hatte. Als berufsmäßiger Einbrecher, gelegentlich auch Brandstifter, verkaufte er Uhren und Schuhe an Feuerwehrmänner, Kanalarbeiter und die Söhne einiger Mafiosi. Wadsworth stand in Verbindung mit Taschendieben, Shylocks und kleinen Erpressern in der ganzen Stadt und schnappte jede Information auf, ehe sie bis auf die Straße vordrang.

»Wenn du wegen deiner Mutter gekommen bist, kann ich dir nicht helfen, Isaac. Maskierte, die den Leuten Schädel einschlagen, ohne in die Ladenkasse zu langen – ich halte das für Laienkram.«

»Oder für einen Racheakt. Wadsworth, kennst du jemanden, der soviel gegen mich hat, daß er eine Bande verkommener Kinder auf meine Pelle hetzt?«

»Isaac, du fragst mich, ob du Feinde hast? Ich kann dir zehn Bullen aufzählen, die dich am liebsten umbringen würden, einschließlich Cowboy Rosenblatt.«

»Ich könnte zwanzig aufzählen, aber das ist nicht die Arbeit eines Bullen. Was ist mit den Guzmans?«

Die Guzmans, ursprünglich Spieler und Taschendiebe aus der Bronx, wandelten sich in eine Sippe von Zuhältern. Sie waren in Isaacs Bereich eingedrungen, auf der Suche nach Junggemüse, Dreizehnjährigen, ausschließlich Weiße, und Isaac hatte gelobt, die Guzmans aus Manhattan zu vertreiben. Er hatte seine Männer an den Busbahnhöfen stationiert, um ihnen den Mädchenfang zu erschweren. »Zahlen es mir die Guzmans heim, Wadsworth?«

»Nee«, sagte Wadsworth und zeigte seine bleichen Lippen. »Die Guzmans haben Gefühl. Sie würden deiner Mutter nichts tun. Die kämen direkt zu dir.« In der staubigen Luft des Tivoli brannte das tiefe Rot seiner Pupillen; Isaac mußte seinen Blick abwenden. »Probier es bei Amerigo.«

»Warum sollte Amerigo mir nachstellen?«

»Er grummelt, Isaac. Mehr weiß ich nicht. Er glaubt, du hast was mit dem FBI.«

»Das ist rein geschäftlich, Wadsworth. Der First Dep muß höflich sein. Manchmal benutzen wir ihre Laboratorien. Aber Newgate ist ein Trottel. Warum sollte ich mit dem was haben?«

»Erklär mir das doch nicht, Mann. Spar es dir für Amerigo.«

Isaac blinzelte im grellen Sonnenschein außerhalb des Tivoli. Kellerlöcher war er nicht gewohnt. Inspektor Pimloes Theorien über die Lollipop-Gang verärgerten ihn. Seine Abteilung hatte nur Scheiße zutage gefördert, idiotischen Mist. Pimloe schleppte ihm eine ganze Galerie von Landstreichern an und sprach von Zufall. Isaac sah die Sache anders. Die Lollipops hatten Ida einen Schrekken eingejagt, seiner Verlobten, hatten seinen Lieblingsimbiß in der Essex Street überfallen und seine Mutter zusammengeschlagen. Und all das in einer einzigen Nacht. Sie wollten Isaac ein Zeichen geben. Konnte Amerigo Genussa ihr Gönner sein, ein Mann, der Isaac aufs Korn nahm und Kinder mit Masken und Dauerlutschern ausstattete?

Amerigo war der Präsident des Garibaldi-Vereins und der *Padrone* der Mulberry-Street. Ehe er auf Immobilien umstieg und ein Sechstel von Little Italy gekauft hatte, war er ein wunderbarer Spitzenkoch gewesen. Das Caffè da Amerigo hatte er aufgeben müssen, um seine Holdings zu kontrollieren und für Sicherheit auf den Straßen zu sorgen. Die Puertoricaner fielen ein, Chinesen rissen sich leerstehende Gebäude nördlich der Canal Street unter den Nagel, doch die Schwarzen hatte Amerigo ferngehalten. Seine Wachposten brüsteten sich gern damit, daß ihre Mamas und ihre Mädchen im Umkreis einer halben Meile um das Garibaldi-Vereinshaus kein schwarzes Gesicht zu sehen bekamen – es sei denn, es gehörte einem Bullen oder einem FBI-Mann.

Die Garibaldis führten einen Privatkrieg gegen das FBI, dessen Vogelscheuchen und bezahlte Informanten sich in Amerigos Straßen tummelten, seine Telefone anzapften, in seine Fenster guckten, Drähte durch seine Wände gruben und versuchten, mit den Töchtern der Gemischtwarenhändler, der Bäcker und der Ravioliverkäufer der Mulberry Street zu flirten.

Isaac nahm wieder ein Taxi und fuhr zur Grand Street. Er stattete dem Obststand von Murray Baldassare einen Besuch ab, gegenüber von Ferraras Konditorei. Murray war ein unbedeutender Spitzel für die Abteilung des First Dep gewesen, bis Isaac ihn an Newgate abgetreten hatte. Jetzt war er Newgates Köder, ein FBI-Spion. Newgate finanzierte Murrays Karriere als Obstverkäufer, indem er viertausend Dollar in den Stand gesteckt hatte. Murray hatte keine Zeit für das Obst. Frauen aus der Nachbarschaft prellten ihn um ganze Säcke von Mandarinen. Er war beauftragt, Ferrara nachzuspionieren; Newgate war der Meinung, daß die *Dons* der Grand Street ihre Geschäfte über Ferraras Kaffeetassen und seinen Tabletts mit sizilianischem Gebäck abwickelten. In Little Italy wußte jedes kleine Kind, daß Murray Baldassare ein Spitzel war. Er blieb am Leben, weil er Newgate nichts Neues zu berichten hatte. Amerigo persönlich aß von Murrays Mandarinen.

Beim Anblick Isaacs prallte Murray von dem winzigen Fenster seines Obststands zurück. Er bekam einen derartigen Schluckauf, daß Isaac sich gezwungen sah, ihm einen Fausthieb in die Schulter zu versetzen, damit der Obstverkäufer seine Sprache wiederfand. Die Mandarinen zeigten einen Hauch von Scharlachrot; ihre Schalen bluteten für Isaac. Er schnappte sich eine, die Schale riß unter der Kraft von Isaacs gelbem Nagel auf. Der Nektar war bis auf die Häutchen, die die Schnitze trennten, gefroren.

»Chef«, sagte Murray, »warum kommst du her? Willst du meine Leiche sehen?«

Isaac leckte sich die Finger ab. »Ganz ruhig, Murray. Amerigo weiß, daß du mit mir verheiratet warst. Er tut dir nichts.«

»Es geht nicht um Amerigo. Es geht um das FBI. Newgate wird mich zum Krüppel schlagen. Für wie blöd hältst du ihn? Er kann es sich selbst ausrechnen. Die Berichte, die er von mir kriegt, sind ein Haufen Mist. Er wird sagen, ich, du und Amerigo tanzen ihm auf dem Kopf herum.«

»Weißt du nicht mehr, daß ich dich ins Geschäft gebracht habe, Murray? Beschwer dich nicht. Inzwischen bist du eine Berühmtheit. Außer dir hat noch niemand einen Obststand aus dem FBI rausgeleiert.«

»Isaac, ich flehe dich an, hol mich da raus.«

Isaac legte die angeschlagene Mandarine wieder in Murrays Auslage.

»Erzähl mir was, Murray. Du siehst, was auf der Straße vorgeht. Hat Amerigo kürzlich Schläger engagiert?«

Murrays Blicke wanderten von der Decke zu Isaacs Schuhen. »Ich glaube schon.«

»Wie viele, Murray?«

»Drei oder vier.«

»Sind es Kinder, die noch an Lutschern nuckeln? Eins davon ein Mädchen? Hat er sie ausgeschickt, auf meiner Mutter rumzutrampeln?«

Über Murrays Wangen liefen Schauer, die jede Möglichkeit eines Bluffs ausschlossen. »Deine Mutter, Isaac? ... Davon hat mir Newgate nichts gesagt. Wer könnte so was Furchtbares tun?«

Isaac bog um die Ecke. Murray war hinter der Glasscheibe gefangen, mit Mandarinen bis zu den Lenden, sein Hals verrenkt und steif und sein Gesicht erstarrte: trübe, schielende Augen in Höhlennestern. Er stand auf dem Abstellgleis, ein Spion, den Isaac künstlich hergestellt, gehegt und gepflegt und ausrangiert hatte, und dann hatte er ihn dem FBI angedreht.

Der Chef machte sich Gewissensbisse wegen Murray. Aber Newgate hatte keine Ruhe gegeben; er wollte einen von Isaacs berühmten Spionen haben, und Murray war derjenige gewesen, auf den Isaac verzichten konnte. Er ging an den Spielclubs der Mulberry Street vorbei. Breite Streifen grüner Farbe schützten die Fenster vor jedem Einblick, das unvermeidliche »NUR FÜR MITGLIEDER« war in das Grün gekratzt.

Isaac trat in die Räume des Garibaldi-Clubs. Die Mitglieder funkelten ihn böse an, aber niemand warf ihn raus. Die Garibaldis duldeten seinen Polizistengeruch, seine geschmacklose Krawatte, seine Kalbslederschuhe, seine orangenen Socken und die Entweihung ihrer Räumlichkeiten durch eine Pistole. Es waren hauptsächlich Männer über sechzig, die in Angoraunterwäsche steckten, wie man an den Knöcheln und den Handgelenken sah. Sie tranken schwarzen Kaffee und Anisschnaps oder Cappucino aus Garibaldis großer Maschine.

Knurrlaute stiegen aus Isaacs Magen auf. Er war süchtig nach Kaffee mit schäumender, heißer Milch. Bleeckers und MacDougals Espressobuden mied er, auch das Caffè Borgia, in dem man einen Kaffee vorgesetzt bekam, der von geschlagener Sahne ertränkt wurde, dasVerdi mit seinen Schokoladenraspeln im Schaum und das Reggio, das einen brauchbaren Mokka ausschenkte, aber sonst so gut wie nichts. Isaac ging zu Vinnies Kantine in der Sullivan, um seinen Cappucino in einem einfachen Glas zu genießen, oder zu Manganaro an der neunten Avenue, wenn er dazu aufgelegt war, sich mit dem Mann hinter der Theke zu kabbeln, der nur mißmutig den Hebel der Espressomaschine betätigte.

Das Kaffeearoma im Innern des Garibaldi-Clubs, durch die Heizungsluft verdichtet, konnte einen Bullen zum Wahnsinn treiben. Bei den Garibaldis gab es den besten Cappucino New Yorks. Das konnte man nicht mehr den Wundern einer Maschine zuschreiben, die sensationellen Schaum produzierte und kochendes Wasser durch eine dichte Lage gemahlenen Kaffee preßte. Es war die Hingabe der Garibaldis selbst, die Cappucino nie als etwas angesehen hätten, was man für Geld kaufen kann.

Amerigo Genussa saß in einem überwältigend roten Hemd mit weiten Ärmeln zwischen den Garibaldis. Er war nicht älter als Isaac. Um seine Augen zogen sich Narben von Kämpfen, die er in den Küchen Little Italys ausgefochten hatte. Er konzentrierte sich ganz auf sein Dominospiel.

Isaac beschloß, das Schweigen des Garibaldi-Clubs nicht zu brechen. Er wollte die Dominosteine, die Cappucinotassen, den Haß, den Amerigo gegen ihn hegte, aussitzen. Doch die pfeifende, heiße Heizungsluft heftete sich an Isaac an, schlug sich auf der Haut hinter seinen Ohren nieder. Isaac spürte, wie die Röte von Amerigos Hemd in seinem Mund zur Bitterkeit wurde, und er konnte die trockene Oberfläche der Dominosteine schmecken. »Willst du Kaffee, Isaac?«

»Nein.« Amerigo nahm zwei Tassen aus dem Regal. Heimlich und ohne jedes Beben der Nasenflügel beobachtete Isaac das Zubereiten des Kaffees. Die Maschine erbebte unter einem saugenden Geräusch, als Amerigo die Milch heiß machte. Er bog den Hebel um, und aus zwei Metallzapfen ergoß sich Kaffee.

»Es verletzt meine Gefühle, einen mürrischen Mann in meinem Club zu sehen. Bleib draußen, wenn du nicht lächeln kannst.«

Er schob Isaac eine Tasse hin. Der Chef starrte die Schaumblasen auf der Milch an. »Beiß dir an mir die Zähne aus, Wirt, aber wehe, du kommst meiner Mutter noch einmal zu nahe. Ich werde dich so langsam töten, daß dir das Hirn aus den Ohren sickert, ehe du Gelegenheit findest, zu sterben.«

»Isaac, ich glaub, du hast 'n Arsch offen. Wenn ich an deine Mutter gewollt hätte, hätte ich die Sache nicht verpatzt.«

Die Garibaldis ließen ihre Dominosteine durch die Finger gleiten, während Isaac und Amerigo über den Cappucinotassen Gesichter schnitten.

»Erzähl mir bloß nicht, du hättest keine Schläger angeheuert.«

»Klar tu ich das. Glaubst du, außer deiner Mutter gibt es keine Verluste? Die kleinen Ärsche sind in mein Revier gekommen, haben Mrs. Pasquino eins auf den Kopf gegeben, ihre Bäckerei demoliert und sind heimgerannt ins Judenviertel, damit sie ihren koscheren Quatsch essen können. Ich brech ihnen die Füße!«

»Willst du damit sagen, daß es eine Bande von Talmud-Schülern ist, Amerigo? Ein jüdischer Karate-Club? Den Bären kannst du jemand anderem aufbinden.«

»Zwei davon sind jiddisch. Definitiv. Ein Junge und ein Mädchen. Der letzte ist so 'ne Art Nigger. Wenn er kein Bimbo ist, dann ist er Türke oder Japs. Ganz bestimmt, Isaac.«

Isaac grub seinen Kiefer in die Cappucinotasse. Er lutschte den Kaffee, und der Geschmack der gebräunten Milch entlockte ihm ein Schnurren. »Amerigo, die Kinder übernehme ich. Ruf deine Killer zurück.«

»Ausgeschlossen, Isaac. Was gibt es da zu streiten? Wir sind beide Soldaten. Du hast dein Revier, ich meins. Wie geht es deiner Tochter? Läuft die Ehe diesmal glatt?«

»Ihr geht es gut«, sagte Isaac mit Kaffee zwischen den Zähnen. »Sie hat einen Architekten.« Hätte er dem Wirt etwa erzählen sollen, daß Marilyn nicht zu bändigen war? Daß sie auf freier Wildbahn herumlief, während die Lollipops in den Straßen auf der Lauer lagen.

»Und was ist mit deinem Bruder Leo? Hat er den Ärger hinter sich?«

»Leo geht es gut.« Der Kaffee sickerte durch Isaacs Organismus, schwappte in seine Tränensäcke, und die Haut auf seinen Knien straffte sich. Für einen zweiten Cappucino hätte Isaac seine Tochter verkauft. Die Garibaldis hatten ihn in der Hand.

»Isaac, ich habe gehört, daß dein kleiner Freund jetzt selbst ein Kissen im Präsidium hat. Jetzt braucht er nicht mehr auf dem Schoß des Commissioner zu schlafen.«

»Ich habe mehr kleine Freunde, als ich zählen kann, Wirt. Von welchem redest du?«

»Von Newgate.«

»Himmel«, sagte Isaac und erwachte aus seinem Kaffeedämmer. »Was kann dir Newgate anhaben? Der ertrinkt in einer Pfütze, wenn der Polizeichef ihn nicht an der Hand hält.«

»Er schadet meinem Ruf, Isaac. Mit seinen häßlichen Augen

erschreckt er junge italienische Mütter. Die Mütter sagen, Newgate ist ein Hexer. Ihre Babys könnten sich mißbilden, und mir geben sie die Schuld. Was hat er gegen die italienische Rasse? Hält er Sizilien für das Land des Teufels? Die Hälfte meiner Häuser haben kaputte Toiletten. Ich schwimme mit meinen Klempnerstiefeln in Scheiße, und dieser Schmok redet von organisiertem Verbrechen.«

»Beschwer dich bei Cowboy, nicht bei mir. Cowboy liebt das FBI.« Isaac sog mit seinen Zahnlücken am Tassenboden. »Amerigo, sieh zu, daß deine Schläger auf deiner Seite der Bowery bleiben. Wenn ich sie in der Nähe der Essex Street erwische, sind sie nicht mehr in der Verfassung, weiterzusuchen.«

Als er aufstand, war sein Kopf frei von destruktiven Phantasien. Er wollte nicht mehr auf Dominosteine spucken, die Espressomaschine zertrümmern, die Garibaldis aufs Revier bringen. Er hegte keinen Groll gegen Amerigo Genussa. Er lief um die Tische herum und landete auf der Straße.

5

Marilyn klagte nicht über ihre Mittellosigkeit. Während sie zwischen dem Bellevue, Coens Wohnung und dem Gefängnis in der Crosby Street pendelte, reduzierte sie ihre Probleme auf eine reine Frage der Logistik: Wie konnte sie auf dem Turf ihres Vaters ihrem Vater aus dem Weg gehen? Sie saß bei ihrer jüdischen Großmutter im Bellevue, von Flaschen und Schläuchen umgeben, die Sophies Organismus den Unrat entziehen und lebenswichtigen Zucker in ihren Körper tröpfeln konnten. Sophies blaue Flecken hatten eine gelbliche Färbung angenommen. Sie war nicht vollständig im Koma. Manchmal erwachte sie aus ihrem Schlaf, sah stirnrunzelnd auf die Schläuche in ihrer Nase und gab Marilyn mit ihrer trockenen Zunge Zeichen. Marilyn konnte nicht abschätzen, was Sophie mitbekam. Rief Sophie nach einer Krankenschwester oder formte der Mund »Kathleen«, den Namen von Marilyns Mutter?

»Ich bin es, Oma Sophie. Kathleens Tochter. Deine Enkelin Marilyn.«

Sie floh die Blicke der Assistenzärzte und Krankenpfleger auf ihren Rundgängen. Isaac konnte hinter der Tür stehen. Ihm stand eine ganze Liste von Spionen zur Verfügung, die sie in die Falle locken konnten; Männer in Arztkitteln, gepuderte Detektive mit falschen Schnurrbärten, die mit einem Finger auf Isaacs magere Tochter zeigen und nach dem Chef plärren würden. So ein Typ trieb sich auf der Crosby Street herum. Sie brachte Onkel Leo Plätzchen, die sie aus dem Mehl von Coens Vorrat gebacken hatte. Der Mann hatte Holzkohle um seine Lippen geschmiert. Er versuchte, einen Penner nachzuahmen, blies die Knöchel an, zog an den Fäden seines Mantels und biß Wollfusseln aus seinem krumpligen Schal. Marilyn lachte über die Schnitzer in seiner Verkleidung. Die Füße des Bullen waren geschützt: Nur ein Polizeipenner lief in Florsheim-Schuhen rum.

Eine Falte in der Augengegend verwirrte Marilyn. »Brian Connell«, sagte sie, ohne verlegen zu werden. Sie kannte ihn aus ihrer Schulzeit. Es hatte einige Herzallerliebste in ihrem Leben gegeben. Brian zählte dazu.

»Mary?« sagte er. Er verstand nicht, wie die Kleine ihn mit diesem Mantel und Schal und dem geschwärzten Gesicht problemlos identifizierte.

»Ich bin Marilyn. Marilyn Sidel.«

Der Bulle blies wieder auf seine Fingerknöchel. Er hatte ein prächtiges Gebiß. Erinnerungen an Marilyn taten seinem kohlegeschwärzten Teint Abbruch. Seine Wangen brannten, als er sich an ein knochiges Mädchen mit großen Titten erinnerte.

»Das ist ja verrückt, Marilyn. Treff ich dich im dunkelsten Manhattan. Ich bin von den Anti-Crime-Boys. Die Bosse sitzen uns im Nacken. Die bringen uns um, wenn wir die dreckigen Hunde nicht finden, die deine Großmutter niedergeschlagen haben. Deshalb habe ich diese Bowery-Klamotten an.«

Marilyn kam sich albern dabei vor, einem längst verflossenen Freund die Hand zu schütteln, jemandem, der vor elf Jahren ihr Fleisch geleckt hatte. Brian war im Umgang mit ihr nie zimperlich gewesen; jetzt wippte er auf seinen Florsheim-Schuhen und hatte die Knöchel im Mund. Er fürchtet sich vor meinem Vater, dachte Marilyn. Sie zeigte ihm die Plätzchen. »Die muß ich zu meinem Onkel bringen. Bis demnächst, Brian. Tschüß.«

Brians Kiefer arbeiteten. Er ließ Marilyns Hand nicht los und mußte ein Knie vorschieben, um seine Erektion vor ihr zu verbergen.

»Sei nicht so kurz angebunden, Marilyn. Wir könnten Marble Hill und die nördliche Bronx zwischen uns aufteilen. Wir haben die gleiche ausgeflippte Vergangenheit. Trink ein Bier mit mir.«

Brian erwog eine schnelle Romanze. Wenn er an Marilyn rankam, an ihren Nippeln saugen konnte, bis sie verrückt nach ihm war, hatte er Aussichten bei Isaac. Brian brauchte einen großen Juden. (Keiner der irischen Rabbis im Präsidium hatte sich seiner angenommen.) Isaac war die rechte Hand des First Deputy und der Oberboß aller Rabbis, der weißen, der schwarzen und der puertoricanischen. Wenn er erst Isaac als »Schwiegervater« hätte, könnte Brian nichts mehr passieren. Daher führte er Marilyn in eine Bar an der Spring Street und sonnte sich in der Vorstellung einer Detective-Dienstmarke.

Der Barkeeper zwinkerte Marilyn zu und steckte Brian eine Flasche Gin unter den Arm. Brian wiegte die Flasche und tanzte in seinem gammeligen Mantel um die Barhocker. Erst nach dreimaligem Gestikulieren mit seinem langen Hals folgte ihm Marilyn ins Hinterzimmer. »Ich dachte, wir wollten Bier trinken«, sagte sie. Hinter ihr fiel die Tür ins Schloß.

»Brian, das ist ein echtes Bronx-Treffen. Du wendest immer noch die gleichen Tricks an.«

»An der Bar ist es verräuchert. Hier haben wir unsere Ruhe.« Brian war in der Zwickmühle: Sollte er sie erst flachlegen, oder sollte er sie vorher zu Versprechungen drängen, ihrem Vater seinen Namen und seine Dienstnummer einzuflüstern? »Erzähl mir was von deiner Familie, Marilyn.«

»Was gibt es da schon zu erzählen? Ich bin kriegsmüde. Drei Ehemänner habe ich absolviert. Wie viele Gattinnen hast du, Brian?«

Heilige Mutter Gottes, sie vögelt sich immer noch durch die Gegend, jauchzte Brian in sich hinein. Er gab jetzt jede Bemühung auf, seine Erektion zu verbergen.

»Ich bin ledig, Marilyn, das schwör ich dir. Welchen Mann hast du am meisten gemocht?«

Marilyn mußte lügen. »Ich weiß es nicht mehr.« Sie wollte ihm nicht von dem Mann erzählen, den sie angebetet hatte, ihrem ersten, Larry, einem blonden Jungen mit leichtem Lispeln, den sie mit ihren liebevollen Tobsuchtsanfällen, ihrer Gier, ihren Manien und Eifersüchten fertiggemacht hatte. Jemand, der von Kathleen, der Immobilienkönigin, und Isaac dem Reinen aufgezogen war, war viel zu brutal für einen blonden Jungen. Der schöne Larry war davongelaufen. Coen, die blauäugige Waise, erinnerte sie oft an ihn.

Mit engelsgleichem Lächeln sog Brian an seiner Flasche. Er dachte an den Bandenunterschlupf im Keller, an Gewichtheberräume und an die Wäldchen im Isham Park, an Marilyn, die jeden einzelnen Star des Sportclubs Inwood Hill befriedigte, an ihren mageren Körper, der unter Brians und seiner Freunde Einwirkung zitterte, wobei das Wissen, daß Marilyn keine reinrassige Irin war, ihrer aller Angst vor dem Fegefeuer beschwichtigte. Die Jungen interpretierten ihre Bereitwilligkeit, sich auszuziehen, als einen verachtungswürdigen jüdischen Zug.

Brian spülte seine Zunge in süßem Alkohol. Sein Lächeln verfinsterte sich, ein wölfisches Grinsen. Marilyns drei Ehemänner brachten ihn in Wut. Diese Hure, diese Nutte, brabbelte es in seinem Kopf, sie läßt sich immer nur von Dreiergrüppchen flachlegen. Er steckte einen Finger in Marilyns Bluse. Der Finger landete auf ihrem Schlüsselbein. Brian wußte nicht, wo er forschen sollte. Der Gin hatte sein Gehirn gebläht.

Marilyn entfernte den Finger von ihrer Brust, ohne Brian zu beschimpfen. Sie war nicht gehässig, aber sie mußte die Plätzchen überbringen. Sie sah, wie Brians Wangen explodierten. Den Gin hatte sie im Gesicht. Mit einem kräftigen Griff wurde ihr die Bluse von den Schultern gerissen. Brians Knöchel schmetterten auf ihren Backenknochen. Ihr Auge schwoll an. Sie wollte Blut spucken.

Brians Daumen lag auf ihren Hüften, und Marilyns Rock rutschte unter ihr Knie, fesselte ihre Knöchel und sorgte dafür, daß sie nicht um sich trat. Sie wehrte sich schwach mit ihren Ellbogen. Brian schlug sie zu Boden.

Er kämpfte mit der Marilyn aus dem Isham Park. Er konnte Ehemänner, Eheringe und Hochzeitsnächte auslöschen, als er ihr das Netzhöschen herunterriß und es in seiner Faust rieb. Sie war Brians Kinderhure. Isaac existierte nicht mehr. Das Aufsprießen ihrer Brustwarzen, die Reihe ihrer zitternden Rippen und das Heben und Senken ihres komplizierten Nabels bewiesen ihm, daß sie ein Geschöpf der Keller war, jemand mit verseuchtem Blut und unbestimmter Vergangenheit. Er nahm ihre spitzen Ellbogen und die unseligen Fingernägel einer Hure hin, behielt seinen Knöchel in Marilyns Auge, zerrte an ihrer Kopfhaut, um ihren Kopf zurückzuschleudern und stieß zu, bis sie ruhig wurde.

Marilyn versuchte an Larry zu denken, aber sie begann zu weinen. Also dachte sie an Coen. Sie stellte sich die Form seines Halses vor, den Geruch des Talkpuders aus der Amsterdam Avenue, die Berührung seiner blonden Knie, und der Druck, der sich von ihrem Busen bis in ihre Schenkel schnitt, ließ ein wenig nach. Brian hielt sie für verrückt, als er sie murmeln hörte: »Blue Eyes.«

Als seine Partner ihn fanden, sagte er hinter einem Stapel von falschen Bärten Ave Marias auf. Sie zerrten ihn aus der Requisitenkammer des Reviers und musterten finster die Kratzer auf seinem Gesicht. Sie waren für ihr rauhes Durchgreifen bekannt und konnten es sich nicht leisten, sich ihren Ruf durch einen religiösen Freak beflecken zu lassen. Die echten Bullen würden sie auslachen. Ihr eigener Sergeant würde sie als Schwachköpfe abtun. Sie hatten sich geschworen, die Lollipop-Bande zu finden, das Präsidium mit ihrer Fähigkeit zu Geheimarbeit und mit sensationellen Verkleidungen zu beeindrucken. »Wach auf, Brian.«

Er umklammerte die Knie seiner Partner und schluchzte in ihre Hosenaufschläge. »Isaac wird mich töten.«

»Wie kommst du darauf, daß Isaac dir etwas anhaben will?«

»Ich habe seine Tochter gefickt«, sagte Brian.

Sie lächelten und sahen Brian mit neuem Respekt an.

»Die Tante ist von der Sorte, die Eheringe sammelt. Ich mußte sie zusammenschlagen.«

Seine Partner waren entsetzt. Sie schüttelten Brian von ihren Hosenaufschlägen ab. Der große Isaac würde sich in allen Bezirken umsehen und jeden Bullen in Landstreicherkleidung zermalmen. Doch wenn Isaac Brian Connell fand, war es möglich, daß er sie alle fertigmachte. »Mach, daß du wieder in die Kammer kommst«, sagten sie.

Brian kroch auf dem Bauch wie eine Schlange in einem Wollstrumpf. Lose Haare aus einem Schnurrbart auf dem Regal hingen herunter und brachten Brian zum Niesen. Es war ekelhaft im Dunkeln. Er versprach der heiligen Mutter Gottes zwei aufeinanderfolgende Novenen, wenn sie Isaac verschwinden ließ. Die Kammer wurde geöffnet. Er konnte in die Münder seiner Partner schauen. »Es ist nur Blue Eyes«, sagten sie.

Sie zerrten ihn wieder heraus und kitzelten ihn unter dem Halfter. Brian brach in schallendes Gelächter aus. »Isaac fürchtet sich vor uns. Er schickt diese Ratte zu mir. Ich lege Coen um. Seht nur her.«

Coen hatte Erstaunen erregt. Er war mit Stoppeln auf dem Kinn in ihren Bereich eingedrungen. Sie hatten ihn in Fischgrät in Erinnerung; Isaac liebte es, seine Spione zu striegeln. Sein Trupp von manikürten Kriminalbeamten war in den Revieren Manhattans legendär, in denen ein Bulle lernte, jedem schnieken Jungen ohne Schmutz unter den Fingernägeln zu mißtrauen. Doch Coen war fast so schlecht gekleidet wie Brian. Seine Partner drückten sich an die Wand, um Coen den Weg zu Brian im Umkleideraum freizumachen.

»Brian Connell?« sagte er in seiner natürlichen Stimme.

Brian schätzte es nicht, von einem näselnden Mann angesprochen zu werden. Er wußte, daß er schneller ziehen konnte als Blue Eyes. Sein Dienstrevolver zielte auf Coens Kiefer. »Glauben Sie etwa, Sie könnten mich vor meinen eigenen Leuten blamieren? Wer hat Sie aufgefordert, meinen Namen auszusprechen? Sie sollten lieber um Erlaubnis fragen, Mr. Blue Eyes.«

Trotz der Dienstwaffe in seinem Kiefer blinzelte Coen nicht. Die Mündung der Waffe stieß gegen seine Backenzähne. Die Jungen an der Wand flüsterten etwas über Leichenschauhäuser und Leichenbeschauer. Es war auf Coen gemünzt. Coen verzog seine Miene nicht. Seine Mundwinkel bewegten sich nicht. Die unregelmäßigen Farbflecken in seiner Iris hatten wenig mit Brian zu tun. Coens Augen waren in Bewegung, ob er nun in diesem Umkleideraum genagelt war oder nicht. Brian zog die Waffe zurück. Er empfand die Sinnlosigkeit seines Bluffs. Blue Eyes war gnadenlos.

Brian sank in der Tür nieder; seine Knie sackten unter ihm zusammen. Erst als er unter Coens Augenhöhe war, konnte er wieder atmen. Schnaufend bedachte er Isaacs geheimnisvolles Vorgehen. Der Chef betrat keine Umkleideräume. Er hatte Coen engagiert, damit er für ihn töte. Brian erkannte reuig, daß er sein Trinkgelage mit Marilyn verpfuscht hatte. Er hätte einer von Isaacs todbringenden Engeln werden können.

Er fürchtete sich, Coen zu berühren, die Knie eines Killers zu umschlingen. Daher bohrte er schluchzend seine Daumen in die Ärmel. »Gib nichts auf das, was Isaac sagt, Manfred. Ich und Marilyn sind mal zusammen gegangen. Das kannst du nachprüfen. Ich habe sie nicht einfach auf der Straße aufgelesen ... Sie kennt mich von früher, Manfred. Wir haben gemeinsam Akkordeonunterricht beim Küster genommen. Sie war die erste jüdische Irin, die ich je gesehen habe.«

Wie konnte Coen einen Mann so tief sinken lassen? Marilyn war vor einer Stunde in seine Wohnung gekommen, nackt unter dem Mantel, atemlos, mit geschwollenen Wangen und Blut in der Nase. Coen war bewußt geworden, daß die geschwollene Ruine ihres Gesichtes methodisch angelegt worden war. Zwischen den Plätzchen in ihrer Einkaufstasche entdeckte er ihren Rock, die Bluse und den zerrissenen Schlüpfer. Er konnte sich nicht vorstellen, daß dies Isaacs Werk gewesen sein sollte. Wenn der Chef zu körperlicher Züchtigung aufgelegt gewesen wäre, hätte er Marilyns Gesicht nicht verunstaltet. Er wäre zu Manfred gekommen, der sie vor ihm verbarg. Coen nutzte Marilyns Benommenheit. Es gelang ihm, Brian Connells Namen aus ihr rauszuholen. Er eilte in die Elizabeth Street. Coen besaß nicht Isaacs Behendigkeit. Er war kein guter Stratege. Er hatte Brian nur ohrfeigen wollen, aber was dann? Sollte er Brian im Revier ausziehen und ihn entkleidet auf allen vieren rumkriechen lassen?

Coen fühlte sich elend. Brian schluchzte. Die Ohren des Bullen wurden feucht. Coen mißtraute den Anti-Crime Boys. Für ihn waren sie Eindringlinge, die gern Detektiv spielten. Er verlor jede Lust, Brian seiner Hose zu berauben.

»Hör mir mal zu, du Schuft. Wenn du Marilyn wiedersiehst, gehst du in die entgegengesetzte Richtung. Wenn du jemals wieder in ihre Nähe kommst, wirst du dir wünschen, Manhattan hätte es nie gegeben.«

Brians Partner blieben an der Wand stehen und gaben keinen Mucks von sich. Mit einem blauäugigen Kriminalbeamten konnten sie sich nicht messen. Sie waren nichts als ruhmreiche Streifenpolizisten, Bullen ohne Uniform, die sich nicht auf Coen stürzen konnten. Isaac hätte die gesamte Truppe ausgehoben, sie an die Nigger und die menschenfressenden Haie der Bronx verfüttert.

Von der Elizabeth Street aus machte Coen sich auf einen Rundgang durch die Jugendzentren der Lower East Side. Er hielt nach wild wütenden Teenagern Ausschau, nach Jungen und Mädchen, die zu den Lollipops gehören konnten. Sein dritter Halt galt einem jüdischen Jugendzentrum an der Rivington, Ecke Suffolk. Das Fehlen von Käppchen und religiösen Requisiten war auffallend. Wo waren die Juden der Suffolk Street?

In dem Jugendzentrum wimmelte es von Chinesen, Lateinamerikanern, Schwarzen und bärbeißigen Weißen vom Seward Park. Die rechteckige Sporthalle sah aus, als sei ein nächtlicher Wirbelsturm durchgefegt. Die Wände waren leer geplündert, das Holz war verschwunden, und dort, wo Wandschmuck und Basketballkörbe hätten sein sollen, waren Löcher.

Auf die Wand gegenüber der Tür war eine Serie von riesigen, schlangenartigen Genitalien gemalt, die mit »Esther Rose« gezeichnet waren. Die Künstlerin hatte die Schamhaare mit peinlicher Genauigkeit ausgeführt, sie mit Lidschatten und verschiedenen Lippenstifttönen belegt. »Esther Rose« schien eine eigene verzerrte

Sicht der Dinge zu haben; ihre Klitorisse waren viel größer als ihre Schwänze. Coen genoß die Lippenstiftkunst. »Esther Rose« hatte kleine Augäpfel und Nagezähnchen um den Wust von Schamhaaren herumgemalt.

In schockfarbenem Rosa waren Slogans unter »Esther Roses« Genitalien gekritzelt.

»RUPERT SAGT, WIR GEHEN ALLE UNTER, WENN DIE ARABER UND DIE JUDEN SICH NICHT KÜSSEN«

»DAS BRUTTOSOZIALPRODUKT IST EINE ERFINDUNG VON BANKIERS OHNE HODEN«

»RUPERT SAGT, GEORGE WASHINGTON WIRD VIEL EHER IN VERGESSENHEIT GERATEN ALS WILLIE MAYS«

»SAK'S AND GIMBEL'S SIND DIE HUREN VON NEW YORK, SAGT RUPERT«

Coen konnte sich Ruperts Aussprüchen nicht widmen. Er mußte sich unter die Bevölkerung des Jugendzentrums mischen, nach verdächtigen Gegenständen und Gesichtern Ausschau halten, eine Bande auftreiben, die möglicherweise Frauen zusammenschlug.

Jungen in Unterhemden und mit krempenlosen Hüten trieben sich von einer Ecke zur anderen, wobei sie Coen und sein kariertes Sakko umgingen. Ihr Vokabular verblüffte ihn, bis er merkte, daß »rote Berge«, »Stierblut« und »Kolonial« Namen von billigen Weinen waren.

Die kleinen Alkis fingen an, Coen zu verhöhnen. Sie sammelten sich um eine Tischtennisplatte, die aus einem gekrümmten grünen Netz und einer Reihe von Hügeln bestand. Der Lokalmatador, ein lauter, streitsüchtiger Junge mit drahtigem Haar, forderte die Alkis zu einem Spiel heraus, falls sie fünfzig Cents aufbringen konnten. Die Alkis waren zu arm, und daher verlockte der Lokalmatador Coen mit hochgezogenen Augenbrauen und einem Schnalzen seiner Lippen. »He, Bruder, hast du 'n bißchen Kleingeld?« Coen erklärte sich einverstanden.

Die Alkis pfiffen ihn aus. Sie witterten ein weiteres Opfer der welligen Tischtennisplatte. Coen reagierte mit einem Grinsen auf die Geräuschkulisse. Das waren gescheite Rowdys. Er setzte auf ihren Übermut, hoffte, die Lollipops durch sie zu finden. Der Champion hatte einen Schaumgummischläger mit frisch aufgeklebtem Noppenbelag. Er drückte Coen einen bis aufs Holz durchgescheuerten Schläger mit rauhem Belag in die Hand. Coen machte das nichts aus. Tischtennis war sein Spiel. Nach der Scheidung von seiner Frau hatte er seine Schläge in einem Vorortverein zur Perfektion gebracht.

Der Champion begann mit einer regelwidrigen Angabe. Er warf den Ball nicht hoch, sondern hielt ihn in den Fingern und schlug darauf; dabei drehte er sein Handgelenk. Der Ball schoß mit einer teuflischen Drehung über die Platte. Der Star hatte sich die spezielle Oberfläche dieser Platte eingeprägt; er kannte jeden Huppel, jede Delle, jede Neigung des Netzes. Doch Coen kam nicht vom Land. Er reduzierte die Vorteile des Jungen auf ein Minimum, indem er die Bälle mit seinem seichten Schläger abblockte. Die leicht angeschnittenen Bälle flogen mit exakt der gleichen Drehung über das Netz zurück. Der Champion starrte den Ball an. Niemand hatte ihn je dazu gebracht, seine eigenen Schmetterbälle zu parieren. Nach drei kurzen Ballwechseln mit Coen war er demoralisiert. Er begann, den Noppenbelag von seinem Schläger abzunagen.

Die jugendlichen Alkis hielten ihr Hohngelächter zurück. Sie verrollten die Augen so bedrohlich, daß Coen es nicht übersehen konnte. Nie hatte er Vierzehnjährige mit so leidenschaftslosen Gesichtern gesehen: Sie erinnerten an verhärmte alte Männer. Sie gruppierten sich um Coen und beschimpften ihn in einem Mischmasch aus Spanisch und Englisch.

»Wo ist der *Borinqueña*?«

»*Yo no sé*, Mann, aber ich glaube, der ist hergekommen, um Stunk zu machen. Hol Stanley.«

»Stanley macht für lausige fünfzig Cents *Picadillo* aus ihm.«

Stanley war ein Chinese mit sehenswertem Bizeps. Er erschien mit einem Bruce Lee-Sweatshirt mit durchgewetzten Ärmeln. Coen erwies den Muskeldarbietungen des Jungen keine Ehre. Ein Bizeps konnte ihn nicht erschrecken. Stanley hatte ein schönes Gesicht. Das brachte Coen aus der Fassung. Muskeln schienen sich nicht mit sanften Augen zu decken. Dem Jungen fehlten der affenartige Blick und die verbitterten Wangen der Alkoholiker.

Seine Stimme klang ausgesprochen duldsam. »Mister, was wollen Sie von uns?«

»Einige Informationen«, sagte Coen.

Die versoffenen Kinder zogen die Augenbrauen zusammen. Sie musterten Coen abschätzend. Ein Knirps wie der konnte sie nicht überraschend angreifen. Sie besaßen die Gabe, Bullen zu wittern. Bullen spielen kein Tischtennis, entschieden sie untereinander.

»He, Schwester, kommst du von der Schulbehörde? Weißt du, wie wir Leute behandeln, die Schulschwänzer suchen? Wir suckeln ihnen die Nase aus und kitzeln sie zu Tode.«

»Ich glaube, du liegst falsch, Typ. Die *Muchacha* ist von der Steuerfahndung. Er hat gesehen, wie du an einer Flasche genuckelt hast, und jetzt will er seine Whiskysteuer kassieren.«

»So ein Scheiß. Ich glaub, der spielt die gute Fee. Er will hier renovieren.«

Coen knöpfte seine Jacke auf. Er wollte sich kratzen. Doch die Feder in seinem Halfter hatte sich während des Tischtennisspiels gelockert, und die Waffe rutschte heraus. Die Jungen sammelten sich um die Pistole. »*Mira, mira*, schaut mal, was Onkel mitgebracht hat. Zeig her, Mann.« Coen war bekümmert; er hatte den Alkis nicht mit einer Waffe drohen wollen. Sie rannten davon. Nur der Chinese blieb zurück.

»Dann frag ich ihn eben über die Lollipops aus«, sagte Coen zu sich selbst. Er vertraute auf Stanleys Intelligenz. Als das Zentrum sich geleert hatte, verstellte nichts mehr Coens Blick auf die verschmierten Wände und die heraushängenden Stromkabel. Stanley rührte sich nicht. Coen wollte gerade auf die Lollipops zu sprechen kommen, als er zwei enorme Pratzen auf seinem Brustkasten spürte und auf die Tischplatte fiel. Er hätte schwören können, daß Stanleys Fußknöchel keine Sekunde lang den Boden verlassen hatten. Der Junge hatte in die Luft getreten, ohne sich hinzukauern oder auch nur sein schönes Gesicht anzuspannen, und er hatte seine Füße in Coens Lunge geschmettert. Coen lag auf dem Fußboden. Unter dem Herzen bohrte sich ein Schmerz in ihn hinein, der seine Kehle rasseln ließ und ihm die Eingeweide in den Mund trieb. Er glaubte, sterben zu müssen. Doch seine Lunge arbeitete. Blut strömte in seinen Kopf. Coen stand auf. Die Lollipops fielen ihm wieder ein.

6

Die Besitzer des Restaurants in der Ludlow Street waren wütend auf Ida Stutz. Sie ließ sich nicht mehr breitschlagen, zwölf Stunden am Tag zu arbeiten. Ida wurde widerspenstig. Beharrlich nahm sie ihr Recht auf eine echte Mittagspause in Anspruch. Seit seiner Rückkehr nach Amerika hatte der Chef nicht an die trübe Fensterscheibe des Restaurants gepocht, und Ida machte sich auf die Suche nach ihm.

Sie machte sich Sorgen um Isaac. Wenn sie ihn nicht mit Haferflockensuppe und Pilzen vollstopfen konnte, würde er bald einer dieser hageren Inspektoren sein. Es lag nicht in ihrer Natur, Männern gegenüber kleinlich zu sein. Isaac brauchte ihr Fleisch, um sich von seinen Ängsten und von der Belastung zu befreien, die es bedeutete, Vater, Ehemann, Sohn und ein Bulle mit Hirn zu sein. Ida machte ihm das Leben einfacher. Sie wußte, daß er eine verschollene Tochter, eine zänkische Frau und eine Mutter hatte, die im Krankenhaus lag, und die Araber in ihr Bett ließ, die arme Sophie. Ida machte sich auf den Weg in die Rivington Street, zu Isaacs Wohnung. Sie wollte seine Blumen umtopfen, den Kühlschrank innen auswaschen und ihn an der Feuertreppe erwarten.

Die Straßen kamen ihr verrottet vor. Überreste von Kisten aus der Konservenfabrik flogen im Rinnstein herum und holperten wie Finger und lose Glieder einer Puppe über die Kanaldeckel. Der Februarwind konnte sich durch Holz hindurchfressen, schneidend durch die Ritzen der niedrigen, ausgehöhlten Gebäude pfeifen, den alten jüdischen Bettler auf der Broome Street dazu bringen, seinen

Kopf tief in den Mantelkragen zu stecken, durch die unterste Schicht von Idas Röcken dringen und in die Nähte ihrer gewaltigen Schlüpfer kneifen. Ida betete, es möge schneien. Der dunkle *Snegu* ihrer russischen Großmutter – in der Delancey Street war der Schnee eher blau als weiß – konnte alle Rinnsteine mit Eis überziehen, den Schutt verbergen und die Picklefabriken dazu zwingen, ihre Geschäfte fern von den Bürgersteigen weiterzuführen.

Ida trauerte der Vergangenheit nicht nach. Ihr machte es nichts aus, daß auf dem Markt der Essex Street Perücken anstelle von frischem Bauernkäse verkauft wurden. Die Kubaner hatten einen Zustrom an israelischen Lebensmittelhändlern in die Essex Street mit sich gebracht. Das begrüßte Ida. Sie stritt sich mit den Israelis über ihre heidnischen Grundsätze, drückte ihr Mißtrauen gegenüber gelobten Ländern und Juden mit Panzern aus, doch sie stritt nur aus Liebe. Die Kubaner brachten Idas Blintzen Verehrung entgegen, wenn sie auch das Wort nicht aussprechen konnten.

Hände, grobe Hände ohne Fäustlinge oder Fingerhandschuhe, packten sie in der Nähe von Isaacs Wohnung und zogen sie in einen Hauseingang. Ein Durcheinander von Masken umgab sie. Die glühenden, keuchenden Augen über ihr ließen sie beben. Ida erkannte die Lollipop-Bande. Es war das Dreiergespann, das sie im Restaurant aufgesucht, Blintzen gestohlen und an ihrem Busen gefummelt hatte und dann eine Ecke weiter gegangen war, um Sophie den Schädel einzuschlagen. Unter einer der Masken konnte Ida das Haar eines Mädchens riechen. Das Mädchen gab Knurrlaute von sich. Die beiden anderen waren ruhig.

»Isaacs Votze«, sagte das Mädchen, das Idas Kinn hochhob. Die beiden Jungen mußten sie zurückhalten. »Sie ist harmlos«, sagte der kleinere Junge. »Sieh sie dir doch an.«

Das Mädchen ließ sich nicht so leicht versöhnlich stimmen. »Sie macht für ihn die Beine breit. Das muß abfärben. Ich sag euch, das ist eine Hure, auch wenn sie noch so bieder ist.« Das Mädchen stellte sich auf die Zehenspitzen, um Ida ein Büschel Haare auszureißen. »Grüß den süßen Isaac von Esther Rose.«

»Halt den Mund«, sagte der kleinere Junge.

Der größere Junge drückte sich an eine Reihe verbeulter Briefkästen und wandte sich ab. Als Ida sich gegen die Finger zur Wehr setzte, die an ihrer Kopfhaut zerrten, empfand sie die unruhigen Bewegungen des Jungen. Er wich vor seinen Freunden zurück. Der kleinere Junge, der zwischen Ida und Esther Rose eingekeilt war, brachte Ida aus Esthers Reichweite. »Nimm Vernunft an«, sagte er. »Dieser Mann ist zu schweinisch für dich. Dem kommt die Scheiße zu den Ohren raus. Einen Namen hat er sich gemacht, weil ganz New York vor ihm gekrochen ist. Jetzt rächt sich die Stadt an ihm.«

»Ficken wir sie«, krächzte Esther. »Ficken wir sie unter ihren fettigen Kleidern ... das muß einem so vorkommen, wie wenn man Harpunen in einen Wal sticht. Ich wette, sie ist voll mit Hafergrütze.«

Sie versetzte Ida einen Handkantenschlag. Der größere Junge verzog sich noch weiter und riß mit einer Schulter Metallstückchen von den Briefkästen ab. Esther versetzte dem anderen einen Rippenstoß. »Bist du dabei, Rupe?«

Er fing Esthers Hiebe mit dem Ellbogen ab. »Wir gehen jetzt ... komm schon.«

Sie schoben Ida tiefer ins Treppenhaus und stopften sie in den Ritz hinter einer Tür. Dann rannten sie mit wehenden Masken gemeinsam auf die Straße. Ida wimmerte nicht. Etwas hielt sie hinter der Tür. Es war nicht wirklich Angst. Sie wußte nicht, wer unter den Masken steckte. Was wollten sie von Isaac und ihr? Sie wünschte, sie könnte sich in der verräucherten Luft des Restaurants ertränken. Ida liebte den Geruch von Lachs und gebackenem Hüttenkäse. Sie bewegte ihre Füße in den Schuhen und versuchte, den Wind von ihren Knöcheln zu vertreiben. Es war kalt im Treppenhaus.

Isaac zerbrach sich den Kopf nach logischen Feinden. Er machte sich auf den Weg zu Bummys Speiselokal am East Broadway, um Milton Gulavitch zu interviewen, einen ehemaligen Mörder und Dieb mit Blutklumpen in beiden Beinen und einem Groll gegen Isaac. Vor zwanzig Jahren hatte Gulavitch Brownsville und den New Yorker Osten unter Kontrolle gehabt. Keine chemische Reinigung in diesem langen, schwülen Korridor zwischen Brooklyn und Queens war ohne eine Lizenz von Milton, der in mittleren Jahren noch mächtig war, überlebensfähig, weil er rechtmäßige Mittel besaß, sein Imperium zu beschützen. Zwei seiner Brüder waren in Manhattan bei der Mordkommission. Diese jüngeren Gulavitchs betrieben selbst ihre dürftigen Geschäfte hinter Little Italy; sie schröpften die puertoricanischen, die chinesischen und die jüdischen Krämer und schlugen für die Vermieter und Wirte der Baxter Street Nasen blutig. Isaac war als junger Kriminalbeamter über Myron und Jay gestolpert und hatte dazu beigetragen, sie in den Ruhestand und in Ungnade zu versetzen. Milton grämte sich um seine Brüder. Er schwor, Isaac die Augen auszureißen; blinde Polizisten konnten sich nicht in anderer Leute Angelegenheiten mischen. Er überquerte die Williams Bridge und erwartete Isaac bei Mendel in der Clinton Street, einer Bar, in der jüdische Bullen und Gangster verkehrten.

Isaac konnte nicht zulassen, daß Gulavitch ihn aus Mendels Bar vertrieb. Damals war er rundlicher, ein Junge, von dessen Fäusten Fettröllchen hingen. Er erschien in einem Tweedanzug. Die Kraft in Miltons Daumen, seine Fähigkeit, ihm Augäpfel auszurupfen, war ihm bewußt. Isaac hatte seinen Totschläger und seine Waffe auf Mendels Tresen gelegt. Er wollte den Kunden nicht den Eindruck vermitteln, er sei geschäftlich dort. Gulavitch hatte gelacht. Er hatte nur seine Daumen in den Taschen. Mit täuschend trägen Bewegungen holte er aus einer Hüfte aus und schlang seinen Arm um Isaacs Kopf. Isaac begrub seine Augen an der Brust des »Kontrolleurs«, damit Gulavitch nicht zudrücken konnte. Auf solche taktischen Manöver war der Alte bei einem Knaben nicht gefaßt; er versuchte gar nicht, sein Gesicht zu schützen. Isaac langte mit einer speckigen Hand zu. Knochen splitterten. Gulavitch griff sich ins Gesicht. Die Kunden, die ihn umstanden, sperrten voller Erstaunen und Abscheu die Münder auf. Aus Gulavitch wurde Gula der Einäugige. Er war dann aus dem Umlauf verschwunden, sein Imperium ging in andere Hände über, und als fünfzehn Jahre verstrichen waren, tauchte er als Bummy Gilmans Tellerwäscher wieder auf.

Isaac verachtete Bummy, der vor Barney Rosenblatt und den jüdischen Revierwachtmeistern kroch. Aber er war nicht gekommen, um Bummys Lokal hochgehen zu lassen. »Wo ist Gula?« fragte er.

Bummy konnte Isaacs Besuche nicht ausstehen. Den Chef konnte er nicht einwickeln, ihn mit Lammkoteletts oder Pornofilmen bestechen. »Rühr ihn nicht an, Isaac. Er ist senil.«

»Schon gut. Aber vielleicht hat er Enkel, die Botengänge für ihn besorgen. Das muß ich wissen.«

»Er kann sich an seinen eigenen Namen nicht mehr erinnern, Isaac. Wenn du einmal pustest, fällt er um.«

»Mach dir keine Sorgen. Ich fange ihn rechtzeitig auf.«

Isaac ging in Bummys Küche. Es stank nach Bratenfett und Altmännerpisse. Milton Gulavitch bohrte mit dem Daumen Warzen aus einer Kartoffel. Die Furchen dieses Daumennagels faszinierten Isaac sehr. »Gula?«

Isaac hatte keine Paranoia wegen des Alten. Oft stand Gulavitch vor dem Präsidium, verfluchte Isaac und schrie nach seinen Brüdern. Kürzlich erst hatte er gedroht, sein Imperium wieder zu errichten und es Isaac auf den Schädel zu knallen. Barney Rosenblatt hatte sich erboten, Gulavitch wegzuzerren. Isaac wollte es nicht zulassen.

»Hör mal, Gula, hast du Neffen und Nichten in Brooklyn? Hast du sie gegen mich aufgehetzt?«

Gulavitch sah von seiner Kartoffel auf. »Stirb, Isaac. Das ist das einzige, was du für mich tun kannst.«

Er trug die Klappe nicht, und Isaac mußte in einen blauen Stumpf starren, seine eigene unsaubere Arbeit. Spucke lief unter Gulavitchs Zunge zusammen. »Eines Tages wird dir der Schwanz abfallen, Isaac. Dann bist du meiner Gnade ausgeliefert.«

Isaac betrachtete das Interview als beendet. Er ignorierte Bummys gerunzelte Stirn und ging zu Fuß in die Crosby Street. Nach diesem unbefriedigenden Ergebnis fiel ihm nichts mehr ein, und er wollte seinen Bruder besuchen. Er hätte Leo an jedem Wärter oder Aufseher vorbeischleusen können, doch Leo wollte sich nicht von der Stelle rühren. Isaac brauchte Leos Namen nicht einmal zu knurren. Die Wärter führten ihn in den Besucherraum und schauderten unter den Blicken des Chefs. Leo bedeutete eine Peinlichkeit für sie; mit jedem Tag, den er Sträflingskleidung trug, mußten sie damit rechnen, höher auf Isaacs Abschußliste zu rutschen. Sie bibberten vor Nervosität.

»Wirst du respektvoll behandelt, Leo?« murmelte Isaac, während die Wärter fluchtartig den Raum verließen.

Leo verdroß es, daß die Wärter in alle Richtungen davonliefen. Er wollte nicht mit seinem Bruder allein sein. »Das hättest du nicht tun sollen, Isaac. Sie behandeln mich gut.«

»Sie würden dir das Hirn aus dem Schädel trommeln, Schmok, wenn du nicht mein Bruder wärst. Glaubst du immer noch, daß sie es gut meinen?«

»Das ist mir gleich. Das ist der Lauf der Welt. Deinetwegen bin ich unantastbar.« Leo zitterte in seinem lose baumelnden Hemd wie eine Vogelscheuche; selbst in einem verfluchten Gefängnis war er nicht sicher. Isaac kam in jedes Mauseloch. Manhattan war sein Schlaraffenland.

»Leo, ich habe unsern Vater gesehen. Er ist noch am Leben ... malt Porträts. Er hat mich nach dir gefragt.«

Leo entrang sich ein Laut, fast ein Knurren. »Ich habe keinen Vater.«

Leos heftige Reaktion überraschte Isaac. »Ich sage dir doch, daß er lebt ... Joel, Joel. Ich habe ihn zweimal gesehen.«

Leo packte Isaac an der Westentasche. »Es gibt keine verfluchten Joels, Isaac. Ich warne dich. Mach mich nicht wahnsinnig.«

Die Tasche riß ab. Isaac ließ die Finger seines Bruders in den zerrissenen Säumen stecken. Die Gewalttätigkeit gegenüber Isaacs Tasche schien Leo zu beruhigen. Er zog seine Finger zurück, um in die Knöchel zu weinen. »Seinetwegen ist Sophie im Krankenhaus. Sie wäre normaler, wenn dieser elende Pelzhändler nicht abgehauen wäre. Glaubst du, sie hätte sich andernfalls in einen Trödelladen verliebt? Du hast deine Handgemenge gehabt, Isaac, deine Schachrätsel und deine famosen Kumpel, Philip und Mordecai. Dir hat es an nichts gefehlt. Aber was ist mit mir? Ich war langsam, Bruder. Ich konnte eine Reihe Bauern nicht halten, und bei der sizilianischen Verteidigung habe ich es auch zu nichts gebracht. Ein Vater hätte mir sicher geholfen.«

Der forschende Blick seines Bruders bereitete Isaac Unbehagen; er war nicht gekommen, um sich über die Existenz Joels zu streiten. Und warum sollte er sich früherer Fähigkeiten schämen? Sein überragendes Können im Schachspiel hatte Isaac vor fünfundzwanzig Jahren verloren. Er wurde wieder zum Polizisten und sondierte, was sein kleiner Bruder wußte.

»Wo ist Marilyn? Ich bin über ihre Schritte informiert. Sie besucht dich hier. In Mamas Zimmer im Krankenhaus geht sie ein und aus. Sag mir, wer ihr unter die Achseln greift, Leo. Sie ist zu heikel, um sich in einer Mülltonne zu verstecken. Jemand nimmt sie Tag und Nacht bei sich auf.«

»Das kann ich dir nicht sagen.«

»Du kannst nicht, Leo? Das Wort mag ich nicht. Deckst du sie mir gegenüber? Denk daran, woher deine Privilegien rühren. Ich bin nicht blind. Die Gefängniswärter lassen es zu, daß du dich nach Bellevue schleichst. Nenn es von mir aus Freundlichkeit, Leo, aber auf die Idee habe ich sie gebracht. Nicht um deinetwillen. Ich habe es für Mama getan. Sie hat dich besonders gern. Ich wollte nicht, daß sie in einem stinkenden Krankenhaus zu sich kommt und dich nicht in der Nähe hat. Jetzt sag mir, wer der Schurke ist, die Sau, die meine Tochter vögelt. Ich will den Namen wissen.«

»Scher dich zum Teufel, Isaac.«

Isaac hätte Leo erdrosseln können, ohne seiner Karriere auch nur den leisesten Abbruch zu tun. Solange der First Dep hinter ihm stand, hatte der Chef das Recht, ungestraft zu wüten. Es nagte an ihm, daß Leo sich Marilyns Wünschen unterwarf. Der Chef war eifersüchtig. Vierzig Jahre lang fechte ich seine Kämpfe für ihn aus, sagte sich Isaac, und er zieht mir Marilyn vor. In Isaacs Liebe zu seinem Bruder mischte sich eine Art Kriminalität; innerhalb von Sekunden konnte sich seine Zärtlichkeit zu Galle verwandeln. Die Sidels waren ein erbitterter Haufen.

»Leo, du hast durch mich einen Haufen Vorteile. Da draußen gibt es kleine Schwänze und Votzen, die uns ermorden wollen. Bei Sophie waren sie schon. Ein zweites Mal kommt das nicht vor.

Erwarte bloß nicht, daß ich dich verhätschele. Ich will deinen Arsch hier raushaben. Und wenn ich den Zuchthausdirektor erschlagen muß. Das mit deiner Frau werde ich regeln. Mama soll nicht in einem Zimmer mit Fremden liegen. Du bleibst bei ihr, bis ich diese Freaks gefunden habe. Ich gebe dir drei Tage Zeit, Leo. Dann reiße ich das Gefängnis ein.«

Isaac durchquerte den Raum; sein breiter Nacken pulsierte heftig. Die Wärter lunzten hinein. Schüchtern näherten sie sich Leo und umkreisten ihn mit schafsdummen Gesichtern. »Binokel, Leo? Heute sind wir zu viert. Wir sind darauf gefaßt, daß wir verlieren.«

Leo lief es immer noch kalt über den Rücken, doch er wollte die Wärter nicht enttäuschen. »Meine Herren, ich gebe als erster.« Die Wärter suchten Klappstühle zusammen. Leo stellte das Spiel auf. Leo hoffte, das Binokel würde diese Männer retten. Ein gutes Blatt und die Ehe würde ihren Horror vor dem Chef vielleicht mindern.

Die Wärter zitterten genauso schlimm wie Leo. Sie fummelten mit dem Spielbrett herum und legten Karten ab. Weder ihre Ehen konnten sie versteigern, noch mit Trümpfen reizen. Isaac hatte ihnen den Nachmittag zerstört. Tot.

7

Der FBI-Mann ließ Isaac keine Ruhe. Er ging in Isaacs Büro ein und aus. Newgate betete den Chef an. Er war frisch von Bethesda, Maryland, in ein Universum von Juden, Iren und schwarzen Kriminalbeamten geraten und wollte Isaac zu verstehen geben, daß er kein gewöhnlicher Anhänger der Episkopalkirche war. Er beanspruchte für sich, halber Irokese zu sein. Isaacs Männer kicherten nur über diesen Versuch, sich etwas Exotisches zu geben; die Drohung, indianisches Blut zu haben, brachte ihnen Newgate nicht näher. Er hatte Stroh im Kopf, ein Idiot aus Maryland, der Isaac die Worte aus dem Mund stahl. Amerigo Genussa wollte er »einbuddeln«, die Mulberry Street »erledigen«. Mit diesem Gerede konnte er sie nicht beeindrucken. Schon im nächsten

Jahr konnten die Italiener aus der Mode gekommen sein; dann würde der FBI militanten Schwarzen und puertoricanischen Nationalisten auflauern.

Newgate zappelte und wand sich, als ein weißer Nigger Isaacs Büro betrat, ein weißer Nigger in einem Wildlederanzug. In all den Jahren beim FBI war ihm kein so sonderbares Wesen begegnet. Es war Wadsworth, der Albino von der 42. Straße; er verbarg sein Gesicht vor der Sonne, die durch Isaacs Fenster schien. Nur Isaac wußte, welches Opfer Wadsworth brachte: Der Albino hätte sich der verheerenden Wirkung des Tageslichts niemals ausgesetzt, wenn seine Mitteilung nicht wichtig gewesen wäre.

Barney Rosenblatt unterbrach ihn. Er stürmte in Isaacs Zimmer; seine Hosenträger gabelten sich vor Bestürzung. Mit einem in Wildleder eingewickelten Nigger redete er nicht. Also tat er so, als sei Wadsworth unsichtbar und moserte Isaac an.

»Bist du verrückt geworden? Einen Hanswurst ins Präsidium zu bringen? Der alte O'Roarke wird Dünnschiß kriegen. So was wie der läßt einen Geruch zurück. Der erschreckt doch meine Männer zu Tode.«

»Schluck es, Cowboy«, sagte Wadsworth und pickte einen Fussel von seinem Ärmel.

Barney stürzte sich auf Wadsworth, ohne seine Blicke von Isaac zu lösen.

»Raus«, sagte Isaac. »Dieser Mann hat sich bei mir angemeldet. Wenn du ihm was tust, dreh ich dir den Kragen um, daß dir die Zunge abfällt.«

Hinter seinen Hosenträgern sah Barney Wadsworth, Isaac und Newgate finster an. »Nimm die Watte aus den Ohren, Isaac. Ich bin Barney Rosenblatt, erinnerst du dich? Ich bin nicht Manfred Coen. Du hast kein Holz mehr in deinem Büro, Isaac, wenn du mir an den Karren fährst.«

»Pistolen, Barney? Willst du darauf hinaus? Komm, wir schießen es im Flur aus.«

»Bild dir nicht zuviel ein, Isaac.« Er verzog sich, und der Perlmuttgriff seines Colts schwankte häßlich in seiner Tasche. Wadsworth grinste nicht; Barney Rosenblatt interessierte ihn nicht. Er konnte im Präsidium an die Wand pinkeln, seinen Schwanz vor jedem Kommissar baumeln lassen. Wadsworth war immun. Ihn konnte niemand verhaften. Wenn die Einbruchstruppe ihn bei einem Nickerchen auf einer Feuerleiter oder nach Mitternacht in einem Schuhgeschäft ertappte, mußte sie ihn laufen lassen. Er gehörte Isaac und dem First Dep. Wadsworth war früher praktizierender Brandstifter gewesen. Jetzt war er halb pensioniert. Selbst der First Dep konnte ihn nicht retten, wenn in einem seiner Feuer ein Baby starb. Also gab er auf Isaacs Anweisungen hin seine Karriere als »Fackel« auf. Er zündete nur noch leerstehende Gebäude und Parkplätze an. »Tut mir leid, daß ich dir Ärger mache«, sagte er und mußte Isaac um Newgates Kopf herum zunicken.

»Du machst mir keinen Ärger, Wads. Magst du ein Kirschkola?«

»Wir haben keine Zeit für Getränke, Isaac. Ich glaube, ich habe einen Lollipop für dich gefunden.«

»Wo?« fragte Isaac. In Newgates Gegenwart unterdrückte er jede Erregung.

»In einem Krankenhaus in Corona.«

Isaac rieb sich die Nase. »Corona? Wieso Corona?«

»Wer weiß, Isaac? Mein Onkel Quentin arbeitet bei der Notaufnahme. Kommt ein Typ mit gebrochenen Armen und Beinen reingekrabbelt. Sonst hat er am ganzen Körper nicht den kleinsten Kratzer. Mein Onkel ist nicht auf den Kopf gefallen. Das ist die Handschrift vom Grundbesitzer. Amerigo Genussa.«

»Was ist das für ein Typ? Weiß oder schwarz?« fragte Isaac und versuchte, den FBI-Mann abzuschütteln.

»Schau ihn dir selbst an, Isaac.«

Isaac trommelte seinen Chauffeur Brodsky, Pimloe, seine Plage, und seinen Engel Coen zusammen. Newgate winselte. »Nimm mich mit, Isaac. Ich lasse auch ein ganzes tragbares Labor mitten ins Bett von dem Typ fallen. Du kannst ihn auf Band mitschneiden, Fingerabdrücke machen, Urin- und Blutproben nehmen.«

Isaac konnte es Newgate nicht abschlagen, ohne sich Stunk einzuhandeln: Der FBI-Mann hätte bei Barney Rosenblatt petzen können. »Komm schon«, sagte Isaac, »aber dein Labor läßt du zu

Hause.« Mit diesen magischen Laboratorien konnten die FBI-ler Fingerabdrücke und Spermaflecken aus dem Boden stampfen. Es waren aber nie die Abdrücke, die gebraucht wurden, und der Samen rührte gewöhnlich von Hunden und Katzen her.

Brodsky besorgte telefonisch die Limousine des First Dep. Mit Isaac, Pimloe, Newgate und Coen marschierte er zur Rampe an der Rückseite des Präsidiums. Sie fuhren über die Manhattan Bridge; Newgate wunderte sich über das enorme Ausmaß Brooklyns, das, wie er glaubte, ganz Maryland aufnehmen könnte. Brodsky fuhr am liebsten nur mit Isaac. Coen war ihm ein Ärgernis. Der Chauffeur verachtete hübsche Jungen. Coen war es, den Isaac dem Sonderdezernat auslieh, wenn es der Gattin eines Botschafters in New York langweilig wurde. Frauen standen auf Blue Eyes. Er war der erste Deckhengst des Präsidiums. Isaac konnte die Stadt mit weißen Negern, mit puertoricanischen Spitzeln und wunderschönen holzköpfigen Jungen bevölkern.

Eine taube Nuß wie Newgate, dieser Irokese aus Maryland, wäre gar nicht vorhanden, wenn er sich nicht an Isaac gehängt hätte. Isaac brachte ihm das Schnüffeln bei. Er schummelte den Leuten Beweismaterial in die Schuhe, erpreßte ihre Schwestern, zwang Coen, ihre Mütter oder Frauen zu verführen, bis ihnen nichts mehr übrig blieb, als ihre Schuld laut hinauszuschreien. So war er, Isaac der Reine, der seine Skrupel nicht an einen Dieb verschwendete.

Sie erreichten St. Bartholomew, ein nettes, kleines Krankenhaus in einer Seitenstraße der Corona Avenue. Das Krankenhaus hatte keinen Platz für dicke Polizeiwagen. Brodsky fand eine Parklücke auf der anderen Straßenseite. Wadsworth hatte keine Dienstabzeichen, die er dem Krankenhauspersonal zeigen konnte. Er lief hinter Isaac her; in dem blauen Wildleder bildeten sich lange, gekniffte Linien. Zu sechst drangen sie in die Station ein. Isaac sah sich nach einem Jungen um, dessen Hände und Füße in die Luft gespannt waren. Die Suche war unnütz. Sie erwischten einen alten Mann, der hinter einem Wandschirm pißte. Der Mann warf mit einer Pillenflasche nach Isaac; sie traf Newgate über dem einen Auge. Isaac schob den Wandschirm zurück.

Wadsworth führte ihn zu einem Jungen mit Gipsmanschetten an Händen und Füßen: keiner der Verbände reichte über die Handgelenke oder die Knöchel. Der Junge war Chinese.

Coen brauchte ihn gar nicht erst lange anzuschauen; das war der Junge, der ihm in dem jüdischen Jugendzentrum in den Brustkorb gesprungen war. Er konnte sich nicht entscheiden, was er Isaac erzählen sollte. Der Chef brauchte Coens Ansporn nicht. Er sah sich die Karte mit den persönlichen Daten an, die an das Bett geheftet waren: Stanley Chin hatte keine Adresse; sein Alter war mit sechzehneinhalb angegeben. Die Gleichmäßigkeit der Gipsverbände verwirrte Isaac. Für ihn stand nicht fest, daß dies Amerigos Arbeit war. Die Schläger, die Amerigo engagierte, hätten sich nicht darauf beschränkt, Finger und Zehen zu brechen. Solche Finesse lag ihnen fern. Der Junge hätte ausgekugelte Ellbogen oder ein gebrochenes Knie haben müssen.

Isaac trat neben das Bett. Seine Stimme war nicht grob. »Stanley Chin, kennst du mich?«

Der Junge sagte nichts; er betrachtete Coen und den Albino in Blau. Der Chef lehnte sich an die hohen Gitterstäbe des Betts. »Ich bin Isaac Sidel.«

Der Junge stieß die Luft durch die Nase aus und biß sich auf die Unterlippe. Ob ich seinen Vater erledigt habe, fragte sich Isaac, oder habe ich seiner Familie furchtbar zugesetzt? Er konnte sich nicht erinnern, in den letzten fünf oder zehn Jahren einen Chinesen festgenommen zu haben.

»Warum ist Amerigo Genussa hinter dir her?« kreischte Newgate auf den Jungen ein. Isaac schickte ihn zu den anderen zurück. Er versprach Newgate, ihm die Fresse einzuschlagen, wenn er sich noch einmal einmischen sollte.

»Sag mal, Stanley, wo gehst du zur Schule? In Brooklyn? In Queens? In der Bronx?«

Wadsworth flüsterte Isaac ins Ohr: »Er geht in die Seward Park High School. Soviel hat mein Onkel aus ihm rausgeholt.« Dann stellte er sich hinter Coen. Wadsworth machte das Krankenhaus nervös. Von den Wänden ging ein weißes Leuchten aus. Ohne das Surren eines Filmprojektors war er nicht funktionsfähig. Er war süchtig auf Technicolor und staubige Luft im Gesicht. Er würde Isaac bitten müssen, ihn möglichst schnell nach Hause zu verfrachten.

Isaac spürte das Kribbeln unter dem Wildleder, aber er konnte Wadsworth nicht erlösen, ehe er aus dem Chinesenjungen herausgeholt hatte, was er wissen wollte.

»Ich war auch in der Seward Park High School, Stanley. Wußtest du das? 1946 bin ich abgegangen. Ungelogen. Vor ein paar Monaten habe ich in der Schule eine Rede gehalten. Erinnerst du dich daran?«

Der Junge reagierte nicht auf Isaac; er rieb sich die Gipsfüße aneinander und musterte mit forschendem Blick Wadsworths rosa Augen und sein farbloses Haar. Der Albino hatte ihn verhext. Brodsky packte Isaac am Handgelenk. »Den Typ bringst du niemals dazu, aus der Schule zu plaudern, Chef. Sag mir, daß ich ihm auf die Finger treten soll, oder laß Manfred ihn auf den Mund küssen.«

Isaac kam nicht dazu, Brodsky auszuschelten. Die Oberschwester, eine gewaltige schwarze Frau mit einem Pfund Stärke im Zwerchfell und den Manschetten fiel über die sechs Männer her. »Was zum Teufel soll das heißen? Ohne meine Genehmigung hier einfach hereinzuplatzen?«

Brodsky antwortete ihr. »Gnädigste, das ist Inspektor Sidel, Kommissar des First Deputy. Er geht, wohin er will.«

»Nicht in diesem Krankenhaus, Dicker.« Sie wandte sich an Wadsworth. »Wer zum Teufel sind Sie?«

Die Stärke stach mit Widerhaken in Wadsworths Augen und brachte ihn aus der Fassung. Er quetschte sich zwischen Brodsky und den FBI-Mann. Newgate fischte einen Ausweis aus der Tasche. »Ich komme vom FBI, Madam.«

»Heiliger Jesus«, sagte sie. »Wie seid ihr Irren durch die Tür gekommen?«

Newgates Irokesenblut bleichte seine Nase rot. »Sie können meine Aussage überprüfen, Schwester. Ich bin Amos Newgate vom Büro Manhattan.«

»Gewiß«, sagte die Frau. »Und ich bin Dornröschen.« Sie wedelte vor Newgate herum. »Dieser Junge ist verletzt. Euer Mist fehlt ihm gerade noch.«

Isaac hätte sich diese Krankenschwester gern ausgeliehen; sie hätte ihm Barney Rosenblatt vom Leib halten können. Pimloe war sonderbar ruhig. Normalerweise ebnete er Isaac den Weg, wimmelte Quälgeister ab. Pimloe mußte sich verliebt haben. Also besänftigte Isaac die Krankenschwester. »Mrs. Garden«, sagte er. Den Namen konnte man von einem Schildchen auf ihrer gestärkten Brust ablesen. »Es ist völlig richtig, daß Sie sich Sorgen um Stanley Chin machen. Er ist Ihr Patient, und in Ihrer Station sind wir Eindringlinge. Trotzdem glauben wir, daß er alte Frauen zusammenschlägt und Lebensmittelgeschäfte zertrümmert. Ich lasse zwei meiner Beamten hier. Sie werden Stanley nicht anrühren, das verspreche ich Ihnen.«

Er scheuchte Newgate, Wadsworth und Pimloe aus dem Zimmer. Brodsky stellte er im Korridor auf. »Du tastest jeden ab, der den Jungen besucht. Und wenn es eine ganze Armee von Knirpsen ist. Du mußt rausfinden, wer sie sind.«

»Soll ich bei ihm bleiben?« fragte Coen, und in seinen Wangen bildeten sich schläfrig schlaffe Linien.

»Nein, ich will, daß Pimloe hierbleibt ... Herbert, du findest heraus, wer für diese Station zuständig ist. Sag ihm, er soll uns diese Weiber vom Hals halten.«

Newgate entschied sich, im Krankenhaus zu bleiben. Pimloe wirkte vergrämt. »Wer fährt dich wieder aus Brooklyn heraus, Isaac? Wadsworth kann unmöglich fahren.«

»Coen fährt.«

Brodsky zog verächtlich die Mundwinkel herunter. »Chef, der kann doch Norden und Süden nicht auseinanderhalten. Er fährt dich ins Meer. Mit Coen wirst du ertrinken.«

»Wadsworth wird mich retten«, sagte Isaac, der es eilig hatte, aus dem Krankenhaus zu verschwinden. Der Chef hatte etwas zu erledigen. Er setzte sich mit Wadsworth und Coen auf den breiten Vordersitz. Wadsworth hielt seine Hände unter den Oberschenkeln, bis sich Manhattan klar abzeichnete. In seiner Vorstellung war Brooklyn eine mickrige Insel. Ihr fehlten die Proportionen einer soliden Welt. In Brooklyn konnte einem der Boden unter den Füßen absinken.

Coen ließ Isaac an der Essex Street raus. Wadsworth versuchte aus dem Wagen zu springen. Isaac war es zuwider, das Wildleder anzufassen. Mit dem Knie schnitt er Wadsworth den Weg ab. »Du beleidigst meinen Beamten, wenn du nicht sitzen bleibst.«

Wadsworth schien sich davor zu fürchten, allein neben Blue Eyes zu sitzen. Grelle Farben machten ihn verrückt. Der Albino war der Überzeugung, daß ein blauäugiger Jude nur ein Hexer sein konnte.

Isaac war es nach alten Freunden zumute. Stanley Chin hatte Seward Park in ihm wachgerufen. Der Chef eilte zu Mordecai und Philip. Unterhaltungen auf den Dächern fielen ihm ein, Faustkämpfe wegen Stalin und Trotzki, Schachturniere, bei denen Mordecai der Appetit verging und nach denen Isaac eine Woche lang schielte, denn Philip blendete sie erst mit einer sonderbaren Eröffnung und machte sie dann mit seinen Läufern und Türmen fertig. Isaac hatte Mordecai gern gemocht, sonst nichts. Philip war sein Rivale. Er konnte es im Schach nicht mit ihm aufnehmen, und auch wenn er Trotzkis schönes Gesicht verteidigte, konnte er ihm nicht wehtun. Isaac war immer ein knallharter Stalinist gewesen.

Aus Ärger über Philip hatte er das Schachspiel an den Nagel gehängt. Isaac hatte die großen Meister studiert, das wüste Spiel seiner drei Götter absorbiert, Morphy, Steinitz und Alekhine, aber Philip hatte mit seiner ungehobelten Kenntnis des Schachbretts Isaacs gesamte Theorien über den Haufen geworfen; Philip zog nach einer wahnsinnigen innerlichen Musik, die Isaacs Schachbüchern widersprach. Isaac verfiel ins Grübeln. Seine drei Götter hatten sich besudelt. Morphy, ein junger Amerikaner, einst der scharfsinnigste Spieler der Welt, war in den letzten Lebensjahren in den Voyeurismus abgeglitten; in Frauenkleidung lunzte er durch Schlüssellöcher. Steinitz, ein jüdischer Zwerg aus Prag, ein Mann mit spindeldürren Knien, der das Schachspiel revolutioniert hatte, denn er hatte die Schemata der Eröffnungszüge entdeckt, starb ungeliebt in einem Armengrab auf Ward's Island. Alekhine, das russische Genie, floh aus seinem Land, um in ganz Europa und

Südamerika in einem Zustand ständiger Trunkenheit Schach zu spielen; er hatte Gegnern auf die Hosen gepißt, Schachuhren überzogen und auf Schachbrettern gekotzt und war der Champion und geheiligte Narr eines Nazi-Deutschlands geworden.

Philip war mit vierundzwanzig »blind« geworden; er hatte sein Gefühl für die Figuren verloren, die Deckung seines Königs vernachlässigt, war am Schachbrett unruhig geworden und aus Turnieren ausgeschieden. Philip war Geschäftsmann geworden. Er verkaufte Glühbirnen und Toilettenartikel an Läden in der East Side; er war Ehemann, Vater und Einsiedler geworden. Sein Familienleben unterschied sich nicht sehr von dem Isaacs; beide hatten streunende Kinder, die von zu Hause ausgerissen waren. Philips Sohn war ein hartnäckiges, eigenwilliges Genie von fünfzehn Jahren, das seinen Vater schon mit neun im Schach schlagen konnte. Isaac entschied sich, mit Philip zu schwatzen und den Jungen auszufragen; er lechzte nach Neuigkeiten aus der Seward Park High School. Vielleicht konnte ihn der Junge über Stanleys Bande aufklären, und bei Philip würde sich Isaac auch über seine vermißte Tochter, über Marilyn the Wild, ausweinen können.

Ein Streifenbulle erkannte Isaac vor dem Gebäude, in dem Philip wohnte. Der Bulle lahmte leicht, und die Uniform schien ihm nicht zu passen. »Hallo, Boß«, rief er. »Wenn Sie hinter den Lollipops her sind, können Sie es gleich woanders versuchen. Ich kontrolliere dieses Haus. Mit mir lassen sich diese Banditen nicht ein.«

»Ich mache einen Privatbesuch«, murmelte Isaac. »Ich besuche Philip Weil.«

Er fuhr zu Philips Tür hinauf. Die Klingel funktionierte nicht, und er mußte klopfen, bis seine Faust taub wurde. »Ich bin's, Philip ... Isaac.« Die Tür wurde ihm geöffnet. Um reinzukommen, mußte er sich um Philips Rücken winden. »Mordecai sagt, du hättest nach mir gefragt ... Philip, was ist denn los?«

Isaac konnte mit Mordecai umspringen, konnte Mordecais Tochter aus der Müllhalde eines Zuhälters ziehen, aber an Philip kam er nicht ran. Philip hatte keine Stoppeln auf den Backen, auch nicht die Symptome eines verfallenen Schachmeisters. Er trug ein makelloses Hemd mit Knöpfen aus Elefantenknochen und einem

Kragen, der mit Metallstäbchen verstärkt war. Isaac konnte nichts an den Bügelfalten in Philips Hose und an dem ordentlichen Fall der Manschetten aussetzen. Philip war ein Stubenhocker, der sich todschick anzog. Er hatte seine Knabenhaftigkeit bewahrt. Er hatte nicht langsam Fett angesetzt wie Mordecai oder sich mit festem Fleisch umgeben wie Isaac. Seine beharrliche Liebe zu Trotzki und seine Schachmanie mußten ihn vor den gewöhnlichsten Verheerungen beschützt haben. Philip lebte in einem geschlossenen Etui.

Er machte Kaffee für beide, an dem sich Isaac beinah die Zunge verbrannte. Isaac konnte nicht glauben, daß jemand freiwillig derart bitteres Zeug trank. Er träumte von Cappucinos im Garibaldi-Club. »Wo fehlt's, Philip? Hast du Probleme? Ich hätte früher kommen sollen ... Drei kleine Schurken haben meine Mutter angegriffen, und das hat mich ziemlich beschäftigt.«

Philips Kragen geriet in Aufruhr, eine leichte Zuckung, die von einem Knochen hinter dem Ohr ausgegangen sein könnte. »Wir haben Glück gehabt«, sagte Isaac mit einem Blick auf den turbulenten Kragen. »Ich glaube, einen haben wir erwischt. Einen Chinesen. Stell dir das vor, Philip, er geht in die Seward Park High School.«

»Ich weiß. Er heißt Stanley Chin.«

Philip drückte seinen Kragen mit dem Daumen runter. Isaacs Blick wurde niederträchtig. »Woher weißt du das? Bist du heute morgen aus Corona gekommen, Philip? Hast du was mit St. Bartholomew zu tun? Bist du durch alle Stationen gelaufen?«

»Nein. Rupert gehört zur Bande. Er ist ihr Anführer.«

Ein Schauder rieselte über Isaacs Kiefer und legte seinen Hals in dunkle Falten. Philips Sohn war ein Lollipop. Isaac packte Philip an den Hemdenknöpfen. »Du verfluchter Scheißkerl, hat Mordecai mich deshalb auf dich angesetzt?« Die Knöpfe lösten sich von Philip, und Isaac quetschte Elefantenknochen in seiner Faust. »Philip, wenn meine Mutter stirbt, sorge ich dafür, daß du für den Rest deines Lebens Ohrenschmerzen hast. Ich werde dich zum Krüppel machen. Mit Bauern in den Augen wird man dich begraben. Dann kannst du Schach spielen, solange sich die Erde dreht.«

Philip bebte nicht unter Isaacs heftigem Atem. »Isaac, ich

konnte es dir nicht direkt sagen ... Ich war gelähmt. Ich hatte gehofft, du würdest zu mir kommen. Ich dachte, das sei ein momentan verbreiteter Spleen, etwas, was schnell vorbeigeht. Über Ladendiebstahl in der Nachbarschaft. Als ich gehört habe, was er mit deiner Mutter gemacht hat, ist mir klargeworden, daß es zu spät ist. Niemand kann dir längere Zeit entkommen, Isaac. Ich habe erwartet, daß du kommst, um mich zu töten, Isaac.«

Isaac warf die Knöpfe auf den Teppich.

»Wovon zum Teufel redest du, Philip? Ich will nicht dein Racheengel sein. Du wirst ganz von selbst leiden. Ich will Fakten, nicht deine lausige Meinung. Warum haßt Rupert mich?«

»Ich habe ihm gegenüber nie ein schlechtes Wort über dich geäußert, Isaac.«

»Vielleicht liegt es gerade daran. Wer ist die Votze, Philip? Das Mädchen, das mit Stanley und Rupert rumzieht.«

»Das ist Esther Rose.«

»Wo wohnt sie?«

»Auf der Straße, Isaac. Sie hat kein Zuhause. Früher war sie bei der Jewish Defense League. Man hat sie rausgeworfen, da bin ich mir ziemlich sicher. Denen war sie zu verrückt.«

»Ein Mädchen von der JDL? Rupert hat doch sicher ein Foto von ihr. Wo ist sein Zimmer?«

Philip führte ihn in ein Zimmer, in dem sich Broschüren, Zigarrenkisten, Schachbretter mit gebrochenem Klavierband, Tischtennisschläger mit Narben in ihrem Gummifleisch, Werbeplakate für Nudistenkolonien, Backgammon und Guerilla-Kriegsführung häuften; darunter lag ein Wall von Büchern, hinter dem Ruperts Kommode verborgen war, Ruperts Kleiderschrank, Ruperts Lampe und Ruperts Bett. Bis zu den Knien in Büchern stehend, wühlte Isaac in dem Durcheinander herum. Er jonglierte mit einem Tischtennisschläger und knurrte böse. »Rupert sollte mal mit meinem Freund Coen spielen. Coen ist der Hammer. Coen könnte mit seinem Aufschlag einen Eisbären verführen.« In einer Zigarrenkiste fand er ein Bündel Fotos. »Ist sie das?« fragte er und deutete auf ein Mädchen mit krausem Haar, vollen Brüsten und braunen Augen.

»Ja, das ist Esther.«

Isaac steckte das Photo ein. Dann entwendete er das Klassenfoto von Ruperts neunter Klasse – das Genie runzelte unter einem Barett finster die Stirn –, das an der Wand hing. Als Isaac das Foto aus dem Rahmen zog, begann das Glas zu splittern.

»Wo ist Rupert jetzt?«

»Seit zwei Wochen war er nicht mehr zu Hause, Isaac. Er ist mit Esther zusammen, das ist alles, was ich weiß.«

»Philip, wenn du ihn erwischst, dann laß ihn nicht aus den Augen. Mit seiner Taktik hat er sich mit dem größten Spielclub der Mulberry Street angelegt. Die Garibaldis können es kaum erwarten, ihn in die Finger zu bekommen. Bring ihn zu mir, Philip.«

»Im Revier tut ihm doch niemand was, oder, Isaac? ... Er ist noch ein Baby ... fünfzehn Jahre.«

»Ich würde ihn aus dem Fenster stoßen, Philip, deinen Wunderknaben, aber ich brauche ihn noch, damit er singt. Keiner meiner Männer wird ihm etwas tun.«

Isaac rief von einem öffentlichen Fernsprecher aus in St. Bartholomew an. »Inspektor Pimloe«, knurrte er ins Telefon. »Geben Sie mir Inspektor Pimloe.« Die Telefonistin knurrte zurück. Pimloes gäbe es nicht in diesem Krankenhaus. »Machen Sie keinen Ärger. Er drückt sich irgendwo im Gang rum. Lassen Sie ihn holen ... Sagen Sie ihm, Isaac hätte gesagt, er solle seinen Arsch in Bewegung setzen, und zwar schnell.«

Isaac vernahm ein Seufzen und das Klappern von Schuhen. Brodsky kam an den Apparat. »Ich bin's, Boß.«

»Quatsch mit wem du willst, Brodsky. Ich wollte Pimloe, nicht dich.«

»Pimloe ist verschwunden. Vielleicht hat er sich durch den Keller verdrückt. Wer weiß ... Wir sitzen ganz schön in der Scheiße, Boß.«

»Wieso?« fragte Isaac und bleckte die Zähne. »Hat sich Stanley Chin Flügel gekauft? Hat er diese Negerschwester mit seinen Verbänden gefesselt und sich aus dem Krankenhaus verrollt?«

»Cowboy ist hier, Isaac.«

Isaac zischte ins Telefon. »Du Trottel, wie hat er dich gefunden?«

»Er hat mich überrumpelt, Isaac. Seine Lederknaben haben mich überrannt. Er hat das Krankenhaus mit einer ganzen Armee gestürmt. Gewehre und alles. Newgate muß gepetzt haben. Das kommt davon, wenn man dem FBI traut!«

»Das mit Newgate kannst du glatt vergessen. Pimloe ist unser Mann.«

»Bist du verrückt, Isaac? Pimloe arbeitet für dich.«

»Aber er denkt auch an sich. Er hält Barney Rosenblatts Schultern für den heißesten Tip in New York City. Denk doch mal nach, Brodsky. Es ist Pimloe. Niemand sonst könnte es gewesen sein. Was hat Cowboy jetzt vor?«

»Er will uns von der Bildfläche vertreiben, Isaac. Du kennst doch Cowboy. Er ist eine alte Sau. Der Chinese kann sich nicht rühren, stimmt's? Also kidnappt Barney zwei Hilfsstaatsanwälte, holt seine Kamera, macht Polaroidaufnahmen von dem Typen, nimmt ihm auf seinem eigenen Stempelkissen die Fingerabdrücke ab und macht eine Verhaftung am Krankenbett.«

»Ist Barney seit neuestem hinter Kindern her? Was zum Teufel hat er gegen Stanley Chin in der Hand? Hat er vielleicht eine Strumpfmaske unter Stanleys Kopfkissen versteckt, oder was ist los?«

»Er läßt sich nicht aus der Ruhe bringen, Isaac. Barney sagt, er könne auf der Stelle eine ganze Horde chinesischer Ladenbesitzer anschleppen, die bei ihrem Leben beschwören, daß Stanley sie geprellt hat. Morgen kommt ein Richter her, um die Anklage zu erheben.«

»Jetzt sag mir nur noch eins. Wie hat er die Negerschwester kleingekriegt?«

»Das hatte er nicht nötig. Einer seiner Lederknaben hat ihr eine Knarre in die Bluse gesteckt und sie hinter ihrem Schreibtisch verbarrikadiert.«

Es war idiotisch, Brodsky Cowboys Angriff auf das Krankenhaus in die Schuhe zu schieben. Isaac hängte ein. Er konnte sich nicht mit Barney duellieren, um ihn aus dem Weg zu räumen. Cowboy würde es jemandem stecken, wenn er ihn ausbootete, und die Geschichte würde beim First Dep landen, der sich nicht von der irischen Mafia im Präsidium scheiden lassen konnte und Isaac verdonnern müßte. Man spielte Isaac übel mit. Er würde sich Cowboy gegenüber als kooperativ erweisen müssen. Selbst die Fotos von Rupert und Esther Rose konnte er nicht für sich behalten. Cowboy würde die Lorbeeren ernten. Er würde Posten im Krankenhaus aufstellen, Krähen in jeder Etage.

Der Chef hatte nur eine Alternative. Mit Brodskys und Coens Hilfe konnte er den Jungen aus dem Krankenhaus klauen und ihn in einen Keller sperren. Dann würde Cowboy in Ungnade fallen. Doch Isaac war bereit, einen gegenseitigen Vernichtungskrieg innerhalb des Präsidiums zu riskieren. Seine Engel würden gegen Barneys Krähen antreten müssen. Der First Dep hatte einen Krebs in der Kehle sitzen. Wie lange würde er Isaac noch erhalten bleiben? Die irischen Chefs zogen Barney Rosenblatt vor. Cowboy würde die Rangordnung genau einhalten. Er war gewillt, jeden Kriminalbeamten aus dem Weg zu räumen, den der PC nicht mochte. Isaac unterhielt zu viele Beziehungen zu den Streifenpolizisten. Er schacherte mit Puertoricanern und milchweißen Bimbos. Seine Spitzel sangen nur bei ihm. Isaac gefährdete die Ruhe im Präsidium. Den irischen Bossen war er suspekt.

Isaac wartete auf ein Taxi und ließ sich übellaunig auf den Ledersitz fallen. Er fuhr zu Coen. Coen würde sein Elend mit heißem Tee und einer Partie Dame lindern. Isaac spielte nie Schach mit Blue Eyes. Beim Schach brach die Grausamkeit des Chefs durch, sein brennendes Verlangen, schwache Läufer und eine zerfetzte Reihe von lumpigen Bauern zu schinden, und Isaac zog es vor, Coen diese Eigenart nicht zu offenbaren. Beim Damespiel waren seine Gelüste schwächer. Er konnte doppelte und dreifache Sprünge ausführen, ohne seine Siege auszukosten. Coen schien es gleich zu sein, wer gewann und wer verlor.

Isaac ging an der Feuertreppe vorbei. Heute war ihm nicht wirklich danach, durch Coens Fenster einzusteigen. Es gefiel ihm, daß er Blue Eyes rund um die Uhr besuchen konnte. Er läutete an der Tür. Der Chef hatte ein geübtes Gehör; er hörte Schritte hinter der Tür. »Manfred, laß mich rein.« Kein Riegel rührte sich. Also knackte er Coens Schloß. »Was ist los, Manfred?« Marilyn stand vor ihm. Sie blitzte ihn aus gnadenlosen Augen an; die Beulen in ihrem Gesicht waren leuchtend grün geworden.

Isaac zuckte zurück. Er konnte sich nicht erinnern, wann ihm zum letzten Mal die Hände und die Knie gezittert hatten. »Ich hätte mir denken können, daß du bei Coen bist. Der Junge hat ein gutes Herz. Er würde jeden bei sich aufnehmen. Wer hat dich so zugerichtet? Manfred jedenfalls nicht.«

Marilyn wurde sich bewußt, was ihr Vater diesem früheren Freund aus Inwood Park antun könnte. Es war drin, daß Isaac eine Leiche aus Brian Connell machte oder ihn auf subtilere Weise zugrunde richtete: Er konnte Brian im Namen des First Dep aus seiner Wache zerren und ihn durch alle Bezirke jagen, bis der Junge vor Benommenheit und Erschöpfung durchdrehte. Marilyn schwor, sie sei überfallen worden. Sie kannte die Leidenschaft ihres Vaters für Details, seinen Blick für Unstimmigkeiten. Sie mußte ein vollständiges Drehbuch für ihn erfinden.

»Wo ist das passiert?«

»In der Innenstadt«, sagte sie.

»Im Osten oder im Westen?«

»Isaac, hör um Gottes willen auf, mich zu nerven. Ich nehme an, du bist im Besitz einer Akte über jeden, der Raubüberfälle macht, in ganz Manhattan.«

Sie hatte das irische Temperament ihrer Mutter geerbt, dieses klare, wunderschöne Stirnrunzeln Kathleens.

»Kannst du nicht Papa zu mir sagen?«

»Mein Gott«, sagte sie. »Wollen wir damit noch mal von vorn anfangen? Alle nennen dich Isaac. Warum sollte ich dich nicht so nennen?«

Isaac spürte, daß seine Kraft zurückkehrte. Seine Hände ballten sich. »Pack deine Sachen. Du ziehst zu mir.«

»Pustekuchen.«

Er hätte sie in seine Wohnung in der Rivington Street schleifen können, dafür sorgen, daß ihre Beulen ein reines Violett anstelle des Grüns annahmen, doch das tat er nicht. Nur durch Überredung würde er sie von Blue Eyes fortholen, und er würde keinen Architekten mehr für sie suchen. Ehen machten dieses Mädchen unglücklich. Sie schüttelte Ehemänner ab, verteilte sie um sich und fiel von einem Mann zum anderen. Isaac wollte das Prickeln in ihren Schenkeln dulden, aber Coen bekam sie nicht. Er wollte nicht zulassen, daß ihre Verrücktheit ihn durch Blue Eyes bis ins Präsidium verfolgte. Coen gehörte ihm.

»Wenn du hierbleibst, Marilyn, dann bleibe ich auch. Manfred kocht uns sicher heiße Schokolade ... In getrennten Zimmern kann er uns in den Schlaf lullen. An der Wand hängen wir einen Zeitplan auf, wer zuerst badet. Manfred kann sicher gut Rücken schrubben. Hast du verstanden, Marilyn? Ohne dich gehe ich nicht.«

»Wie bist du nur ein solcher Hurensohn geworden, Isaac?«

»Langjährige Übung«, sagte er. »Jetzt pack schon.«

Sie traf keine Vorbereitungen, zu gehen. Sie musterte die schmale, verkniffene Falte unter seiner Nase und bemitleidete die Feinde und Freunde ihres Vaters; Isaac ließ sich von niemandem plattwalzen.

»Marilyn, wenn er uns zusammen sieht, wird er derjenige sein, der leidet, nicht du ... zwing mich nicht, Coen zu beerdigen. Ich kann ihn zu einem ruhmreichen Büroangestellten machen. Möchtest du gern, daß er für den Rest seines Lebens in einem Keller Karteikarten für einen Kommissar sortiert? Das willst du doch gewiß nicht. Zeig dich kooperativ.«

»Das tätest du nicht«, sagte sie. »Ohne Coen kommst du nicht aus.«

»Das werde ich schon lernen. Täusch dich nicht in deinem alten Vater, Marilyn. In meinem Beruf bedeutet Zuneigung nichts. Ich würde Manfred zum Krüppel schlagen, wenn er mir in die Quere käme.«

»Daddy Isaac«, sagte sie mit dampfenden Nüstern. »Das brauchst du mir nicht zu erzählen.« Und sie sammelte ihre Unterwäsche zusammen, die gelben, roten und blauen Netzhöschen, die sie trug, und stopfte sie in ihren Koffer. Sie warf Isaac einen Pullover zu. »Falt ihn zusammen, um Himmels willen. Was glaubst du, wie viele Hände ich habe?«

»Soll ich Manfred eine Nachricht hinterlassen?«

»Nein. Er wird sich die Geschichte selbst zusammenreimen. Wer sonst würde sich die Mühe machen, mich zu kidnappen?«

Plötzlich überkam Isaac eine Scheu. Er konnte sich nicht mit Siegen über seine Tochter abfinden. »Marilyn, du kannst ihn immer noch in meine Wohnung einladen... Ich habe nicht gesagt, daß du ihm ganz aus dem Weg gehen mußt.«

»Halt's Maul, Isaac.«

Sie biß sich auf die Lippen, um nicht zu weinen. Isaac sah das Blut. Er war zu eingeschüchtert, um ihr das Blut mit seinem Taschentuch abzuwischen. Er dankte Kathleens verfluchtem Jesus dafür, daß er kein zweites Kind hatte. Zwei Marilyns hätten ihn zugrunde gerichtet. Lieber hätte er sich vor der Tür des PC mit Barney Rosenblatt duelliert, als seine dürre Tochter anzuschauen. Isaac fühlte sich erbärmlich. Er war am Ende. Er konnte ihr seine Liebe nicht entziehen. Sie war ein Teil seines eigenen dicken Fleisches. Ihre Schultern fielen zusammen, und mit leisen gluckernden Geräuschen, bei denen sich Isaacs Kehle zuschnürte, begann sie zu weinen. Mit einem Finger strich er über ihr Haar. Sie rührte sich nicht. Er packte sie wie ein Bär. »Das wird schon wieder gut, Liebling.«

Sie gingen die Treppe hinunter; Isaac trug den Koffer und hielt Marilyn an der Hand. Für das Recht, seine Tochter an der Hand zu halten, hätte er einen Mord begangen. Rupert, Stanley und St. Bartholomew entfielen ihm.

Zweiter Teil

8 »Mr. Weil, Mr. Philip Weil.«

Der Reporter kauerte sich unter Philips Türklinke, das Auge ans Schlüsselloch gepreßt, und wartete, daß die Dunkelheit sich lichten würde. Er war ein gescheiter junger Mann, der frisch von der Journalistenschule gekommen war und einen Hang dazu hatte, die geringfügigen Vergehen seiner eigenen Generation aufzuklären. Eine Handvoll Zeitschriften hatte ihn zu diesem Unterfangen ermutigt: nichts Handfestes, keine konkreten Zusagen, doch wenn es ihm gelänge, den Vater von Rupert Weil, diesem Ungeheuer mit Babyspeck am Kinn, zu interviewen, würde ihn auf die Dauer keine Zeitschrift abweisen können. Seine Schenkel brannten. Das Kauern war er nicht direkt gewöhnt. Die Schwärze im Schlüsselloch hatte seinen Blick verschleiert.

»Ich habe fünfzig Dollar für Sie, Mr. Weil... für eine kleine Unterhaltung«, sagte er. In der Tasche hatte er eine eingerissene Dollarnote und zwei Münzen für die U-Bahn. Er war entschlossen, den Vater des kleinen Monsters aus seiner Höhle zu locken, diesen Einsiedler, diesen gescheiterten Schachspieler, diesen Hanswurst der Essex Street, der früher mit dem großen Isaac Sidel befreundet gewesen war, oder er würde sich mit einem Bluff den Zutritt in die Wohnung erschleichen. Ich bin kein Pressehai, Mr. Weil. Ich würde Ihren Jungen nicht in den Schmutz ziehen. Ich bin Tony Brill, der Journalist. Ich habe Beziehungen, Mr. Weil... Ich kann die Polizei einwickeln, wenn ich Rupert als Helden hinstelle... Das liegt ganz bei Ihnen.«

Philip versteckte sich in der Küche; er war gegen Tony Brills Beschwörungen immun. Er wollte Ruperts Geschichte nicht verkaufen, ganz gleich, welche Summe der Journalist auch nennen mochte. Er wurde von Anrufen, Telegrammen und dem Klopfen an seiner Wohnungstür bestürmt. Die Zeitungen hatten Ruperts Gesicht groß herausgebracht und Sprüche über Zerrüttung und

Bandentum darunter geschmiert. Die Lollipop-Bande, ein Flächenbombardement. Rupert Weil, jugendlicher Unhold. Esther Rose, Verführerin, Heilige des Bösen, Ex-JDL, Mama der Lollipops. Stanley Chin, Raufbold aus Hongkong. Ein fetter Kriminalbeamter, Cowboy Rosenblatt, spukte durch Philips Fernsehbild. Cowboy stieß von Stanleys Krankenzimmer, das in ein solides Gefängnis verwandelt worden war, Warnungen an alle potentiellen Lollipops aus und besudelte alle Sender mit den Profilen von Rupert und Esther Rose, mit Selbstbeweihräucherung und mit Anekdoten aus seiner Polizeilaufbahn. In keiner der Sendungen und Nachrichtenreportagen, in denen Cowboy Rosenblatt groß herausgestellt wurde, konnte Philip Isaac entdecken; keiner der Beamten, die ihn mit ihren Anrufen belästigten, kam von Isaacs Abteilung.

Als der Mann mit der leisen, eindringlichen Stimme aus dem Büro des Staatsanwalts versuchte, Philip telefonisch einzuschüchtern, um ihm Informationen zu entlocken, plärrte Philip ins Telefon: »Ich rede nur mit Isaac und mit niemandem sonst.« Doch Isaac suchte ihn nicht auf. Nach einem einzigen Besuch nur war der Chef aus Philips Leben entschwunden. Philip mußte sich allein in die Küche stehlen und über den Wahnsinn seines Jungen grübeln.

Philip schloß die Augen; er wollte die salzigen Berechnungen abschütteln, die ätzenden Flüssigkeiten aus seinem Schädel rinnen lassen. Das Denken konnte ihn zugrunde richten; eine Nase reibt sich an den gemalten Quadraten eines Schachbretts. Es gelang ihm nicht, das Kläffen vor der Tür abzustellen. In dem Moment, in dem er sich diesen Geräuschen ergab und sich an die Wand lehnte, übten sie eine eindeutige Wirkung auf ihn aus: Sie zogen ihn aus der Küche. Die Laute kamen ihm zunehmend vertrauter vor. Er preßte sein Ohr an die Tür.

»Laß mich rein, Papa.«

»Rupert?« sagte er und machte sich nervös an der Türkette zu schaffen. Wie hätte Tony Brill, selbst, wenn er ein Zauberkünstler im Nachahmen von Stimmen gewesen wäre, die kleinsten, typischsten Schwankungen in Ruperts Stimme kennen können? Philip streckte seine Hand durch den Türspalt, packte nach einer Jacke und zerrte Rupert nach drinnen. Der Speck an den Wangen war verschwunden. Rupert sah ausgemergelt aus. Er trug die Jacke eines Streifenpolizisten. Das war seine einzige Verkleidung. Wenn man einmal fest angezogen hätte, hätte die Jacke fast auf seine Knöchel gereicht. In den dunklen, um ihn wogenden Stoff verschnürt, hatte Rupert keine Fäuste, keinen Hals, keine Brust. Philip entwirrte ihn aus dem Sack. Bis auf kaputte Turnschuhe und eine lange Hose war er nackt unter der Jacke; die ersten männlichen Haare sprießten fast blond über seinen Brustwarzen. Ein Schrei entfuhr Philips Kehle; seine irrwitzige Liebe zu dem Jungen wandelte sich in unglaubliche Wut. Er hielt Ruperts Ohr zwischen den Fingern. Er hätte ihm die Nase abgerissen. Rupert schlug ihn nieder. Philips Brust fiel gegen seine Knie. Ein einfacher Stoß hatte ihn aus der Fassung gebracht, nicht etwa ein heimtückischer Schlag.

»Faß nicht noch mal mein Ohr an, Papa. Dazu bin ich zu alt.«

Rupert verhöhnte ihn nicht; er griff Philip unter die Arme und bog seine Knie gerade. Er war behutsam mit seinem Vater, als er ihn aufhob. Dann ging er in die Küche. Philip konnte nur seinen Rücken sehen; der halbe Rupert steckte im Kühlschrank. Er hieb seine Zähne in das Fleisch einer Tomate und verteilte rote Spucke über das Innere des Kühlschranks. Er schluckte gierig Essiggurken. Er wühlte seinen Kopf in den Behälter mit dem Hüttenkäse. Philip erbleichte angesichts des Appetits seines Sohnes. Noch nie war er einem Jungen mit derart gefräßigen Kiefern begegnet. Rupert bestand nur aus Zunge und Zähnen. Philip konnte nichts mehr mit ihm anfangen. Wie sollte er diesem seinem Kind gegenübertreten, das versuchte, das Universum in seinen Mund zu stecken?

»Rupert, hast du einen Journalisten im Treppenhaus bemerkt, einen Mann namens Brill?«

Rupert tauchte aus dem Kühlschrank auf; von seinen Augenbrauen bröckelte Hüttenkäse. »Den Fettsack in dem Trenchcoat? Er hat mich gegrüßt.«

»Aber er hat dich an der Tür gesehen.«

»Na und? Was kann er schon tun, Papa? Laß ihn doch bei Isaac quatschen. Das interessiert kein Schwein.«

»Isaac war hier«, verkündete Philip, als Rupert wieder in den Hüttenkäse tauchte. »Ich habe gesagt: Isaac war hier.«

Mit den Lippen in dem Behälter nuschelte Rupert: »Ich habe es gehört, Papa.« Er tauchte auf, um Luft zu schnappen und schnippte sich Käse von der Nase. »Warum hast du ihm Fotos von Esther und mir gegeben?«

»Er hätte die Wände eingerissen, Rupert. Isaac läßt einem nicht viel Raum zum Atmen. Aber er will dir helfen... Rupert, hat er dir etwas getan?«

»Du bist ein Holzkopf, Papa. Isaac hat dich zu dem gemacht, was du bist. Er hat dir den Blick vernebelt. Du und Mordecai, ihr könnt nicht genug davon kriegen, ihm zu huldigen. Zumindest schöpft Mordecai eine gewisse Befriedigung daraus. Er brüstet sich mit Isaac. Er redet über den jüdischen Gott, der den Vorsitz über New York City führt, den koscheren Bullen, der jedes Verbrechen aufklären kann. Und du, Papa? Für dich ist er der Größte. Du ißt deine eigene Leber auf und sagst kein Wort dabei. Wo ist dein Terrain? Isaac hat dir nur Mist übriggelassen. Er hat dich zum Prinzen der Essex Street gemacht. Du läufst in deinen drei guten Hemden rum und wünschst, du wärst Isaac.«

»Du bist verrückt«, sagte Philip. »Ich neide ihm seine Erfolge nicht.«

Rupert suckelte an seinen Wolfszähnen. »Erfolge, Papa? Das ist es ja gerade. Erfolg worin? Im Leute Umpusten? Er tänzelt als Paradegaul vor Puertoricanern und armen Juden rum. Isaac kann in Frieden scheißen, weil er seine Verehrer und Anhänger hat. Er kann jede Kirche und jeden Schulhof beiderseits der Bowery betreten, und man lächelt ihm bestimmt zu. Selbst der Meerrettichverkäufer verneigt sich vor Isaac. Papa, wenn du nur lernen könntest, ihn zu verachten, würde er mit einem Taschentuch über den Ohren aus der Stadt laufen. Er würde sich in seine Bestandteile auflösen. In Riverdale würde er sich ausweinen.«

Rupert schnappte seine Jacke vom Boden und stopfte sich Lebensmittel in die Taschen. Nachdem er den Kühlschrank seines Vaters leergefegt hatte, kletterte er in das Jackett und watschelte zur Tür. Die Taschen hingen ihm unter den Knien.

»Ich verstecke dich«, sagte Philip. »Du kannst hierbleiben.«

»Was passiert, wenn Isaac unter die Betten schaut?«

»Dann findet er den Staub von zwanzig Jahren und ein paar fehlende Bauern.«

»Danke, Papa, aber ich muß gehen.« Rupert zog seine Ärmel hoch, um seinen Vater zu umarmen. Dann eilte er ins Treppenhaus. Konservendosen schepperten in seinen Taschen. Tony Brill tauchte hinter einem Notausgang auf. »Das ist er doch, Mr. Weil, nicht wahr? Rupert persönlich. Einen Flüchtling kann ich am Gang erkennen.«

Tony Brill lief nicht hinter Rupert her. Er stürzte sich auf Philips Tür. Philip sperrte ihn aus. »Ich kann ihn retten, Mr. Weil... Vertrauen Sie mir.«

Philip ignorierte das Gequatsche und ging wieder in die Küche. Er interessierte sich für den Wetterbericht. Sagte das Fernsehen Schnee voraus? In seinen Turnschuhen würde Rupert sich eine Lungenentzündung holen. Philip hätte ihn nicht ohne ein anständiges Unterhemd aus dem Haus gehen lassen dürfen. Der Junge hatte kein Gespür für Kälte. Ihm mußten erst die Daumen abfrieren; bis dahin lag ihm die Vorstellung von Frostbeulen fern. Wie konnte Philip ihm Zeichen geben? Sollte er Halstücher an seiner Feuerleiter flattern lassen? Er lachte bitter über seine eigene Unzulänglichkeit. Seine Energie hatte gerade noch dazu ausgereicht, Vater zu werden. Seine Frau, ein russisches Mädchen mit einem ansehnlichen Busen und einem flachen Hinterteil hatte ihm elf Jahre lang in die Augen geschaut und war davongelaufen, als Rupert noch keine sechs Jahre alt war. Sonia, die Stalinistin, mußte wohl einen anderen Lebensinhalt gefunden haben als einen Mann, der für Trotzki und das Schachspiel gestorben wäre und einen Sohn, der ihrem Mann ähnlicher sah als ihr. Es hieß, sie lebe jetzt in Oregon mit einer Horde von Apfelpflückern zusammen, eine grauhaarige russische Dame.

Philip verfluchte sich. Ein Vater sollte das Recht haben, seinen Sohn als Gefangenen zu halten, wenn auch nur für kurze Zeit. Er wollte den Jungen mit Fragen löchern, mit brutalen Fragen, nicht mit dialektischen Schachzügen, die Rupert die Möglichkeit gaben, ein schäbiges Schema zu erfinden, einen rationalen Vorwand dafür, alte Ladenbesitzer zu erschrecken und Isaacs Mutter ins Bellevue zu schicken. Doch Philip war machtlos; seine eigenen Fragen wären an Rupert abgeprallt und hätten sich gegen ihn selbst gerichtet. Wenn Rupert einen Dibbuk in sich trug, einen Dämon, der an seinen Eingeweiden nagte, dann stellte sich die Frage, wer ihm diesen mitgegeben hatte. Ein solcher Dibbuk konnte nur vom Vater an den Sohn weitergegeben werden. Die Gewalt, die Philip seinem Körper angetan hatte, das Abnagen seiner eigenen Glieder, die Selbstzerfleischung, der er sich stückweise hingab, der Quatsch, sein Leben in modrigen Räumen zu verbringen, das Gift der Schachformeln, Grade des Abschlachtens, die er auf einem Spielfeld auslebte, die wahnsinnige Zärtlichkeit für diese hölzernen Figuren, Bauern, Türme und Könige, mußte ein entsetzliches, uneinheitliches, hinterhältiges Tierchen erschaffen haben, das unter Ruperts Haut gekrochen war, nach seinen Hoden gegriffen hatte, seine Eingeweide zusammenzog und hysterische, wirre Störungen in seinem Gehirn verursachte. Philip war der Dibbuk. Niemand sonst.

Rupert war auf der Flucht. Er mußte gegen das Gewicht in seinen Taschen ankämpfen, die durcheinanderkugelnden, sich aneinanderreibenden Flaschen und Konservenbüchsen, gegen den Wind, der den gewaltigen Jackenkragen aufschlug; die Jacke hatte er aus einem schmuddeligen Bungalow gestohlen, der den Streifenbullen gehörte. Sein Bauch gluckerte von den Essiggurken, die er in der Wohnung seines Vaters verschlungen hatte. Er konnte nicht gleichzeitig über eine Baustelle stürmen und Gurken und Hüttenkäse verdauen. Sein mühsamer Lauf wurde von entsetzlichem Schluckauf unterbrochen. Er ging den Käufern aus dem Weg, die aus der Brotfabrik an der Grand Street drängten und große Tüten mit Zwiebelbrot mit sich trugen. Trotz der Jacke hätten sie ihn erkennen können. Dann hätten sie geschrien, Zwiebelbrot in sein Gesicht gekrümelt und nach dem großen jüdischen Chef gerufen, nach Isaac Sidel, oder einfach nach dem nächsten Streifenpolizisten. Er hatte nicht die Geduld, den Krümeln auszuweichen und sich Zwiebeln aus den Augen zu wischen. Er war auf dem Weg zu Esther Rose.

Rupert konnte Esthers Inbrunst nicht vollständig erfassen. Sie kam aus einer Jeschiwe in Brownsville, die nur die Töchter der Sephardim Brooklyns aufnahm. Die Jeschiwe, die zwischen Puertoricanern, Schwarzen und rauhen polnischen Juden angesiedelt war, hatte Tore auf allen Seiten. Sie war uneinnehmbar. Keinem der polnischen Juden gelang es, sich Zutritt zu den Gebetsräumen und der Bibliothek zu verschaffen. Die Mädchen wurden durch eine Hintertür eingeschleust. Sie fanden wenig Gelegenheit, sich näher anzuschauen, was sich außerhalb der Jeschiwe abspielte. Sie kannten die hypnotische Lichtstärke einer Fünfundzwanzig-Watt-Birne. Geländer konnten sie im Dunkeln ertasten. Sie besaßen die Gabe, Ladino zu rezitieren, das Kauderwelsch aus mittelalterlichem Spanisch und Hebräisch, das in dieser Jeschiwe ausschließlich gesprochen wurde. Die sephardischen Priester, die die Schule leiteten, nahmen es auf sich, jedes der Mädchen in die Hysterie zu treiben. Die Mädchen mußten sich darüber klarwerden, welch wertlose Geschöpfe sie waren. Die Größe ihrer Brustwarzen, die widerspenstige Form ihrer Brüste, die ersten Anzeichen von Schamhaaren, die blutigen Flecken in ihren Unterhosen machten sie kleinmütig und verzagt. Nichts auf Erden als das gemeine Weib war mit dem Fluch einer Menstruationsblutung gestraft; so wurden sie von ihren Lehrern unterwiesen. Nach einer Art Tauschhandel unter den Familien waren bereits Ehemänner für sie ausgewählt worden. Nur ein Mädchen, das den Rückhalt eines Familienvermögens aufzuweisen hatte, konnte einen anständigen Ehemann für sich beanspruchen, der im allgemeinen doppelt so alt war wie sie.

In der Brownsville-Schule für sephardische Mädchen erlernte Esther die Rituale der Ehe; man lehrte sie, welche Schleier sie tragen werde, wie die Menstruationstabellen zu führen waren, die ihrem Gatten eine Warnung vor den genauen Tagen ihrer Unreinheit sein würden. Das bekam Esther sieben Jahre lang mit; sie murmelte Gebete, wenn sie versehentlich ihre Brustwarzen oder ihre Spalte berührt hatte, träumte von ihrem Leben als Arbeitstier für ihren zukünftigen Ehemann und seine Familie, tauschte mit einer sündigen Klassenkameradin Schamhaare aus, spürte zu Beginn ihrer Periode Rasierklingen in ihrem Leib und verachtete jede Regung in ihren Eingeweiden, Schweiß und die Farbe ihres Urins. Einen Monat vor dem festgesetzten Tag, an dem sie einen Kaufmann mit Haaren in der Nase heiraten sollte, lief Esther davon. Sie trieb sich in Brooklyn herum und arbeitete für die Telefongesellschaft. Dann ging sie zur JDL. Ihre Eltern, die in einer Enklave von Spaniolen zwischen Coney Island und Gravesend lebten, schlossen Esther in ihre Gebete für die Toten ein. Die Vorstellung, eine Tochter zu haben, die einen Ehevertrag brach, um sich der Jewish Defense League in die Arme zu werfen, war ihnen unerträglich. Zionismus bedeutete Esthers Leuten nichts. Israel war ein Ort für Deutsche, Russen und Polen, die in den Augen der meisten Sephardim Barbaren waren, denn sie erinnerten sich an die Freundlichkeit, die die Mauren den spanischen Juden entgegengebracht hatten. Esther Roses Vorfahren, Mathematiker, Propheten und Geldverleiher, hatten unter der arabischen Herrschaft ihre Blütezeit erlebt; den Sephardim des südlichen Brooklyn fiel es schwer, gerechtfertigten Groll gegen die Ägypter und die Saudiaraber zu empfinden. Auch gegen die Syrier und Libanesen der Atlantic Avenue hatten sie nichts.

Rupert war vor einem halben Jahr vor der russischen Botschaft in Manhattan auf Esther Rose gestoßen. Sie trug ein Plakat, das die Unversöhnlichkeit der Sowjets gegenüber dem israelischen Staat anprangerte. Sie schaffte die Polizisten und Anwohner der fünften Avenue, indem sie eine alte, stinkende Bluse und einen Wickelrock trug, der ihre ungewaschenen Knöchel und Knie freilegte. Mit ungekämmtem Haar und Fingernägeln, die so viele Zacken wie eine Säge hatten, stürmte sie auf ihre Gegner los. Rupert konnte seinen Blick nicht von Esther Rose losreißen. Noch nie hatte er ein Mädchen gesehen, das so nah am Rande des Abgrunds lebte. Esther fiel der pausbäckige Junge auf, der sie anstarrte. Sie biß ihm nicht die Augenbrauen aus. Sie ließ sich nicht von seinen fetten Backen täuschen; sie blickte tiefer. Das war kein Junge, der sich durch Plakate oder rauhe Fingernägel erschrecken ließ.

In einer Spelunke an der dritten Avenue trank sie Mokkamilch mit ihm. Er platzte mit seinem Alter heraus: fünfzehn. Sie hatte ein Kind aufgegriffen – Esther würde schon in zwei Jahren zwanzig werden. Die dicken Backen enthielten eine Gelehrsamkeit, die einem Mädchen aus einer Jeschiwe unter den Büstenhalter ging. Dieses Baby redete über Sophokles, Rabbi Akiba, den heiligen Augustin, den Baal Schem, Robespierre, Nikolai Gogol, Hieronymus Bosch, Huey P. Newton, Prinz Kropotkin und Nicodemus von Jerusalem. Er hatte die irren, zuckenden Augen eines sephardischen Priesters und die sauren Finger eines jungfräulichen Knaben. Sie wäre mit Rupert unter den Tisch gekrochen, hätte ihn mit Mokkasyrup auf der Zunge geleckt. Aber die Mokkamilch hatte ihn zurückhaltend gemacht. Es war ihm suspekt, sich unter den Blicken der Bedienung auf eine Lage Schaben und Bonbonpapier zu legen.

Esther verließ sich auf ihren Scharfsinn. Sie entschied sich für die Atlantic Avenue, denn sie wußte, daß es dort eine Matratze gab, die sie stundenweise leihen konnten. Rupert wollte nicht. Er führte sie in ein leerstehendes Gebäude an der Norfolk Street. Im Unrat zogen sie sich aus, und Esthers Knie sanken durch die Dielen. Der Junge nahm sie leidenschaftlich. Er berührte Esther mit genüßlich heimtückischen Schuldgefühlen, und bald aßen beide den Staub vom Körper des anderen. Esther war ein Mädchen aus Brooklyn. Die Norfolk Street blieb ein Geheimnis für sie. Dennoch konnte sie ein Gebäude ohne Treppenhaus lieben, einfallende Wände und Fenster, die mit Blech vernagelt waren. Um Ruperts willen gab sie die Palästinafrage auf. Sie betrog die JDL mit ihm und blieb in der Nähe der Norfolk Street, um Rupert eine bleibende »Mama« zu werden.

Rupert stahl sich aus dem Haus seines Vaters; die Konservendosen in seinen Taschen machten ihn zum Krüppel. Er versuchte, diesen Journalisten, Tony Brill, abzuschütteln. Er irrte um Straßenecken; vom Druck der Konserven, die ihm von den Hüften glitten, schwollen seine Knöchel an. Esther mußte von Gebäude zu Gebäude umsiedeln, um sich vor neugierigen Leuten und den Bullen der puertoricanischen und jüdischen East Side zu verstecken. Rupert fand sie in der Suffolk Street. Das Mädchen war wählerisch; sie hielt sich in einem Wohnhaus mit Wasserspeichern unter dem Dach verborgen, Regenrinnen mit abgebrochenen Nasen. Er stieg durch ein Fenster im Erdgeschoß ein, packte seine Taschen und hievte sie über das Fensterbrett. Esthers Aufstieg konnte er durch die Zeichnungen über dem Treppenabsatz verfolgen. Sie hatte mit bunter Kreide Gesichter neben die Treppenabsätze gemalt, Gesichter mit angeschwollener Stirn und Schaum vor dem Mund: Männer und Frauen, die die Last ihrer eigenen schweren Gehirne zu Boden zog. Im vierten Stock hörten die Zeichnungen abrupt auf. Höher brauchte Rupert nicht zu schauen. »Esther«, rief er. »Ich bin's.«

Sie hockte auf dem Boden und trug eine Decke wie eine Brooklyn Squaw – Esther lehnte Straßenbekleidung ab. Auf dem Esbitkocher, den Rupert ihr gegeben hatte, kochte sie etwas in einem Topf. Der Gestank, der aus dem Topf aufstieg, setzte sich unter Ruperts Zunge ab; er lief auf und ab und biß sich in die Jacke, um seine eigene vergiftete Spucke nicht zu schlucken. »Was zum Teufel machst du da?« rief er mit Esthers Dämpfen in den Augen.

»Essen«, sagte sie. »Essen für Isaac.«

»Isaac ist kein Schmok. Er trinkt keine Scheiße aus Dosen.«

»Dann füttere ich ihn eben. Ich kann Isaac jederzeit vollstopfen.«

»Wie?« fragte Rupert. »Willst du ihm präparierten Meerrettich zuschicken?«

»Nein. Ich schmuggle den Topf in sein lausiges Präsidium.«

»Isaac hat eine Festung an der Centre Street, Esther. Weißt du, wie viele Bewaffnete auf jeder Etage stehen? In jeder Täfelung schlafen Detektive. Ohne Begleiter kannst du nicht zum Pinkeln gehen.«

»Na und?« sagte sie. »Ich will Isaacs Schwanz nicht halten.«

»Hör zu, Esther. Du hast seit vier Tagen nichts mehr gegessen.« Er klopfte auf die Ausbuchtungen seiner Taschen. »Ich habe saure Gurken von meinem Vater. Ich habe Kohlrouladen. Ich habe Weinblätter.«

»Ich habe keinen Hunger.«

Esther hatte sich Rupert in der letzten Woche kühl gezeigt; sie gab ihm die Schuld für den Verlust Stanley Chins. Sie waren alle nach Corona gezogen, weil ganz Manhattan von Bullen und Gorillas aus der Mulberry Street überflutet war. Sie waren so schlau gewesen, schneller zu laufen als die Gorillas, die außerhalb von Little Italy verloren wirkten und die nicht zwischen einer Skimaske – Esthers Beitrag zur Bande –, einer Wollmütze und einem Winterschal unterscheiden konnten; diese Gorillas mußten aus einem wärmeren Klima stammen, aus Zonen, in denen ein normaler Mensch nicht darauf gekommen wäre, sich einen Lumpen auf den Kopf zu setzen. Die Straßenpolizei war für die Lollipops noch unberechenbarer. Bullen gab es in gescheiter und in dummer Ausführung, doch selbst ein doofer Bulle konnte Isaac mit seinem tragbaren Sender verständigen.

Corona war Ruperts Idee gewesen; er hatte geplant, Isaac von einer völlig neuen Umgebung aus heimzusuchen. Die Lollipops wollten Lebensmittelgeschäfte überfallen und ihren Opfern Isaacs Namen zuzischen. Doch eine Bande von Chinesenbabys war ihnen gefolgt, alte Landsleute und Mitstreiter Stanley Chins aus seinen früheren Zeiten als Rausschmeißer für die Händler und die republikanischen Politiker der Pell Street. Die Bande war auf Rache aus; Stanley hatte seinen einstigen Arbeitgeber, den Republikaner-Club der Pell Street, mit seinen Überfällen in Chinatown als Mitglied der Lollipop-Bande beleidigt. Diese chinesischen Winzlinge, die von ihren Feinden die »Snapping Dragons« genannt wurden, hatten kein Interesse an Rupert und Esther Rose; sie waren nicht darauf aus, ein Pärchen rundäugiger Juden zu bestrafen. Außerhalb der U-Bahnstation in Corona sprangen sie Stanley von hinten an, rangen ihn in die Knie und brachen ihm jeden Finger und jede Zehe einzeln, während Esther schrie und durch ihre Reihen brach und zwei müßige »Dragons« Rupert an den Armen festhielten. Esther verbat sich Ruperts Erklärungen. Ihr Kopf war in die Leistengegend eines Chinese gebohrt, während sie das Knacken von Stanleys Fingern vernahm. Rupert war ohne Verletzung aus Corona gekommen.

Sie starrte seine sperrige Jacke an. »Zieh das Ding aus«, sagte sie. »Du siehst aus wie ein Verkehrsbulle.«

Rupert gehorchte. Er blieb stehen; auf seiner Brust sproß Gänsehaut. Er konnte sie nicht von der Suppe losreißen, die sie für Isaac zusammenbraute. Seine Motive waren simpel: Er wollte mit Esther vögeln. Es stand Rupert absolut zu, lüstern nach ihr zu sein. Er betete Esthers Körper an, liebte die feuchte Haut eines Jeschiwe-Mädchens, die köstliche Rundung ihrer Schultern, ihre gebogenen Schlüsselbeine, das Salz, das er aus ihrem Nabel leckte, das sumpfige Aroma ihrer Kniekehlen, die Schere ihrer Schenkel. Vor Esther hatte er nur eine Mitschülerin berührt, die übertriebenen Pusteln auf ihrer Brust angefaßt, trockene, geruchsfreie Haut und die zufälligen Haare, die aus den Säumen ihrer Unterhose wuchsen. Ohne Esther hätte er sich den heiklen, feuchten Mechanismus der weiblichen Teile nicht vorstellen können. Für das Privileg, seinen Kopf zwischen Esthers Beine zu stecken oder sie zu vögeln, bis ihr Hals unter der Macht ihrer Orgasmen pochte, hätte Rupert die gesamte Essex Street umgebracht.

Heute ging nichts. Soviel verstand Rupert. Esther strafte ihn für den Verlust Stanleys. Sollte er sich selbst die Daumen brechen, um ihr zu gefallen? Ihren Körper zu entbehren, versetzte ihn in Schrekken. Er wäre auf dem dreckigen Fußboden herumgekrochen, um an Esthers Kniescheiben zu saugen, wenn er gewußt hätte, daß sie das erregen würde oder daß Esther zumindest in ihrer Wachsamkeit nachlassen würde. Er steckte seine Hände unter seine Achseln, um sie warmzuhalten. Er zitterte verdrossen; Gänsehäute schlängelten sich über seine Wirbelsäule.

Esther schwang einen Ellbogen zurück und warf Rupert ihre Decke zu. Um sie zu holen, mußte er in ihre Reichweite kommen. Sie standen Bauch an Bauch in der Kälte; Esther zog die Decke wieder zurecht, und gemeinsam sanken sie zu Boden, rieben sich die Hüften, als Ruperts Hose herunterfiel. Sie wälzten sich auf der Decke; Rupert wunderte sich über den plötzlichen Wandel seines Geschicks. Wie oft ihre Körper auch aufeinanderklatschen mochten – Esthers Bedürfnisse würde er niemals ergründen. Doch er hinterfragte die Gnade, mit Esther zu schlafen, nicht. Er war in die

Decke gehüllt und hatte Wollfusseln in den Ohren, Esther unter sich. Er kroch in sie hinein, löste ihre Schenkel mit einer Faust, die noch mit Babyspeck gepolstert war. Esther hatte in höchster Erregung Ruperts Haare im Mund. Jetzt lag sie still und beobachtete, wie sich die Leidenschaft in seiner Nase zusammenbraute. Esther wußte, was es zu bedeuten hatte, wenn ein Mann heftig zu schnaufen beginnt. Mit einem kraftvollen Druck ihrer Bauchmuskulatur stieß sie Rupert aus sich hinaus, ehe er Gelegenheit hatte, ihr ins Gesicht zu schnauben – Jeschiwe-Mädchen glauben nicht an Präservative, Pessare oder Spiralen. Rupert tröpfelte auf ihre Brust. Er war nicht böse. Rupert versuchte, Esthers Busen mit seinem Sperma anzumalen, mit klebrigem Finger zu zeichnen, doch Esther ließ ihn nicht. Sie schnappte ihre Decke und kehrte zu dem Topf zurück.

»Ich brauche Ammoniak für die Suppe«, sagte sie.

Rupert zog seine Hosen an. »Wozu Ammoniak?«

»Besorg mir welchen.«

»Ich kann Gurken nicht in Bargeld umsetzen, Esther. Wo bekomme ich Ammoniak gratis?«

»Stiehl ihn«, zischte sie ihm ins Ohr. »Komm mir nicht ohne das Zeug zurück.«

Rupert floh mit den Flaschen und Konservenbüchsen aus dem Gebäude – er hatte vergessen, seine Taschen auszuleeren. Er wankte in die engen Gassen um die Suffolk Street und glitt mit seinen Turnschuhen über grobe Pflastersteine. Er raffte seine Taschen hoch und versuchte, sich zu erinnern, ob die kubanischen Lebensmittelgeschäfte Ammoniak führten. Er kam nicht hinter die Natur von Esthers Eintopf; womit sie Isaac wohl füttern wollte? Warm oder kalt? Auf der Norfolk Street vertrat ihm ein fetter Mann in einem Armeemantel den Weg. Es war Tony Brill. Rupert grinste höhnisch.

»Wenn du mir folgst, Mann, dann quetsch ich dir die Eier ein. Du weißt ja, wie ich mit Leuten umspringe. Ich bin Rupert Weil.«

Tony Brill rannte hinter Rupert her. Bald schnappten beide wie verrückt nach Luft. Dem Journalisten gelang es, drei Worte auszustoßen: »Sprich mit mir.«

Sie blieben jeder auf einer Seite eines Laternenpfahls stehen. Rupert streckte die Hand aus. »Bargeld, du Sack. Gib mir dein ganzes Geld.«

Tony Brill drückte Rupert einen zerrissenen Dollarschein in die Hand. »Das ist alles. Redest du jetzt mit mir?«

Rupert ballte eine Faust; der Dollar schaute zwischen seinen Fingern vor. Er hatte das Geld für das Ammoniak; für einen Ladendiebstahl war er zu erschöpft.

»Rupert, du kannst berühmt werden. Sag mir, ob du darunter leidest, daß man dich als Banditen beschimpft? Welche Bedeutung hat es, daß du dich weigerst, Bargeld anzurühren? Bist du auf Blut aus und nicht auf Geld? Werden du und Esther auch ohne Stanley Chin Geschäfte überfallen? Bist du eine Art neuer Robin Hood?«

»Nein«, sagte Rupert. »Ich bin Papas Liebling.« Er stieß Tony Brill vom Bürgersteig und rannte auf eine Reihe von Läden zu.

Esther hatte es satt, die brodelnde Suppe umzurühren; sie konnte das Blubbern der Blasen unter dem Schaum hören. Ein solcher Lärm ließ sich mit nichts anderem als Ammoniak beschwichtigen. Sie würde Isaac die Suppe mit den Ohren schlucken lassen. Es gab nicht nur eine Möglichkeit, einen großen jüdischen Bullen zu vergiften. Schon morgen würde Isaac Blut pissen. Rupert war zu weich. Ohne Esther Rose konnte er den Chef nicht bestrafen.

Jeschiwe-Mädchen sind nicht blind; sie hatte beobachtet, wie Rupert vom Fleisch fiel. Wer mergelte Ruperts Wangen aus? Isaac der Reine. Ruperts gesamte Schrecken rührten von dem großen Juden her. Das hatte sie ihm auch gesagt.

»Rupert, du liebst deinen Vater zu sehr. Ist es deine Schuld, daß er unter Isaacs Fuchtel steht? Warum hat er nicht vor Jahren seinen Kram gepackt und ist von der Essex Street weggezogen? Isaac bringt deinen Vater um. Laß dich nicht auch noch von ihm umbringen.«

Er war wütend geworden. »Woher willst du das eigentlich alles wissen? Haben dich deine Rabbis die Philosophie eines Philip Weil gelehrt? Mein Vater findet Umzüge entsetzlich. Erwartest du von ihm, daß er über die Brooklyn Bridge krabbelt? An einem Ort, den er nicht kennt, würde er eingehen. Frag die Wissenschaftler. Man kann den Verstand verlieren, wenn man von dem Ort abgeschnitten wird, an dem man geboren ist.«

»Dann suchen wir einen neuen für ihn. Wenn einem die Eingeweide schrumpfen, ist es zu spät.«

»Hör auf, über meinen Vater zu reden. Laß seine Eingeweide in Frieden.«

Sie war nicht beleidigt. Sie konnte nur eigensinnige Knaben lieben. Aus seinen Augenbrauen rann der Schweiß. Seine Wangen zitterten. Sie fand ihn schöner als Isaacs Schätzchen, Mr. Blue Eyes. Für den hübschesten Bullen auf der ganzen Welt hätte sie ihre Wäsche nicht ausgezogen. Was die Männer anging, mit denen sie bumste, war sie eigen. Fernfahrer, Krämer, Jungen von der JDL, aber ein blonder Detektiv würde nie auf ihrer Liste stehen.

Die Suppe in Esthers Topf roch ärger als ein scharfer Kater aus Williamsburg. Die Ausdünstungen machten ihr Kopfschmerzen. Esther mußte ins Freie. Sie schnappte ihre Matrosenjacke. Ihre Faust bohrte sich in den Ärmel wie der Schädel eines Murmeltiers, aber die Knöpfe blieben offen. Die Decke rutschte ihr auf die Hüften. Esther glaubte nicht an Röcke. Man konnte den Wind nicht spüren, wenn man sich die Beine mit Stoff einschnürte. In der Tasche hatte sie eine zusammengeknüllte Skimaske. Sie konnte die Nachbarschaft in Schrecken versetzen. Sie brauchte sich nur die Maske über den Kopf zu ziehen. Dann schrien die Kaufleute: »Lollipop, Lollipop«, und verkrochen sich in den hintersten Winkel ihrer Läden. Es gab ihr nichts mehr, einen Kaufmann zittern und beben zu sehen. Die Kaufleute hatten einen König mit gelockten Koteletten. Isaac den Juden. Esther schwor sich, ihn vom Sockel zu stürzen.

Als Rupert sie zum ersten Mal in die East Side gebracht hatte, in die Norfolk Street, die Essex, die Delancey, die Grand, hatte Esther die Verhältnisse dieses Gebiets durchschaut. »Wer ist hier der Obermacker? Sag mir, wie euer Rabbi heißt.«

Der Junge konnte ihr keine Antwort geben. »Wie meinst du das, Esther?«

»Diese Straßen werden schon seit langem von jemandem geschröpft. Es ist zu still hier. Keine Spur von Anarchie. Wo sitzt der Boß?«

Rupert dachte kurz nach. Dann murmelte er: »Im Polizeipräsidium.« Und er erzählte ihr von Isaac und davon, wie Isaac die Gangster im Griff hatte, die Polizisten, die Ladeninhaber, die Seward Park High School, Ida Stutz, Mordecai, Philip und auch Rupert. »Er stinkt zum Himmel«, sagte Rupert. »Aber niemand ist bereit, das laut auszusprechen.«

Esther verstand. Isaac war der Moses von Clinton und Delancey. Hatten ihr die idiotischen Priester in ihrer Schule nicht eiskalt Geschichten über die Heiligkeit der Erzväter vorgesetzt? Die Juden hatten mehr Väter, als Esther ertragen konnte. Eine Armee von Vätern mit einem einzigen Wort unter der Zunge: Gehorche. Wenn sie heiraten würde, sagten die Priester, wäre ihr Gatte dann nicht wie ein Vater für sie? Ein Vater, der Esthers Geschlechtlichkeit genießen konnte. Für ihren Vater-Gemahl würde sie sich spreizen müssen, sich für ihn kahl scheren lassen – Haare auf der weiblichen Kopfhaut waren ein Zeichen der Erniedrigung und der Wollust –, ihn bekochen, für ihn ficken, seine Hemden flicken, die Pißflecken aus seiner Unterwäsche schrubben, sich ihren Leib mit männlichen Nachkommen stopfen lassen.

Eine Gemahlin stand kaum höher als jedes beliebige Tier auf der Weide. Sie wurde angewiesen, ihre Augen zu schließen und zu grunzen, wenn ihr Gatte sie bestieg – Beischlaf in allen anderen Varianten oder Stellungen war unanständig und pervers. Er, der Herr des Hauses, mußte beim Vögeln an die Thora denken, während seine Gattin unter dem Aufprall der Knie ihres Herrn und Meisters litt und um ein männliches Kind betete. Man mußte Gott für die Menstruation danken, dachte Esther. Eine Frau mit Blut in den Schlüpfern war ein unreiner Besitz. Ihr Herr konnte nicht aus ihrem Kelch trinken und auch keinen Zeigefinger auf ihr weiden lassen, wenn das erste Tröpfeln eingesetzt hatte. Dann hatte sie ihre Nächte und Tage für sich. Sie konnte nicht eher wieder rein werden, als sie das Wachs aus ihren Ohren nahm und ihre rosa Kopfhaut in ein Becken schleimigen Wassers tauchte. Dies waren die Freuden einer Jeschiwe-Gattin.

Esther hatte eine Lösung gefunden. Sie würde Isaacs Braut werden. Es sollte keine Vernunftehe werden, von reichen Onkeln arrangiert, mit fetter Mitgift und beträchtlicher Aussteuer. Esther würde den traditionellen Ladino-Segen unter den Tisch fallen lassen. Bei ihrer Hochzeit würde es keine Brautschleier geben, keine juwelenbesetzten Baldachine die noch vor der Einnahme Sevillas durch die Mauren gemacht worden waren. Zwischen Esther und Isaac würde nichts anderes stehen als Stolz, Bosheit und geiles Verlangen. Braut und Bräutigam würden einander in ihrer Hochzeitsnacht verheeren, mit der Energie des absoluten Hasses huren. Bei einem ihrer ersten Orgasmen würde sie Isaac die Nase ausreißen. Mit jedem Aufklatsch seines harten Polizistenbauches würde er ihre Nieren zermalmen und mit seinem dampfenden Samen ihre Lenden verbrühen. Sie würde all diesen empfindlichen Schleim aus seinen Augen saugen. Isaac würde mit seinen Fingern über den Höhlen in seinem Gesicht wüten, das die Hiebe von Esthers kräftiger Zunge verunstaltet hatten. Die Schlächterei würde bis zum Morgen andauern; dann würden die Überreste von Esther und Isaac in dem zerwühlten lavendelblauen Brautbett vorgefunden: zwei gut erhaltene Schienbeine und ein purpurner Klumpen Blut.

Esther trug ihre Visionen auf die Straße. Ein paar Arbeiter, die Löcher in den Bürgersteig gruben, sahen zufällig auf; ein Mädchen ging vorbei, dem die Titten aus dem Mantel lugten. Sie ließen ihre Schaufeln stehen und grölten Esther nach. »Liebling, Schätzchen, Süße, ohne Unterhemd wirst du dich erkälten. Frag uns, wir halten den Wind von dir ab.« Sie ging um die Löcher herum und weigerte sich, ihre Knöpfe zu richten. Lieferanten und Rentner aus der Grand Street glotzten in die offene Matrosenjacke und spürten ein Stechen zwischen den Augen: Der Anblick eines Nippels, der sich durchs Winterlicht bewegte, war schmerzlich. »*Cuño*«, sagten die Jungen. Die alten Männer zuckten verlegen die Schultern und trösteten sich mit dem Gedanken an Zwiebelbrot und an pißfarbenen Tee.

Rupert war drei Meter entfernt. Er hörte nichts von dem Aufruhr um Esther. Auf seiner Stirn waren tiefe Furchen. Esther stieß ihn an, sagte auch nichts. Sie hatte zuviel Respekt vor Ruperts tiefem Nachdenken. Er drückte Esthers Ammoniak an sich. Er ging an ihr vorbei, ohne das Grölen der Arbeiter und der Lieferanten zu bemerken. Esther betete ihn an, ob pummelig oder dürr, doch sein knochiges Aussehen erschreckte sie. Rupe, hätte sie gern gesagt. Vergiß das mit der chinesischen Bande. Stanley stirbt nicht in Corona. Es ist nicht deine Schuld, daß du nie Kung-Fu gelernt hast. Ich bin dir nicht mehr böse. Doch die harte Linie seines Ohransatzes bestürzte sie, und Esther sagte kein Wort.

Sie bekam Hunger, als sie durch die Ludlow Street schlenderte. Um die puertoricanischen Verkäufer zu verwirren, schloß sie ihre Matrosenjacke und trat in einen winzigen *Supermercado*. Ein zweites Mädchen kam in den Laden, als Esther eine breiige Mandarine unter ihre Jacke schob. Die irische Nase und das jüdische Kruselhaar drangen zu Esther durch. *Die Mieze kenne ich*. Isaacs dürre Tochter. Das mußte sie sein. Die Göre wohnte jetzt bei Isaac. Rupert und Esther hatten sie auf Isaacs Feuertreppe gesehen. Marilyn liebte Kaltluftbäder. Sie hatten sie von den Dächern aus beobachtet, und Esther hatte sich gewünscht, sie könnte dem Mädchen die Kniescheiben brechen. Im Supermarkt fühlte sie weniger grausam und spürte nur den einen kleinen Drang, ihre Maske aus der Tasche zu ziehen und Marilyn the Wild nachzuspuken. Die feuchte Mandarinenschale auf ihren Brüsten beruhigte Esther Rose. Sie wandte sich wieder ihrem Anliegen zu, mehr Mandarinen zu klauen.

Die Verkäufer waren sich über Esther im klaren. Wie viele *Muchachas* streiften in schwangeren Matrosenjacken durch den Laden? Sie zerrten an ihrem Jackensaum und plärrten: »Diebe, Diebe.« Mandarinen, Avocados und überreife grüne Paprikaschoten plumpsten als peinlicher Matsch zu Boden. Esther ging mit den Ellbogen auf die Verkäufer los. »Soll ich euch vielleicht in die Eier treten?«

»Ruft die Bullen, Mann«, kreischte der Geschäftsführer. Dann erkannte er Marilyn, die versuchte, sich zwischen Esther und die Verkäufer zu zwängen. »Ihr Vater sollte kommen, Señorita Marilyn. Diese *Muchacha* hat nötig die Handschellen und eine Pistola im Mund.«

»Ich zahle das«, schrie Marilyn auf den auf- und abhüpfenden Scheitel des Verkäufers ein. Sie sah, wie sich Schaum auf Esthers Lippen bildete. Es war einfach blödsinnig, jemanden wegen Avocados und Paprikaschoten zu verhaften. Entweder das Mädchen war verrückt, oder sie war völlig wild auf Vitamine. Marilyn zog einen Dollar aus ihrem Geldbeutel. Die Verkäufer lehnten ihr Geld ab. »Nein, nein, Señorita Marilyn.« Sie ließen Esthers Jacke los. Esther kam Marilyns Kinn mit ihren Zähnen nahe.

»Wer hat dich um deine verfluchte Nächstenliebe gebeten?«

»Beknackt«, flüsterten sich die Verkäufer zu. Kleine Gauner wie Esther gehörten in ihrer Branche zu den üblichen Plagen. Schaben, Ameisen, Hunde, Mäuse und andere räuberische Lebewesen konnten einem das Inventar zerstören.

Marilyn blieb nicht bei den Verkäufern stehen; sie folgte den Spuren von Esthers Jacke. Die beiden Mädchen stießen auf der Grand Street zusammen. »Wie heißt du?« fragte Marilyn.

Esther lächelte. »Ich? Ich bin Rupertina. Ich wohne außerhalb, in einem Sozialbau. Ich habe elf Brüder, Miß, Gott steh mir bei. Meine Mutter ist tot. Mein Vater hat keine Zähne mehr. Er leckt die Rinnsteine auf, damit er was zu essen hat. Und Sie, haben Sie noch einen Papi?«

Das gräßliche Schicksal des Mädchens machte Marilyn nachdenklich. Doch in Rupertinas Stimme hatte eine sonderbare Schärfe mitgeschwungen. »Kennst du meinen Vater? Er ist Polizeiinspektor. Isaac Sidel.«

Esther mußte ihr Mitleid für Marilyn the Wild unterdrücken. In zwanzig Stunden wird die Puppe eine Waise sein. »Ich habe noch nie von einem Isaac gehört, Miß.«

Esther sprang auf den Bürgersteig und tollte davon. Sie wünschte, sie hätte einen Lollipop in ihrer Maske gelagert. Dann könnte sie jetzt durch das Einwickelpapier beißen und bunten Saft auf der Zunge spüren. Das Magenknurren trieb sie zur Suffolk Street und zu Ruperts sauren Gurken. Die Schnösel auf den Handballplätzen von Seward Park hörten nicht auf, sie zu belästigen. Das waren Jungs mit Krawatten, blauen Turnschuhen und silbernen Ringen im linken Ohr. Die Spitzen ihrer Stöcke waren scharf genug, um die Taschen eines Mädchens aufzuschneiden. »Komm zu uns auf den Sportplatz, kleine Mama. Wir werden uns an dir laben.«

Esther knurrte die Kerle an und schlug ihnen die Stöcke aus der Hand. »Wißt ihr nicht, wer ich bin?« sagte sie angriffslustig. »Ich bin Isaacs Tochter.«

Die Jungen holten sich ihre Stöcke zurück: »Von *dem* Isaac?« fragten sie. »Dem Judenpapa?«

»Genau dem.«

Sie hatten Zweifel. »Was tut die Tochter des großen Isaac ohne Hose und Rock auf der Straße?«

»Ich komme von einem Rendezvous.«

»Was ist das?« bohrten die Jungen.

»Eine religiöse Zusammenkunft. Mit einem Rabbi. Sie wird im Schwimmbecken abgehalten. Jeden Monat. Das wäscht alle Bakterien ab.«

Die Dummköpfe stoben auseinander; Esther würde sie vielleicht mit ihrem Gerede von Rabbis, Bakterien und Schwimmbecken anstecken.

Esther erreichte die Suffolk Street. Rupert erwartete sie im vierten Stock ihres Hauses mit einer Flasche Ammoniak. Sie gingen in das Zimmer, in dem Esther den Topf aufgewahrt hatte. Sie stellte den Esbitkocher wieder an und goß ohne ein Wort des Dankes etwas Ammoniak in ihre Suppe. »Gurken«, sagte sie. »Bring mir Gurken.«

Rupert brachte ihr die Konserven seines Vaters. Während Esther die Suppe umrührte, fütterte er sie mit sauren Gurken, Weinblättern und Kohl. Sie stieg aus ihrer Jacke, und Rupert mußte zur Wand schielen, um sich von dem Schwingen ihres Arsches und ihren wunderbar sich abzeichnenden Rippen abzulenken. Esther konnte sich erschreckend konzentrieren. Sie hätte ihn angeschrien, wenn er versucht hätte, sie zu vögeln, während sie ihre Suppe zubereitete. Rupert kannte seine Grenzen. Er war nur nominell der Anführer der Lollipops. Der Kopf der Bande war Esther. Sie ist es, die die Raubzüge in die East Side geplant hat. Sie würden dem Riesen einen Finger nach dem anderen abhacken, Isaac von der

Peripherie her angreifen, sich in seinen Achselhöhlen einnisten und seine Anhängsel niederschlagen.

Ruperts Augen bohrten sich in die Wand, als er eine Hand in seinem Mantel spürte. Esther hatte begonnen, ihn auszuziehen. Er widersetzte sich nicht. Er nahm ihre Gunst hin, wie es eben kam. »Ich glaube immer noch nicht, daß Isaac deine Suppe allzu bald trinken wird.«

»Sei ruhig«, sagte sie. Sein Herz schlug gegen ihre Handfläche. Gleich lagen sie in Esthers Mantel. Dieser Junge war zerbrechlich; er hatte den Herzschlag eines gefangenen Vogels. Wenn man den sephardischen Priestern glaubte, war es sündhaft, daß Esther beim Vögeln oben lag. Zum Teufel mit den Priestern. Esther wollte sich ihre eigene Religion erfinden. Sie war in einen Jungen verliebt, der fünfzehn Jahre lang beobachtet hatte, wie sein Vater sich selbst zerfraß. Angeknabberte, verstümmelte Leichen waren die häßlichsten. Rupert hatte sich bei seinem Vater angesteckt. Er konnte nicht unter Isaac rauskriechen.

Ihre Zunge wühlte sich durch Ruperts Zähne. Sie hörte das Schnauben des Jungen. Sie würde aufpassen müssen, daß er wieder etwas auf die Rippen bekam. Das war unmöglich, solange es Isaac gab. Esther hatte fest vor, zu gewinnen, selbst wenn sie Isaacs Braut werden mußte. Darüber grämte sie sich nicht. Die Ehe würde dürftig sein.

Dritter Teil

9

Isaac erschien in gewöhnlicher Straßenkleidung im Neptune Manor am Ocean Parkway; für die Hochzeit einer alten Jungfer war er nicht gewillt, sich seine fünf Samtanzüge – champagnergelb, gurkengrün, orange, rot und maulwurfgrau – aus der Wohnung seiner Gattin in Riverdale zu holen. Marilyn hatte sich geweigert mitzugehen, und so mußte er sich mit Coen begnügen. Die Krähen aus Barney Rosenblatts Abteilung, die Cowboy ihre Ledermontur geopfert hatten und in Kammgarn und in schwerem Gabardine erschienen waren, kicherten über Isaacs »Begleiterin«. Coen war unten durch, das wußten alle; er hatte die Ursünde begangen, mit Marilyn Sidel anzubändeln.

Isaac und Coen waren in eine Ecke abgeschoben worden, weit vom Tisch der Hochzeitsgesellschaft entfernt, an dem Cowboy mit seiner ältesten Tochter saß, mit seinem neuen Schwiegersohn – einem Herrenartikelhändler mit schlechten Zähnen –, dem First Deputy Commissioner O'Roarke, dem Chief Inspector und dem PC sowie deren Gattinnen und zwei jungen Stadträten, ehrbaren Männern mit Koteletten und akademischem Grad, die sich unter so vielen Bullen selbstgefällig sonnten. Anita Rosenblatt trug einen Schleier, der eine Hakennase und das lange, hervorstechende Kinn ihres Vaters verbarg. Die Braut war zweiunddreißig. Sie litt an Haarausfall, der Folge einer Phase von Übernervosität, die ihr eine vergiftete Kopfhaut zurückgelassen hatte. Selbst Isaac, der Cowboy haßte, konnte die Anziehungskraft nicht leugnen, die Anita in ihrem Hochzeitskleid besaß. Sie überstrahlte die kahlen Stellen und die Unvollkommenheiten ihres Gesichts. Wenn sie ihren Herrenartikelhändler ansah, überzog sie eine Röte, die kein Schleier überdecken und die alle Säuernis aus dem Gesicht des irischen Comissioners wischen konnte.

Anita hatte den Vorsitz über das Smørgasbord. Die Staatsanwälte von Manhattan, Brooklyn und Queens standen der Braut gegenüber und verschlangen enorme Mengen kleiner Brote mit Weißkrautsalat. Ein in Gold und Silber gearbeiteter Brunnen mit einem Neptun spritzte Zitronenpunsch in ein Bassin zu Neptuns Zehen; die Stärke des Strahls hätte ausgereicht, um einen Säugling oder einen kleinen Hund umzuwerfen.

Hinter einem Tablett von Minisalamis entdeckte Isaac Herbert Pimloe. Nur sein Respekt vor Commissioner O'Roarke hielt Isaac davon ab, Pimloe eine Salami in den Rachen zu stopfen. O'Roarke war ein kranker Mann. Er hatte es nicht nötig, sich mitten im teuren angelieferten Hochzeitsbuffet von seinen eigenen Inspektoren beschämen zu lassen. Ohne ein Anzeichen von böser Absicht keilte Isaac Pimloe in den Salamis ein. »Herbert, man hat mir erzählt, Cowboy habe einen neuen Steuermann.«

Pimloe versuchte, aus dem Smørgasbord zu entwischen. Isaac hielt ihn mit zwei Fingern in Schach. Pimloe sträubte sich. »Isaac, man darf nicht alles glauben, was einem zu Ohren kommt.«

»Hast du schon einen Ehering von Cowboy, Herbert? Oder handelt es sich um eine heimliche Verlobung?«

Pimloe versuchte Isaac mit einem zahnlosen Lächeln zu besänftigen. Die Adern in seinen Ohren traten rot hervor. »Du solltest nicht auf das FBI hören, Chef.«

»Wieviel hat dir Cowboy versprochen, Herbert? Die halbe Stadt? Hast du dich damit rumkriegen lassen? Hat er dir Brooklyn abgetreten oder die Bronx? Ich will es wissen, Herbert.«

»Ich habe dich nicht verarscht, Isaac. Das schwöre ich dir.«

»Pimloe, du hast Cowboy gesagt, wo er Stanley Chin findet. Erzähl mir bloß keinen Scheißdreck über Newgate. Newgate würde niemals an Cowboys Zitzen hängen. Er hat zuviel Stolz. Dazu braucht man einen Harvardabsolventen.«

Isaac überließ Pimloe seinen Grübeleien in den feuchten Häuten der Salamis. Sein Zorn war weitgehend vorgetäuscht. Einem kleinen Pinscher konnte man nicht verübeln, wenn er versuchte, seine Lage zu verbessern. Herbert spielte mit hohem Einsatz. Er mußte sich ausgerechnet haben, daß Cowboy ein besserer Rabbi als O'Roarke war. Warum sollte Pimloe sich mit Rang und Arsch an einen Sterbenden heften?

Isaac marschierte zum Tisch des Brautpaars. Vielleicht würde er sich mit Barney in die Haare geraten, doch die Braut wollte er nicht beleidigen. Er küßte Anita unter dem Schleier und wünschte ihr trotz der Fehden im Präsidium eine lange und glückliche Ehe. Der Schleier kratzte Isaac an der Nase. Er spürte das steife Korsett unter ihrem Kleid. Er betete darum, Anita möge ihren Kleinkrämer-Ehemann nicht verlieren. Über Töchter mit einem Talent, ihren Männern davonzuhuschen, wußte er alles. Der Gedanke an Marilyn erinnerte ihn wieder an Coen. Lieber wollte er sie allein sehen als an Blue Eyes' Seite. Coen gab einen perfekten Bullen ab. Ohne Hirn und Ehrgeiz war er äußerst zuverlässig. Was konnte er Marilyn außer diesen verdammten blauen Augen bloß bieten?

Unter den kalten, karnickelhaften Blicken des Police Commissioner und seiner Gattin, die Kartoffelsalat in ihre Münder schaufelten und dabei die einzelnen Hochzeitsgäste kritisch musterten, sah sich Isaac genötigt, Cowboy die Flosse zu schütteln. »Glückwunsch«, sagte Isaac und lächelte auf einen verkrumpelten Ärmel. Cowboy begrüßte Isaac mit der hochmütigen Herablassung eines Spitzenzuhälters. Er trug eine mitternachtsblaue Kombination mit einer Seidenkrawatte, einen Kummerbund und Hosen von der Weite eines Rockes; sein Rang, »Chief of Detectives«, stand in Filigran auf seinen Manschettenknöpfen aus gesprenkeltem Perlmut. Cowboy hatte dreizehntausend Dollar lockergemacht, um einen Saal zu ergattern, der groß genug war, seine erkahlende Tochter vom Stapel zu lassen, und eher hätte er sich an den prächtigen gerafften Gardinen im Büro des PC erhängt – vor siebzig Jahren von Teddy Roosevelt installiert –, als zugelassen, daß Isaac seinen Ehrentag verpatzte. Er hatte dafür gesorgt, daß Isaac und sein jugendlicher Begleiter an einen Tisch verbannt wurden, der praktisch in der Küche stand, damit der Dunst des Hühnerfetts sie an ihren niederen Status erinnerte. Blue Eyes ekelte ihn noch mehr an als Isaac. Hübsche Jungen wie Coen waren es gewesen, die mit Barneys Mädchen poussiert und Anita immer wieder enttäuscht hatten, bis Cowboy eingreifen mußte. Er hatte einen Bräutigam für Anita aus dem Boden gestampft, einen achtundfünfzigjährigen Kaufmann ohne Handelsgut, einen Junggesellen mit unglaublichen

Zahnarztrechnungen, eine Waise, die nach einem Schwiegervater lechzte, der die Kriminalbeamten aller fünf Stadtteile von New York piesacken konnte. Barney hatte ein Loch in der Schermerhorn Street für ihn aufgetan, einen Mauerspalt von zwei Schubkarren Tiefe, und hatte diese Waise zu einem Herrenausstatter gemacht. Der Chief of Detectives konnte es nicht zulassen, daß seine Tochter mit einem unvermögenden Mann ins Bett stieg.

»Mach dir keine Sorgen, Isaac. Stanley Chin wird nicht an der Krankenhauskost eingehen. Meine Männer haben ihn mit Schokoladentafeln gefüttert.«

Cowboy hatte allen Grund, sich hämisch zu freuen; er hatte Anita auf Lebzeiten abgesichert – der Herrenausstatter mußte um seine Haut fürchten, wenn er aus der Schermerhorn Street verschwand –, er hatte Isaac in Corona einen Lollipop weggeschnappt, und dem PC hatte er schon gesteckt, daß Blue Eyes sich mit der ewig spitzen Marilyn hatte ertappen lassen. Doch Isaac ging an ihm vorbei, murmelte dem PC und seiner Gattin einen unbeholfenen Gruß zu und wandte sich an dem Hochzeitstisch entlang nach Süden, bis er vor dem First Dep stand.

Isaac war nicht hergekommen, um polizeiliche Angelegenheiten mit seinem Boß zu besprechen. Er erzählte O'Roarke nichts von dem Nest von Autodieben, das seine Engel in der dritten Abteilung ausgehoben hatten, Bullen, die die Spieler von North Jersey mit Fords und Buicks versorgten. Isaac hatte die Einzelheiten im Kopf; damit wollte er O'Roarke erst dann belasten, wenn er bereit war, sich auf die Bullen zu stürzen und ihr Nest hochgehen zu lassen. Isaac lehnte sich an die Tischkante. »Darf ich Ihnen etwas vom Buffet holen, Commissioner Ned?«

Der First Dep sah Isaac aus klaren grauen Augen an, die den ätzenden Drogen und dem Radium, das er schlucken mußte, trotzen konnten. Ehe der Tumor in seiner Kehle angefangen hatte, Teile seines Konzentrationsvermögens anzunagen, war O'Roarke der gefürchtetste Bulle New Yorks gewesen. Der Police Commissioner war der unbestrittene Liebling des Bürgermeisters; hätte er noch mit anderen Figuren in der Stadtpolitik gekungelt, wäre er innerhalb weniger Jahre von der Bildfläche verschwunden. Der

First Dep war dreißig Jahre im Amt verblieben. Er richtete jeden neuen Commissioner ab und mußte den Bockmist seines Vorgängers ausbaden. O'Roarke kam dem am nächsten, was bei einem Bullen an Dauer irgend vorstellbar war. Und jetzt starb er in seinem Stuhl.

Aus Freundlichkeit Isaac gegenüber fragte er nach Coen. »Warum sitzt Manfred so weit fort? Spielt er mit den Bullen Haschen? Ich kann ihn von hier aus gar nicht sehen.«

»Nichts weiter, Commissioner Ned. Cowboy will nicht, daß er der Braut zu nahe kommt.«

»Wie nett für Cowboy. Und was ist mit uns? Ich scheiße auf meine Magenverstimmungen, wenn Manfred lächelt.«

»Ich kann ihn holen, aber hier kommt er sicher in Schwierigkeiten. In Cowboys Unterholz ist er wesentlich besser dran.«

Isaac ließ Blue Eyes holen. Coen ging an den Tischen vorbei, die für entfernte Verwandte und niedere Polizeiwachtmeister reserviert waren; sie grinsten den Engelsknaben hinter ihren Servietten an, weil sie es sich nicht leisten konnten, sich in aller Öffentlichkeit gegen Isaac zu stellen. Isaac verschwand. Er hatte das Smørgasbord über sich ergehen lassen, Kommissaren, Richtern und Rosenblatts die Eckzähne gezeigt, und jetzt schlich er sich auf gerippten Sohlen aus dem Saal, um ein Abendessen mit Tischordnung zu umgehen, während dessen Verlauf er mit Barneys »Krähen« und einer Hierarchie von fetten Bullen Truthahnbrüste, grüne Bohnen, Weißkohl und Obstsalat hätte verschlingen müssen. Blue Eyes konnte für ihn einspringen. »Hab ein Auge auf O'Roarke. Wenn er Blut spuckt oder sonstwas, rufst du mich.«

Coen mußte sich selbst helfen. Er konnte sich nicht heimlich davonschleichen wie sein Chef. Er hatte sich damit abgefunden, daß der Sonntag für ihn gestorben war. O'Roarke organisierte ihm einen Stuhl. Blue Eyes wurde gegen den Hochzeitstisch gedrückt. Cowboy verschlang mit dunkler Spucke auf der Zunge Grapefruitschnitze. Commissioner Ned konnte er nicht überstimmen. Coen mußte bleiben. Das Smørgasbord wurde in die Küche gekarrt, ein erschöpfter Berg Delikatessen, die auf ihren Tabletts wackelten. Während des ersten Ganges erschien eine Drei-Mann-Band, Saxophon, Akkordeon und Baß. Die Band baute sich dort auf, wo vorher der innere Ring des Smørgasbord gewesen war. Die Hochzeitsgäste wurden ermutigt, zwischen den Gängen zu tanzen, damit die Küchenbelegschaft die Möglichkeit fand, die Tische abzudecken; die Hilfsköche mußten fünfhundert Vorlegeplatten mit Kartoffelkroketten für den zweiten Gang garnieren.

Das Plärren des Saxophons überzog den Saal mit einer metallischen Schicht. Der Bassist hatte dickliche Finger. Der Akkordeonspieler würde kaum einen Bullen auf die Tanzfläche locken können. Mit Pistolen in den Gürteln tanzten die meisten Bullen nur widerwillig. Ihren Gattinnen war das nur zu recht; sie wollten mit Coen tanzen. Blue Eyes mußte den Tisch verlassen. Die »Krähen« bedachten ihn mit tödlichen Blicken. Der Reihe nach nahmen ihn die Gemahlinnen in den Arm. Der Akkordeonspieler hatte ein pikantes hebräisches Lied für die Hands of Esau und irische Jigs für das Kruzifix der katholischen Bullen vorbereitet. Die Frauen unterbrachen ihn und schritten gegen seine Melodien ein. Sie forderten etwas Langsames. Coen tanzte einen Foxtrott nach dem anderen. Die Frauen waren nicht zu ermüden. Sie zwangen ihn, mitten im Tanzschritt die Partnerin zu wechseln. Das ständige Scheuern an fremder Haut verursachte Coen eine unglückselige Erektion. Die Frauen hatten es auf seine wunden Punkte angelegt und tanzten nur noch näher an Blue Eyes gedrängt. Unter den Ehemännern breitete sich Zorn aus. Sie verlegten sich im Neptune Manor auf Schießübungen und zielten auf Coens hübsche Ohren und seinen bezaubernden Mund. Blue Eyes war ihnen unerträglich. Diese Männer schleppten sich durch ihre Pflichtrunden und sorgten sich dabei ständig um Spione, die der First Deputy in ihr Revier gemogelt haben könnte; es fehlte ihnen gerade noch, daß Isaacs Engel ihre Frauen bumste.

Die Braut des Herrenausstatters mußte Coens Verzweiflung gespürt haben. Sie stand auf, nahm die Schleppe ihres Kleides in die Faust und schob sich zwischen die Frauen, um sie von Coen fortzulocken. Doch sie hatte die Zartheit von Coens Zügen nicht bedacht, die Berührung eines Fingernagels mit ihrer Handfläche, die Wirkung, die von seinem verlegenen Schwanz ausging. Ihr Gesicht geriet aus den Fugen und wurde fleckig unter dem Schleier. Sie sog ihre eigene Spucke ein, um sich abzulenken. Der Herrenausstatter war zu Tode gekränkt. Seine Anita tanzte keinen Meter von ihm entfernt mit gelockerten Fäusten und niederfallendem Kleid. Die Falten in ihrem Rücken waren unmißverständlich. Anita drückte sich an Coen. Mit verbissenen Backen suchte der Herrenausstatter seinen Schwiegervater. Cowboy stand nicht müßig am Buffet; vom ersten Foxtrott an hatte er Coens Ende geplant. Barney kannte einen Krämer in Bath Beach, einen liebenswürdigen jungen Italiener, der sicher gern bereit war, Coens Augen für hundert Dollar zu schließen. Auf den Krämer gab es Garantie: Er nahm keinen Penny, falls er zufällig versagen sollte.

Doch dann streifte ein Wunder den Hochzeitssaal; Coens Schwanz fiel zusammen. Anita löste sich von ihm. Sie ließ etliche Zentimeter zwischen sich und Blue Eyes frei. Ihr geröteter Teint verlor unter dem Schleier an Farbe. Bald würde ihre natürliche Hautfarbe zurückkehren. Coen begleitete sie an den Tisch, und die Kommissare applaudierten schwach für die Braut. Der Herrenausstatter befürchtete das Schlimmste für seine Hochzeitsnacht. Blue Eyes hing mit der Nase im Geschirr und war wild entschlossen, keinen Blick auf Anitas Schleier zu werfen. Jetzt, nachdem der Liebling aller Frauen das Tanzbein nicht mehr schwang, konnte Barney mit den Hochzeitsgästen politisieren. Die Kellner kamen herein; kleine Federn aus Dampf stiegen aus den Truthahnbrüsten auf, die verfänglich mit Kartoffelbällchen und Erbsen umlegt waren.

Isaac liebte die Sonntagnachmittage in der Centre Street, an denen die Kommissariatsräume nicht von Beamten und knabenhaften Bullen überquollen, die als Laufboten und Schreibtischhengste dienten. Er konnte sich in den halbverlassenen Korridoren herumtreiben, ohne Würdenträgern, FBI-Männern oder Inspektoren, die von der Londoner Mordkommission oder der französischen Suréte zu Besuch kamen, in die Arme zu laufen; nur Sonntagsbullen, zu denen auch Isaac zählte, die mit ihren Notizbüchern und ihren Dienstabzeichen verheiratet waren und den Geruch von dunklem

Holz und die Annehmlichkeiten eines sinkenden Gebäudes liebten: Das Präsidium fiel mit einer Geschwindigkeit von einem Zentimeter pro Jahr in den Boden. Um das Gebäude herum waren Pfeiler aufgestellt worden, um es abzustützen, und die städtischen Ingenieure behaupteten, das Absinken auf fast vier Millimeter pro Jahr begrenzen zu können.

Isaac tauchte unter den Pfeilern durch, die sich wie ein enormer Eisenrock an das Präsidium klammerten, passierte eine schmale Tür – das Präsidium mußte seine Feinde und Freunde unter die Lupe nehmen – und blieb vor dem Glaskasten des Sicherheitsbeamten stehen; der Wächter, der die restliche Woche über in Brooklyn arbeitete, saß in einem kugelsicheren Käfig. Dieser Sonntagsmann hatte es drauf, Mädchen auf der Straße aufzulesen. Er quatschte sie an, wenn sie vor seinem Käfig standen und ihre Titten gegen die grüne kugelsichere Scheibe drückten. Phinney, der Sonntagswächter, war zu taktvoll und zu besonnen, sie in sein Wachhäuschen einzuladen. Doch jetzt war ein Mädchen bei ihm. Isaac konnte ihr Gesicht nur von der Seite sehen. Unter der Matrosenjacke waren ihre Beine nackt. Ihre langen, nackten Waden verfehlten ihre Wirkung auf Isaac nicht, aber ihm war unverständlich, wie ein Mädchen mitten im Februar ohne Socken auf die Straße gehen konnte. Er begrüßte den Wächter. Phinney sagte: »Guten Tag, Boß«, und lächelte dabei dämlich. Isaac konnte sich leisten, ihm das durchgehen zu lassen. Nach Barneys Hochzeit würde die irische Mafia zum Abendmahl eilen: Das Präsidium war frei von Kommissaren.

Isaac ging die Treppe hinauf. Der diensthabende Sergeant, der zu O'Roarkes Abteilung gehörte, schlief auf einer Bank. Isaac wollte ihn nicht stören. Mit einer leisen Drehung des Türknopfes schloß er seine Bürotür. Einige Bänder über Bullen, die einen Supermarkt filzten, waren ihm von einem seiner Lockvögel zugespielt worden, und er wollte sie noch einmal abhören. Isaac saß hinter seinem Schreibtisch und suchte nach Spulen. Er schrie nicht vor Schmerz auf, als er sich einen Finger in der Schublade einklemmte, doch er hätte schwören können, daß sein Schreibtisch bebte. Ein lauter Knall, wie das Zerplatzen einer Papiertüte in seinem Schädel, schleuderte Isaac vom Stuhl. Das Fenster schiß Glas. Isaac hatte die Backe an der Wand. Wellenartige Erschütterungen zogen sich durch den Fußboden, dichte Muster übelriechender Luft stiegen auf und stopften Isaac den Mund mit Rauch. Schleim und Gipsbröckchen spuckend kroch er aus dem Raum. In der Decke hatten sich Risse gebildet. Die Wände waren zu bröseliger Rinde geworden.

Der diensthabende Sergeant lag unter der Bank. Sein Kopf kam zum Vorschein, um Isaac und seinen weißen Skalp finster anzuschauen – der Chef hatte den Putz nicht abgeschüttelt.

»Der Herr sei uns gnädig, Isaac, jetzt ist es also passiert. Das Gebäude ist eingesunken. Ob sie zu uns vorstoßen können, Chef? Meinen Sie, es wird möglich sein, einen Tunnel zu graben?«

Isaac belächelte das Delirium des Sergeanten. »Fassen Sie sich, Malone. Die Rettung wird sich einfach bewerkstelligen lassen. Wir können nicht mehr als vierhundert Meter gesunken sein.« Der Sergeant zog seinen Kopf gänzlich ein. Isaac schämte sich. »Malone? Es tut mir leid... Es war eine kleine Bombe. Sie muß in der Toilette unter meinem Büro losgegangen sein.«

Malones Kopf rührte sich nicht. »Können das diese verrückten Puertorikaner gewesen sein, Isaac? Oder die Schwarze Befreiungsfront? Haben die versucht, ein paar Bullen lebendig zu begraben?«

»Nein, nein, dieser Kuß war mir zugedacht.«

Isaac rannte einen Stock tiefer. Mit einem Taschentuch vor dem Gesicht ging er ins Klo. Unter dem Waschbecken lag eine Matrosenjacke. Isaac schimpfte sich selbst einen idiotischen Trottel; er hätte sich das unbestrumpfte Mädchen näher anschauen sollen. Phinney konnte sie nicht ins Präsidium mitgebracht haben. Das Mädchen hatte ihn benutzt. Jetzt konnte er ihr Gesicht besser sehen. Es war von Glassplittern und verbranntem Pulver zerschnitten und verätzt. Ihre Unterwäsche war nicht auffindbar. Sie war in einer Matrosenjacke, Mokassins und bloßer Haut zu Isaac gekommen. In der Nähe der Leiche standen drei gesprungene Mayonnaisegläser. Isaac brauchte eine Weile, um an den Gläsern zu schnuppern; erst dann bemerkte er, daß ein Arm des Mädchens bei der Explosion abgerissen worden war.

Zwei Männer mit Helmen, Blechschürzen, Strampelhosen aus Asbest und gigantischen Frotteehandschuhen drangen in das Klo ein. Sie gehörten zur Bombensicherung, die in der Polizeiakademie untergebracht war. Isaac vertrat ihnen den Weg. »Ihr könnt wieder nach Hause gehen«, sagte er. »Der Fall ist abgeschlossen. Die Einzelheiten könnt ihr in meinem Bericht nachlesen.«

Beide Helme murrten. »Leck uns doch am Arsch.« So was fiel in ihren Bereich. Bei einem Bombenanschlag konnte ihnen niemand erzählen, sie seien Eindringlinge. Sie mußten die Trümmer sichten.

Isaac nannte seinen Namen und schrie in die Asbesthauben: »Der First Dep hat mir die Befugnis erteilt. Wenn ihr auch nur ein Stück Glas anrührt oder etwas in Unordnung bringt, sorge ich dafür, daß euch gewaltig eingeheizt wird.«

Die Männer zuckten hinter ihren Schürzen die Schultern. Mit Frotteehandschuhen konnten sie sich auf keinen Ringkampf mit Isaac einlassen. Sie warfen verstohlene Blicke auf die Möse des toten Mädchens und gingen wieder; ein abgerissener Arm interessierte sie nicht. Phinney, der Sonntagswächter, kauerte mit aschfahlem Gesicht auf dem Treppenabsatz. Er hatte Angst, das Bad zu betreten, und rief von draußen: »Isaac, wer ist das dumme Mädchen?«

»Ein Lollipop. Esther Rose.«

»Sie hat gesagt, sie müsse mal zum Pinkeln... Ich habe nicht... Woher hätte ich denn wissen sollen, daß sie Zunder unter der Jacke geschmuggelt hat, Isaac?«

»Das hast du dir selbst zuzuschreiben, Phinney. Das Präsidium ist kein öffentlicher Pißpott. Niemand darf diese Treppe hinaufgehen. Man wird dich an die Decke nageln, bis dir deine Rente aus den Ohren tropft.«

Phinney biß auf einem Knöchel herum. »Was soll ich bloß erzählen, Isaac? Bitte, erfinde eine Geschichte für mich.«

»Man muß gescheit sein, um zu lügen, Phinney. Du wirst die Wahrheit sagen. Jetzt halt den Mund, und bezieh deinen Posten wieder. Cowboy ist nur einen Sprung von hier fort. Jeden Moment werden wir hundert Bullen am Hals haben.«

10

Marilyn hatte Schwierigkeiten mit ihrem neuerlichen Junggesellentum. Im Hause ihres Vaters gab es mehr als eine Frau. Isaac hatte seine »Verlobte« in die Rivington Street geholt. Er konnte Ida nicht in ihrer eigenen Wohnung herumlaufen lassen, solange Rupert Weil fähig war, Feuerleitern zu überfallen. Also mußten die drei sich die Luft zweier kleiner Zimmer teilen. Die Frauen kamen nicht miteinander aus. Marilyn bemühte sich, doch Ida machte die Nähe eines gebildeten Mädchens kribbelig. Sie schämte sich ihres Schweißes und der Käsebröckchen, die ihr immer ins Haar fielen, während sie im Restaurant Blintzen zubereitete. Neben Marilyns zarten Ellbogen und gojischen Rippen erschien ihr ihr eigener Körper wie schäbige zweite Wahl. Ida schniefte in den Käse; sie hätte sich am liebsten kopfüber in den Zuber Haferschleim gestürzt und wäre ertrunken.

Marilyn wurde erst ruhig, wenn Isaac und seine »Verlobte« zur Arbeit gegangen waren. Dann hatte sie die Rivington Street für sich allein. Nachmittags badete sie, schrubbte sich die Fingernägel und betrachtete versonnen die Adern ihrer Hand. Sie vermißte Blue Eyes. Doch wenn sie sich hinter dem Rücken ihres Vaters heimlich zu Coen geschlichen hätte, hätte sie seine Chancen bei Isaac und dem First Dep vernichtet. Marilyn wußte, daß ihr Vater nachtragend war. Sie kannte seine Rachsucht. Isaac war eifersüchtig auf Coen.

Als Isaacs alleinstehende Tochter mußte sie die Toilette mit einem alten Mann, der gegenüber wohnte, teilen. Dieser alte Mann verdreckte die sanitären Anlagen. Als Junggeselle verachtete er Frauen, die im Sitzen pinkelten. Marilyn mußte die Toilette nach ihm spülen; er war viel zu heikel, die Schnur zu berühren, die an dem Wasserbehälter befestigt war. Wenn er sich wenigstens die Mühe gemacht hätte, die Toilettentür zu schließen, hätte sie dem Junggesellen ganz aus dem Weg gehen können. Wenn er auf dem Klo saß, wand er seine Hose um einen Nagel über seinem Kopf, schlug sich mit der Faust auf seine groben Knie, und durch die Tür drangen abscheuliche Lieder, von denen Marilyn wegen der fieberhaften Intonation des Junggesellen annahm, daß es sich um Balzgesänge handelte. Weitere Anhaltspunkte hatte sie nicht. Die Lieder hatten nichts mit einer Sprache zu tun, die Marilyn kannte; es schien, als zirpe er englische, jiddische und ungarische Wortfetzen. Marilyn verspürte wenig Lust, ihren Sinn zu ergründen.

An jenem Morgen, sie mußte dringend pinkeln, taumelte sie in die Toilette. Sie schwankte, um einem Zusammenstoß mit den Knien des Junggesellen zu umgehen. Ihr Busen schlug gegen die Wand. »Christus«, sagte sie. Er saß dort und klappte seine Zähne mit häßlichen Geräuschen aufeinander, und aus seinem Bauch erhob sich ein roter Schwanz, um einem irisch-jüdischen Mädchen ein Ständchen zu bringen. Marilyn wollte Coen.

Selbst der PC konnte Isaac nicht von seinem Schreibtisch loseisen. Isaacs miese Laune verwirrte seine Untergebenen. Ein Lollipopmädchen, das sich selbst in die Luft gesprengt hatte, konnte ihn nicht mehr anmachen. Isaac war doch ein Held. Hatte er etwa nicht Esthers selbstgemachte Bomben überlebt, ein Phantasiegebräu in Mayonnaisegläsern? Wen oder was betrauerte er also?

Stundenlang saß er da, ohne daß sich seine Wangenmuskeln entspannten. Er ging nicht auf seine Männer ein. Sie gehörten zum Gummiknüppeltrupp, frühere »Engel« Isaacs, die die größtmögliche Demütigung erlitten hatten: Wegen Übereifer auf der Straße hatte der PC ihnen die 45er abgenommen. Der Polizeiarzt hatte sie wegen Schießwütigkeit aus dem Verkehr gezogen. Anscheinend hatten sie zu viele Nasen abgeschossen. Jetzt verrichteten sie Büroarbeiten für Isaac. Empfindsam nahmen sie die leiseste Veränderung in Isaacs Wesen wahr, seinen Stachelschweinskalp, diese unbeugsamen Stellen hinter seinen Ohren, die seine Angespanntheit verrieten. Worauf wartete der Chef bloß?

Um drei Uhr nachmittags läutete das Telefon. Der Gummiknüppeltrupp bemerkte, wie seine Kopfhaut in Bewegung geriet, diese Männer hatten eine übersinnliche Wahrnehmung für die Geräusche entwickelt, die ein Telefon von sich geben konnte. Isaacs Zunge berührte den Hörer fast. »Hallo?«

»Ist dort Isaac der Reine?«

Die Luft wich aus Isaacs Backen und ließ sie gelockert zurück.

»Ich rufe wegen Esther Rose an. Du hast sie ermordet, du

Schwein. Sie hat dir Suppe gebracht, aber du mußtest sie natürlich fertigmachen.«

»Eine schöne Suppe«, sagte Isaac. »In einem komischen Gefäß. Wo bist du, Rupert?«

»Das wüßtest du gern, was? Isaac, hat sie geschrien, als du sie gefoltert hast. Oder hat sie in deine Polizistenvisage gespuckt?«

»Wir müssen miteinander reden, Rupert. Ich treffe dich, wo du willst.«

Die Gummiknüppeltruppe wuselte herum, um Ruperts Anruf aufzunehmen. Mit einem Schütteln seines Kinns hielt der Chef sie von den Mitschneidegeräten fern. Sie konnten nicht glauben, daß Isaac sich von einem Lollipop einschüchtern ließ.

»War der, der sich mit Esthers Arm befaßt hat, der hübsche blonde Bulle? Den krieg ich auch noch.«

»Blue Eyes? Er hat Esther Rose nie gesehen. Geh nicht auf die Straße, Rupert. Ein paar finstre Italiener suchen dich.«

»Isaac, versuchst du, mich hinzuhalten, bis deine Techniker meine Telefonzelle ausfindig gemacht haben? Das kannst du glatt vergessen. Ich lege auf.«

»Du überschätzt uns, Rupert. Das FBI entwirrt Leitungen, nicht wir. Wir sind primitive Menschen.«

»Du wirst schneller primitiv sein, als du denkst. Ich werde mit deinen Kieferknochen spielen. Deine Zähne weiche ich in Essigwasser ein. Dein Gehirn schicke ich ins Präsidium, per Nachnahme. Man wird noch an dich denken, Isaac. Du wirst dir nichts auf Erden sehnlicher wünschen, als Esther nicht gefickt zu haben. Auf Wiedersehen.«

Isaac hielt einen toten Hörer im Schoß. Die Gummiknüppeljungen wichen vor ihm zurück. Der Gedankensturm des Chefs war nicht zu übersehen. Bis auf die Tatsache, daß Esther sich geopfert hatte, war nichts von der Gerichtsmedizin oder der Spurensicherung, die Fingerabdrücke von den Mayonnaisegläsern entnommen hatte, in Erfahrung zu bringen. Isaac mußte sich unter die Oberfläche wühlen. Nachlässige Mädchen lassen ihre Mäntel nicht unter einem Waschbecken liegen. Esthers Nacktheit durchkreuzte die simple Theorie eines Unglücksfalles. Machte es ihr Spaß, unbekleidet mit Bomben zu hantieren? Wer würde schon glauben, ein Mädchen wolle gern mit Isaac sterben? Er hatte gehofft, Rupert werde ihm Esthers Motive enthüllen. Die Auskünfte des Jungen sickerten nur langsam ein. Rupert hatte Isaac zum Mörder gestempelt.

Er schickte Coen tief nach Brooklyn hinein, um Esthers Familie auszufragen. Coen kam nur knapp mit dem Leben davon. Die Spaniolen beschimpften ihn und gingen mit Fingernägeln auf ihn los. Sie leugneten jegliches Wissen über Esther. Damit gab Isaac sich nicht zufrieden. Er war mit eigentümlicheren Juden als diesen fertiggeworden. Hatte er etwa nicht den Zadik von Williamsburg zum Lächeln gebracht? In einer Synagoge, die größer war als ein Fußballplatz, hatte er mit Chassidim getanzt. Also machte sich Isaac selbst daran, Esther zu ergründen. Er nahm Brodsky mit. In Manhattan oder in der Bronx hätte Isaac keine Gesellschaft gewünscht; dort konnte er jede Straße mit der Nase bestimmen. Brooklyn dagegen war ein zweites Arabien, ohne Limousine nicht passierbar für Isaac, eine Wüste von widersprüchlichen Gegenden, mörderisch und leise, Luftlöcher, die Schauer durch die derben Unterhosen eines Bullen jagen konnten. Isaac fand Esthers Angehörige in einem Straßenzug von Privathäusern nahe Gravesend und Coney Island Creek. Er wurde nicht hineingebeten. Ein Mann mit Gebetskäppchen, der Esthers Vater, Onkel oder Bruder hätte sein können – seine zuckenden Augenbrauen und die herabhängenden Ohren machten es unmöglich, sein Alter zu bestimmen –, kam heraus, um Isaac mit einem Metzgermesser zu begrüßen. Isaac wich auf den Gehweg zurück und verlor seine Illusionen über sephardische Juden. Er gab Brodsky ein Zeichen und wedelte mit der Faust Richtung Manhattan.

Jetzt ließ er Brodsky wieder rufen, Isaac wollte zum Leichenschauhaus ins Bellevue. Der Gummiknüppeltrupp stopfte ihm den Regenmantel mit einer frischen Lieferung Bleistifte voll – auf seinen Fahrten mit Brodsky kritzelte der Chef gern vor sich hin. Der Chauffeur wirkte mürrisch und beklommen. Von Krankenhäusern und Leichenhallen hielt er sich am liebsten fern. Isaac hatte nicht vor, Brodsky mit einem dämonischen Gerichtsmediziner zu konfrontieren. Der Chef war hinter Esthers Leiche her. Die Spaniolen hatten keinen Anspruch auf sie erhoben und sie in einem städtischen Kühlfach liegenlassen. Falls die ›Hands of Esau‹ sich weigern sollten, einen jüdischen Lollipop auf dem Friedhof der Gesellschaft zu beerdigen – es stand in Barney Rosenblatts Macht, Isaacs Gesuch abzuwürgen –, wollte er aus seiner eigenen Tasche für ein Grab blechen, ein Grab mit einem offiziellen Grabstein.

Der Leichenwärter ließ sich von Isaac einschüchtern. Er schwor bei seinem Leben, daß Esther verschwunden war. »Du hast alle Vollmachten, Isaac. Reiß die Wände ein. Der Leichenbeschauer hat Angst vor dem First Dep. Du wirst nichts finden. Das Mädchen ist geholt worden.«

»Hat man sie zum Armenbegräbnis nach Ward's Island gerudert?«

Der Gedanke, Esther könnte in ein Verbrechergrab gekippt werden, machte Isaac wahnsinnig. Ihm schauderte bei dieser Vorstellung. Diese Gräber wurden alle zehn oder zwanzig Jahre ausgeschaufelt, um einen Haufen anderer Knochen aufzunehmen.

Der Wärter lächelte. »Nein, Isaac, sie ist nicht in Ward's Island. Jemand hat für sie unterschrieben.«

»Zeig mir den Freigabeschein, du Mistkerl.«

Der Wärter kehrte mit einer länglichen Karte zurück.

»War es ein Verwandter?« murmelte Isaac.

»Nein, hier steht ›Bewunderer‹.«

»Wie heißt der Bewunderer?... Könnte es Rupert heißen?«

Der Wärter schielte auf die Karte. »Es ist nicht allzu gut lesbar, Isaac. Ein Wort. Mit Z fängt es an.«

»Zorro«, sagte Brodsky, einer plötzlichen Eingebung folgend; sein Kinn ragte über die Schulter des Wärters.

Der Wärter rollte die Augen. »Die Leichenhalle kann man nicht austricksen, Isaac. Wer ist Zorro?«

»Einer der Guzmannsöhne.« Der Friedhof mit dem Familiengrab der Guzmanns lag in Bronxville. Von einem anderen Wärter erfuhr Isaac, daß Zorro Guzmann sich Esthers Leiche erst vor zwei Stunden geschnappt hatte. Er eilte aus dem Leichenschauhaus.

Brodsky tappte hinter dem Chef her. »Das hat weder Hand noch Fuß, Isaac. Was sollten die Guzmanns mit einem Lollipop anfangen? Glaubst du, sie planen eine Wiederbelebung? Wollen sie sie auf der Straße verkaufen?«

Die Guzmanns, eine Sippe von Marranen aus Peru, Taschendiebe und Einbrecher, hatten sich in der Bronx niedergelassen und die Zahlenlottostellen der Boston Road übernommen; unter Latinos, armen Iren, Schwarzen und uralten Juden gediehen sie prächtig. Isaac hatte sich nicht mit ihren Spielen um Pfennigbeträge befaßt. Doch allmählich begann die Sippe, Manhattan heimzusuchen. Die Guzmanns kidnappten seit neuestem junge Mädchen am Busbahnhof und verhökerten sie an die umliegenden Bordelle. Isaac hatte vorgehabt, die Sippe aus seinem Revier zu vertreiben. Die Lollipops kosteten ihn viel Zeit. Er konnte sich nicht mehr mit dreckigen Zuhältern befassen.

Der Chauffeur brachte ihn nach Bronxville. Die Grabstelle der Guzmanns bestand aus einem Hügel gefrorenen Grases. Drei alte Männer standen zitternd über einer frischen Narbe im Erdboden. Es handelte sich um professionelle Totenkläger. Die Guzmanns hatten sie engagiert, um um Esther zu klagen. Sie waren in die Kaftans der Ober-Rabbis gehüllt, trugen jedoch alle ein Kreuz auf der Brust. Zorro war auch dabei; er trug einen karierten Mantel. Brodsky versetzte dem Chef laut kichernd einen Rippenstoß. »Soll ich ihn den Hügel hinunterwerfen, Isaac? Sollen diese alten Männer doch gleich um Zorro trauern, wenn sie schon hier sind. Dem tipp ich einmal auf den Kopf, und du kannst den Fall Guzmann abschließen. Zorro braucht dann kein Hirn mehr.«

Isaac deutete auf einen Mann auf der anderen Seite des Hügels, einen Mann, dessen Kleidung einem anderen Geschmack als dem von Zorro folgte; er trug Ohrenschützer aus einem Kramladen in der Bronx, einen Schal, der so gescheckt war wie ein Taschentuch, mehrere Lagen Pullover, eine Latzhose mit ausgebeultem Hintern, die direkt über den Waden aufhörte, und Galoschen, die sich nicht zuschnallen ließen. Seine Nasenflügel waren flach, und er hatte eine außergewöhnlich breite Stirn.

»Tu mir einen Gefallen, Brodsky. Wenn du unbedingt drohen mußt, dann bitte leise. Das da drüben ist Jorge. Zorros großer Bruder. Kugeln können ihm nichts anhaben. Er hat eine Elefantenhaut. Wenn wir uns an Zorro ranmachen, schaufelt er uns Schmutz in die Augen. Und jetzt benimm dich.«

Isaac nahm die Hände aus der Tasche, als er auf Zorro Guzmann zuging – sein Taufnahme lautete César –, damit Jorge seine friedlichen Absichten nicht fehlinterpretieren konnte und mit quietschenden Gummistiefeln und verrutschten Ohrenschützern den Hügel hinabgaloppierte. Zorro hatte Schlamm auf seinen Schweinslederschuhen. Sein buntgemusterter Mantel wurde nachmittags orange. Isaac bemühte sich, nicht auf Zorros zarte Füße zu starren.

»Zorro, seit wann interessiert sich Papa für die Angelegenheiten eines Jeschiwe-Mädchens? Brooklyn ist nicht euer Bezirk.«

»Isaac, hältst du meinen Vater für einen Analphabeten? Er liest die *Daily News*. Das Mädchen ist doch eine Ladina? Glaubst du, mein Vater läßt zu, daß sie in ungeheiligtem Boden ruht? Nicht, wenn sie eine spanische Jüdin ist. Siehst du diese Totenkläger auf dem Hügel? Heilige Männer. Seit zwei Uhr verfluchen sie Esthers Eltern.«

»Eine ergreifende Geschichte, aber bist du sicher, daß Papa Esther nicht deshalb heiligspricht, weil sie versucht hat, mich umzubringen?«

»Deine Gotteslästerungen haben auf einem Friedhof nichts zu suchen, Isaac. Mein Vater ist ein religiöser Mensch. Ihm ist es gleich, ob du lebst oder stirbst.«

»Das ist auch gut so. Ich respektiere deine Familie, Zorro. Ich habe mich nie in die Geschäfte der Guzmanns auf der Boston Road gemischt. Jetzt nimm das Wachs aus den Ohren. Manhattan ist nichts für euch. Die Schaben haben einen ekligen Stachel.«

»Ich kann Manhattan nicht einmal buchstabieren, Isaac. Warum sollte ich dort wohnen wollen?«

Isaac war mit seinen obligatorischen Ratschlägen am Ende. Er hatte gute Lust, Zorros auffallenden Mantel zu zerfetzen. Wenn er sie auch nur einmal in Manhattan erwischte, würde er die Guzmanns in einen Abwasserkanal stoßen.

»César, willst du mich nicht nach Blue Eyes fragen?«

Zorro grub mit dem Schweinsleder auf seinen Füßen die Erde

um. »Erzähl mir nichts von blau. Blau ist eine widerliche Farbe in meiner Religion. Du solltest deine Geschichtskenntnisse aufbessern, Isaac. Vor sechshundert Jahren trugen in Spanien und Portugal alle Richter blaue Umhänge. Kommst du nicht von allein drauf? Eine dunkle Farbe sollte verhindern, daß der Gestank eines Juden ihre Achselhöhlen verpestete.«

»Hat dir das dein Vater erzählt?«

»Nein, ich weiß es von meinen Brüdern.«

Zorros vier Brüder, Alejandro, Topal, Jorge und Jerónimo, besaßen eine an Hexerei grenzende Gabe, sich in der Bronx zurechtzufinden, denn die Buchstaben auf einem Straßenschild konnten sie nicht lesen, und den Tücken einer Drehtür waren sie nicht gewachsen. Jerónimo, der Älteste, schlief im Kinderbett.

»César, du hast mich immer noch nicht nach Coen gefragt.«

»Da gibt es nichts zu fragen. Manfred ist aus Papas Zuckerbäckerei ausgeflogen. Er hat sich bei dir ein Nest gebaut.«

Coen war in der Boston Road aufgewachsen, an der Papa Guzmann unter dem Deckmantel von Eierflips und Karamellbonbons sein Imperium errichtet hatte. Papa war es gewesen, der Coens Eltern in den Selbstmord getrieben hatte, indem er sie mit Geldgeschenken unter seine Kontrolle gebracht hatte, bis der erbärmliche Eierladen, den sie betrieben, in Papas Hände gefallen war.

Zorro wandte sich von Isaac ab. Auf Geheiß seines Vaters war er nach Bronxville gekommen, um eine unerwünschte Ladina mit drei christlichen Rabbis, die auf dem geheiligten Hügel der Guzmanns herumlungerten, unter das gefrorene Gras zu betten. »Dies hier ist ein Begräbnis, Isaac. Ich kann nicht weiterreden.«

Isaac schleppte sich mit Brodsky den Friedhof hinunter. Der Chauffeur musterte Jorge Guzmann durch den Ärmel seines Mantels; es bestürzte ihn, daß der Chef sich vor einem Schwachsinnigen mit offenen Galoschen fürchtete.

»Bitte, Isaac, laß mich diesem Jorge eins aufs Ohr geben. Dann sehen wir ja, was rausfließt: Wasser, Pisse oder Blut.«

Brodsky mußte einen unglaublich finsteren Blick einstecken. Dem Chef war nicht nach Gesellschaft. Er setzte sich auf den Rücksitz. Mit der Hitze, von der seine beiden Augen überliefen, hätte er Brodskys Lippen versengen können. »Esther«, murmelte er. Von einer Welt voller Lollipops hatte er genug.

11

Ein Mädchen konnte vom Geruch von Hüttenkäse im Kühlschrank seines Vaters durchdrehen. Zwischen Isaac und seiner »Verlobten« eingezwängt, verfiel Marilyn ins Grübeln über die Umstände ihres vergangenen und ihres gegenwärtigen Lebens: Sarah Lawrence, drei Ehemänner, Hüttenkäse und die Rivington Street in sieben Jahren. Sie mußte sich von den Blintzen und von Ida Stutz befreien. Marilyn brauchte Blue Eyes, doch ihr Vater hatte sie seiner beraubt. Sie zog ihren Wintermantel an, schloß Isaacs Tür ab und ging auf die Straße. Isaac konnte man nicht entkommen. Man nickte ihr in der Matzefabrik zu, im Laden mit den pikanten Happen und den Pflaumen im Fenster, in der ungarischen Bäckerei mit den dunklen Brotkrusten, die bei Witwen und Geschiedenen gegen Verstopfung, Furunkel und Gicht halfen.

»Hallo, Miß Sidel. Und wie geht es dem Chef heute? Seien Sie nicht so schüchtern, meine Liebe. Nehmen Sie ein Stück Strudel für Ihren Vater und für sich mit. Bitte. Warum halten Sie mir eine Geldbörse unter die Nase? Es ist noch zu früh am Morgen, um einen Zehn-Dollar-Schein zu wechseln.«

Die ganze verfluchte East Side lag ihrem Vater zu Füßen. Erst in Little Italy hatte man das Gefühl, seine Behausung wirklich verlassen zu haben. Dort mußte sie einkaufen, wenn sie am Leben bleiben wollte. Im Territorium ihres Vaters war es ihr nirgends gestattet, ihre Ware zu zahlen. Eine Ecke nach der Rivingston Street war sie mit Paketen beladen. Sie hatte Strudel, Weizenschrotmatze, Salzstengel und Kürbiskerne. Sie ging zu Bummys am East Broadway, um Isaacs Anbetern zu entgehen. Bei Bummys verachtete man ihren Vater. Sie faßte das als angenehme Abwechslung auf.

Marilyn bestellte einen Whisky Sour mit zwei Scheiben Zitronen und einer Prise Salz. Sie wußte von dem alten Gauner, der in Bummys Küche arbeitete, dem einäugigen Gulavitch, den ihr Vater übel zugerichtet hatte. Isaac hatte seine Knöchel in Gulas Auge gebohrt. Sie fragte sich, ob der alte Schieber sich wohl auch an ihr rächen würde, doch sie konnte nicht bis in die Küche sehen.

Bummy Gilman kam zu ihrem Barhocker herüber. Es beunruhigte ihn, ein mageres Mädchen mit Titten in seiner Bar zu haben. Ein Flittchen wie Marilyn konnte ihm Ärger machen. Isaac war in der Lage, jede Bar zu ruinieren.

»Schau nicht so finster, Bummy«, sagte sie. »Ich bin nicht Isaacs Laufbursche. Ich soll dir keinen Grüße von ihm ausrichten.«

»Hält dich jemand für einen Polizeispitzel, Marilyn? Ich jedenfalls nicht.« Er rief dem Barkeeper zu: »George, gib der Dame mehr Eis als üblich.« Der Barkeeper erschien mit einem Eiswürfel. Dann zog er sich wieder auf seinen Posten zurück und spielte mit den Knöpfen an seinem roten Jackett. Bummy verließ Marilyn, um mit dem Barkeeper zu flüstern. »Sorg dafür, daß sie beschäftigt ist, George. Wenn sie was Süßes wünscht, dann gib es ihr.«

Der Barkeeper schleckte sich die Zähne. »Mein Gott, du glaubst gar nicht, wie sehr ich mich auf die verstehen würde.«

»Vergiß es, George. Pures Gift. Ihr Vater hat ungeheuerliche Hände. Der kann dir mit einem halben Finger die Nase ausreißen. Nimm dich vor ihr in acht. Sie frißt dich mit Haut und Haaren.«

Bummy trottete in die Küche, um Gula den Einäugigen zu suchen. Gula kauerte über dem Kartoffelkasten. Er konnte schneller Warzen von einer Kartoffel schnippen, als ein Marrano-Taschendieb aus der Bronx jemandem in die Hosentasche langen konnte.

»Gula«, sagte Bummy kichernd. »Hast du Lust, dich vernaschen zu lassen?«

»Du solltest dich nicht über mich lustig machen, Bummy«, sagte Gulavitch und kletterte vom Kartoffelkasten.

»Weißt du, wer mit übergeschlagenen Beinen da draußen sitzt, Süßer? Isaacs Tochter. Es juckt sie nach dir.«

»Soll es sie doch jucken.«

»Mach ihr wenigstens ein Geschenk. Du hast ein Auge verloren. Hol es von ihr zurück.«

»Das wäre nicht recht«, sagte Gulavitch. »Was hat sie mir getan? Ich zahle es Isaac zurück, nicht dem Mädchen.«

Bummy konnte nicht mit einem schwachköpfigen Idioten diskutieren. Er ging wieder zu George. In seinem Kopf brodelten üble Phantasien, Haß auf Isaac. East Broadway wurde von dem Chef regiert. Bummy mußte nach der Pfeife des großen jüdischen Bären im Präsidium tanzen. Isaac schöntun, oder er hätte mit seiner Bar nach Brooklyn ziehen müssen. Er hatte es satt. »Grünes Licht für dich, George. Das Drachenweib gehört ganz dir. Nimm sie dir. Mir ist das gleich. Aber paß auf dich auf. Sie neigt zu blauen Flecken. Wenn Isaac jemals deine Daumenabdrücke auf ihrer Haut entdecken sollte, bist du ein toter Mann.«

George strich sich über eine seiner roten Manschetten. »Überlaß das nur mir, Bummy.«

Bummy setzte sich hinter seine Ladenkasse und überprüfte die gestrigen Einnahmen, während er zusah, wie der Barkeeper sich an Marilyn ranmachte. Georges Fähigkeiten entlockten ihm Bewunderung. Der Barkeeper walzte mit seinen Daumen auf Marilyns Arsch, ehe Bummy die Einnahmen durchgegangen war. Hinter der Bar war eine kleine Arena, in der Bummy für spezielle Gäste Hundekämpfe aufführte, gelegentlich auch eine Stripshow – die Mädchen, die sich in Bummys Lokal auszogen, waren von Zorro Guzmann ausgeliehen. Wenn Bummy die Bulldoggen oder Zorros Mädchen knapp wurden, machte er die Arena zur Tanzfläche.

Marilyn trat mit George in die Arena. Mit Whisky Sour und Salz unter den Lippen kam sie nicht aus. Sie brauchte Schweiß und männliche Gesellschaft, um die Rivington Street und die Farbe von Coens Augen abzuschütteln. Sie nahm den steifen Schwanz in seiner Hose an ihren Lenden nicht krumm. Sie wußte, was es bedeutete, mit George zu tanzen. Sie hemmte den Pfad nicht, den sein Handgelenk nahm. George drückte sich mit einem Finger in ihrer Unterhose an sie und freute sich über Sinatra aus Bummys Plattenspieler. »Baby«, sagte er, »komm mit mir nach Hause.«

Schweigen konnte ihn nicht entmutigen. George war ein geduldiger Barkeeper. Er rannte los, um Bummys Schlüssel zu holen. »Tag der offenen Tür, Bummy. Das kann ich dir versichern.« Seine Hände zitterten. »Ich schwöre dir, sie steht drei Meter weit offen.«

Bummy gab ihm die Schlüssel zu dem Schlafzimmer, das er sich über der Bar hielt. Es diente als Schlupfwinkel für seine Kunden, die dort mit einem von Zorros Mädchen anbändeln konnten, ohne East Broadway verlassen zu müssen. George führte Marilyn durch die Küche; vorbei an Gula und seinem Kartoffelkasten – der Kasten war tief und breit und sehr, sehr dunkel –, und schob sie in Bummys privates Treppenhaus. Er ließ den Schlüssel in der Tür stecken, zog sie aus, stapelte ihren Rock und ihre Bluse auf einen Stuhl. Mit seinem eigenen roten Jackett war er wesentlich heikler und hängte es erst dann auf einen Bügel in Bummys Kleiderschrank, als beide Schultern schnurgerade waren. Er trug Sockenhalter und ein Bruchband. George hatte kein Schamhaar. Als er das Bruchband auszog, sah Marilyn einen erbsenförmigen Klumpen oben an Georges Schenkeln. Er küßte sie mit Sockenhaltern. Sein gerupftes Dreieck war kratzig. Er stieß sie auf Bummys Bett, und der Bruch bewegte sich zu seinen Schenkeln hin.

Eine Erbse, die unter Hautschichten glitt, brachte Marilyn nicht gerade aus der Fassung. Ein Mann mit Bruch hätte sie in ein leidenschaftliches Mädchen verwandeln können, doch dazu war George zu grob. Er bestieg Marilyn, seine Sockenhalter kratzten sie an den Beinen, und erzwang sich Einlaß. Sie klagte nicht. Sie hatte Bummy schließlich nicht wegen eines Kaffeeklatschs ausgesucht. In ihrer Lunge war Whisky. Das Reiben der Sockenhalter und Georges miese kleine Stöße waren auszuhalten. Sie konnte ihn noch nicht einmal bei den Ohren halten, um seinen Rhythmus mitzumachen. Er senkte den Kopf nicht. Sein Orgasmus erschöpfte sich in einem Knurren. Er kletterte von Marilyn herunter, zog den Gürtel seines Bruchbandes hoch und holte sein Jackett aus dem Kleiderschrank. »Ich hab's eilig«, sagte er. »Bummy braucht mich ... er fühlt sich einsam, wenn ich nicht hinter der Bar stehe.«

Marilyn blieb liegen. Sie wollte nicht gleich wieder nach unten schleichen und an einer Maraschinokirsche lutschen. Whisky Sour würde sie gegen Coen einnehmen. Sie bekämpfte ihre Bitterkeit, indem sie sich in Bummys Lavendellaken festkrallte. Jesus, Josef und Maria, wenn Blue Eyes nicht bald in sie reinkam, würde sie sich immer wieder nach einem George umsehen.

Schließlich zog sie sich an, grapschte ihr Zeug von dem Stuhl. In

Bummys Zimmer war kein Waschlappen zu finden. Mit Milch auf den Schenkeln ging sie raus. »Das Dasein einer alten Jungfer ist nicht das Schlechteste. Ich werde auch ohne Manfred Coen überleben.« Die Küche machte sie nicht nervös. Von ihr aus konnte Gulavitch ihren Hals zum Spielen haben. Sie würde ihm behilflich sein, die Daumen in ihre Luftröhre zu drücken. Gula rief sie zum Kasten herüber. »Frolleinchen, ich habe ein Kartoffelgesicht für dich.«

Mit seinen Nägeln hatte er eine warzige Kartoffel geschnitzt. Das Gesicht hatte Nasenlöcher, Ohren, Lippen und ein Paar Warzen als Augen. Gula hatte ihr ein Doppelkinn gemacht, und die Niedergeschlagenheit der Geheimratsecken verliehen der Kartoffel die verzerrten Züge eines Büßers. Marilyn ließ sich nicht durch düstere Einzelheiten abschrecken. Die Kartoffel war als Freundlichkeit ihr gegenüber gedacht. Sie bekam einen Heulkrampf, erschüttert von dem gezeichneten Gesicht. Das Geschenk war von einer Eindringlichkeit, zu der kein Ehemann fähig wäre. Gula mußte den Anflug von Wahnsinn in ihr bemerkt haben, als sie mit George durch die Küche gegangen war. Wollte er ihr mit der Kartoffel sagen: ›Frolleinchen, du bist nicht allein?‹ Sie hätte Gula ›Blaue Eier und Vaterscheiße‹ ins Gesicht schreien können; ohne Scham zu empfinden, heulte sie sich an seiner Brust aus. Er zog einen Lumpen für Marilyn aus dem Ärmel. Sie wischte sich die Augen ab.

»Setz dich nicht an die Bar. Bummy ist ein Schleimscheißer. Dort mag dich niemand. Sag deinem Vater, Gula der Einäugige scheißt auf ihn.«

»Das tue ich, Mr. Gulavitch. Ich verspreche es Ihnen.«

Mit dem Lumpen in der Hand rauschte sie aus der Küche und ging an Bummy vorbei, der sich über ihren zerknitterten Rock lustig machte, und an George, der sie verfluchte, weil sie den Klumpen in seinen Lenden wieder entflammt hatte. Marilyn störte sich nicht daran. Sie schnappte ihre Pakete vom Barhocker, die Matze und die Kürbiskerne, und verließ East Broadway.

12

Rupert klaubte Esthers Möbel und Gebrauchtgegenstände zusammen, einen kaputten Stuhl, ein Nadelkissen, wie es die spaniolischen Näherinnen benutzten, Fetzen aus ihren Jeschiwe-Zeiten, Tampons in einem Bonbonpäckchen, Kreidestücke, verschiedene Chemikalien und einen verkrusteten Topf, alle weltlichen Güter, die sie in das Gebäude an der Suffolk Street mitgebracht hatte, Esthers letzte Adresse. Rupert lechzte danach, Ester zu verfluchen. Seine Finger mißhandelten das Nadelkissen. Einige Fäden rissen, und die Fetzen lösten sich in ihre Bestandteile auf. Die Kreide blutete grün und gelb gegen seine Handflächen. Er konnte das Wort »Hure« nicht aussprechen.

Wie hatte er nur so blöd sein können, was die Zutaten in Esthers Topf anging? Sie mußte ein Rezept aus dem anarchistischen Kochbuch gestohlen haben. Der saudumme Rupert hatte vergessen, wie eine Bombe riecht. Hatte Esther eine Wollschnur gedreht? Ihre Einmachgläser mit Tampax angezündet? Oder hatte Isaac sie an der Tür geschnappt, ihr in die Nippel gebissen, sie in einen Raum geworfen und sie mit dem Streichholz versorgt? Solche Bildfolgen waren nicht Ruperts Sache. Wie Esther auch gestorben sein mochte – er wollte sich Isaac so bald wie möglich schnappen.

Heute war chinesisches Neujahr, das Jahr des Schwanes, und Rupert hatte eine vorrangige Verpflichtung. Er hatte die Absicht, Stanley Chin zu befreien. Den Schädel berstend voll mit Esther, ein starkes, bitteres Sehnen, dem verrückte Phantasien entsprangen – war es koscher, ein totes Mädchen zu vögeln? –, erzitternd unter den Eindrücken, Bildern ihrer Seele und ihres Körpers, die ihn jeden Moment um den Verstand bringen konnten, plante er seinen Angriff auf St. Bartholomew. Kriminalbeamten und Krankenschwestern, die ihm in die Quere kamen, wollte er die Kehle durchschneiden. Er wollte den Gefangenen Huckepack nehmen, ihn nach Chinatown übersetzen – Rupert konnte über einen Fluß blinzeln –, damit Stanley Neujahr in einem chinesischen Café feiern konnte.

Rupert hatte ihn kennengelernt, als sie beide im ersten Jahr in die Seward Park High School gingen. Stanley war ein Muskelpaket, Geldeintreiber für chinesische Kaufleute und Vermieter und

Leibwächter des Republikanerclubs der Pell Street. Gerade die Deplaziertheit der Republikaner in Chinatown beeindruckte Rupert: Stanley Chin schlug sich immer auf die Seite der Verlierer. Er kam aus Hongkong und stand auf Kugelhanteln, amerikanische Zigaretten und Bruce Lee. Er konnte Backsteine zerbröseln, Wände eintreten, Tischbeine zerschmettern, bis die Snapping Dragons der Pell Street, Stanleys alte Bande, ihn mit verkrüppelten Fingern und Zehen nach St. Bartholomew geschickt hatten. Rupert fühlte sich dafür verantwortlich; er hatte Stanley aus Chinatown geholt, ihn für seine eigenen fadenscheinigen Zwecke angeworben, die Demontage Isaacs, und ihn Esther Rose vorgestellt.

Gorillas aus der Mulberry Street trieben sich in Ruperts Nähe herum; sie hatten klare Anweisungen im Kopf. Amerigo Genussa vom Garibaldi-Club hatte ihnen eingeschärft, nicht ohne ein Andenken an Rupert Weils Körper nach Little Italy zurückzukehren; ein Ohr, ein Fingernagel, ein jüdischer Nabel, ganz gleich, was, solange es ihn für die nächsten zehn Jahre außer Gefecht setzen würde. Rupert sah sie mit eingezogenen Schultern in ihren langen grauen Mänteln auf der Suffolk Street stehen und sich zwischen die Knöchel blasen, um mörderisch nahe Erfrierungen zu besänftigen. Ein fauliger Wind von jenseits der Bowery mußte sie Rupert an die Fersen gesetzt haben. Vor Gorillas hatte er keinen Respekt. Die Vorstellung, gegen Geld den starken Mann zu markieren, war ihm widerwärtig. Er hätte Esthers Stuhl die Feuertreppe hinuntergeschleudert und zugeschaut, wie er ihren Hirnschalen entgegensegelte, wenn er es nicht ganz so eilig gehabt hätte.

Durch ein Kellerfenster an der Rückseite des Hauses kletterte er ins Freie. Sollten die Gorillas für den Rest ihres Lebens in ihre Knöchel hauchen; ehe sie Rupert fanden, würde ihnen der Rotz in der Nase einfrieren. Er rannte zur Gurkenfabrik in der Broome. Die Kaufleute hatten ein kleines Feuer angezündet, damit ihnen die Gurken nicht einfroren. Das Salzwasser, das aus den Fässern kam, ging Rupert zu Herzen. Gern hätte er seine Ohren in ein Faß getunkt. Ein fetter Mann schnaubte ihn mit sichtlicher Verdrossenheit an. Es war Tony Brill. Der Journalist wartete schon seit einer Stunde auf ihn.

»Kohle her«, sagte Rupert.

»Erst wenn du redest. Was hast du empfunden, als ihr Isaacs Mutter zusammengeschlagen habt?«

Rupert blickte den Journalisten finster an. »Gar nichts. Wir mußten Isaac ausräuchern. Nur das hat gezählt.«

»Hat es dir Spaß gemacht?«

»Bist du bekloppt?« sagte Rupert.

»Ihr habt sie doch fast umgebracht.«

»Nee. Sie ist hingefallen. Hat sich den Kopf verletzt. Das waren nicht wir... Du mußt wissen, mit Isaac als Lehrer fällt das Töten nicht so schwer.«

Der Journalist holte einen Packen Dollarscheine aus der Tasche, zwanzig einzelne Dollar, die er sich von seiner Vermieterin und seinem momentanen Arbeitgeber geborgt hatte, einer Untergrundzeitung namens *The Toad.* »Erzähl mir deine Geschichte«, sagte er geifernd. »Von Anfang an. Du, Esther und Stanley Chin.«

Rupert sagte: »Morgen.«

Spucke tröpfelte vom Gesicht des Journalisten. »Bist du verrückt? Bist du wahnsinnig? Vielleicht schneit es morgen. Vielleicht sterbe ich an Grippe. Entweder du gibst mir die Geschichte, oder ich hole mir meine zwanzig Dollar wieder.«

Rupert war schon halb in der Ludlow Street. »Kannst du haben«, rief er und ballte seine Faust um die Scheine.

Der Journalist bemühte sich, Schritt zu halten. »Rupert, träumst du manchmal von Isaacs Mutter?«

»Nur auf leeren Magen.«

»Wie oft kommt das vor?«

»Jede zweite Nacht.«

Stanley Chin konnte keine Mahlzeit zu sich nehmen, ohne von zwei Kriminalbeamten flankiert zu sein. Die Herren aßen seine gedämpften Backpflaumen. Stanley ignorierte die Krankenschwestern, wenn sie immer wieder die alte Leier über den Zustand seiner Eingeweide anstimmten. Er war ihr liebster Gefangener; die Krankenschwestern von St. Bartholomew wußten einen Delinquenten mit schönen Gesichtszügen zu schätzen. Doch als er am

Sonntag die neusten Nachrichten von den Kriminalbeamten Murray und John erfuhr, schrumpften seine Eingeweide: Die Jüdin, Esther Rose, hatte im Präsidium stark wirkende Mayonnaise gegessen; die Gerichtsmediziner hatten ihre Augenbrauen mit der Pinzette von der Wand gezupft. Die Beamten kratzten sich hinter den Ohren. Sie arbeiteten für Rosenblatt, das hohe jüdische Tier, doch Esther Rose weinten sie nicht nach. Wenn es sein mußte, hätten sie diesen Chinesen mit Handschellen ans Bett gefesselt. Sie erwarteten Blue Eyes. Isaac mußte seine »Engel« herschicken, um Stanley Chin zu entführen. Der Chef verlor sein Gesicht.

Stanley war auf Murray und John angewiesen; mit seinen Fingern in den Gipshandschuhen kam er nicht allzu weit. Daher mußten ihm Murray, John oder eine der Krankenschwestern das Wasserglas an die Lippen führen, ihm einen frischen Schlafanzug anziehen, das Radio ein- und ausschalten und pieksende Matratzenhaare von seinen Beinen entfernen. Die Beamten bemerkten, daß Stanley mies aufgelegt war. Während der letzten drei Schichtwechsel hatte er sie nicht ein einziges Mal gebeten, ihm den Rücken zu kratzen. Sein Bizeps ging zurück. Die Muskelstränge an seinem Nacken hatten sich schlafengelegt. Esther ging ihm unter die Haut.

Es war keine jugendliche Schwärmerei, die Leidenschaft eines Jungen aus Hongkong für ein weißhäutiges Mädchen aus Brooklyn, eine gewöhnliche »Rundäugige«. Mit hellen Farben hatte es nichts zu tun. Esther war dunkler als er gewesen. Sie hatte Schweiß unter den Achseln, von den Schultern zu den Ellbogen lief ihr eine üppige Nässe, die Stanley häufig zum Niesen gebracht hatte. Ihr krauses Haar reizte ihn nicht. Ihre religiöse Erziehung war es auch nicht – vor Esther Rose hatte er noch nie etwas von Jeschiwen gehört. Es war ein Wirrwarr aus den verschiedensten Kleinigkeiten: das heisere Krächzen in ihrer Stimme, die Art, wie sie ihre Ärmel hochkrempelte, ihre Fähigkeit, sich mit antiken und mittelalterlichen Philosophien auseinanderzusetzen – Esther kannte die Lehren von fünf oder sechs arabischen Priestern –, die Nippel unter ihrem einen dunklen Hemd, die Form ihrer Zehen, die aufgescheuerten Stellen auf ihren Armen und Knien, weil sie Wände mit Kreide bemalte, die Kreidezeichnungen selbst, Unmengen von

Farbe, die verbitterte Münder veranschaulichte, lange Zungen und harte, angeschwollene Genitalien, die ohne Erbarmen wuchsen und sich wanden. Die Schrecken, die Esther an Decken und Wänden fabrizierte, taten Stanley gut; es war das Gekreisch, das er in seinem eigenen Kopf spürte.

Mit einer Tablette, die ihm die Krankenschwestern in den Mund gesteckt hatten, einem gelben Ding, das sich demnächst unter seiner Zunge auflösen würde, träumte er von Esther, als er einen Zauberer den Raum betreten sah, einen Hexenmeister mit knochigen Ohren im Mantel eines Krankenpflegers, der ihm eine Nummer zu klein war; er schob einen Rollstuhl. Der Zauberer steuerte um die dreifarbigen Schuhe der Kriminalbeamten herum auf ihn zu. »Entschuldigen Sie«, sagte er. Die angespannten Wangen des Krankenpflegers waren Murray egal, er hatte nicht die Absicht, sich den Regeln des Krankenhauses zu widersetzen.

Der Zauberer lächelte. »Therapieraum. Helfen Sie mir, ihn von der Matratze hochzuheben.«

John hob den Lattenrost von Stanleys Krankenhausbett, und die beiden Kriminalbeamten setzten ihn mit einem sachten Schubs in den Rollstuhl. John knurrte den Pfleger an. »Seien Sie bloß vorsichtig mit Stan. Wir wollen ihn lebendig wiederhaben.« Dann kam sein angeborener Argwohn raus. »Hör mal, Süßer, in welchem Stockwerk ist eigentlich dieser Therapieraum?«

Der Zauberer schob den Stuhl aus dem Zimmer. »Unter dem Dach. Gleich neben dem Solarium.«

Stanley kicherte, ehe sie die Tür erreicht hatten. »Rupert, Mann, wie bist du an diese Utensilien gekommen?«

»Ruhig«, sagte Rupert und schob ihn in den Korridor. »Das habe ich aus dem Wäscheschrank gestohlen.«

»Und was ist mit dem Stuhl?« fragte Stanley und rüttelte an den Armlehnen.

»Den habe ich aus der Schwesternstation geholt.«

»Einfach spitze... Rupe, die Bullen da drinnen, die hätten dir das Gesicht vom Kopf geschossen, wenn sie dahintergekommen wären, daß du Rupert der Lollipop bist. Sie haben keinen Verstand. Aber sie waren nett zu mir.«

Sie fanden einen Lastenaufzug, mit dem sie ins Erdgeschoß fahren konnten. Rupert kommandierte Krankenschwestern und Angestellte herum. Seine offizielle Barschheit übertünchte die Unlogik, die darin lag, daß ein Junge mit Gips an Händen und Füßen im Schlafanzug auf einem Rollstuhl St. Bartholomew verließ. Rupert schubste ihn in ein Taxi, indem er den Rollstuhl im rechten Winkel zur Autotür aufstellte. Der Fahrer wollte dem Jungen helfen, den Rollstuhl zusammenzuklappen. »Lassen Sie das sein«, knurrte Rupert. Sie holperten über die Ebene von Corona. Die Heiterkeit war verflogen. Der Gedanke an Esther stimmte die beiden trübsinnig.

Das Taxi war statisch aufgeladen; Stanley rieb sich die Knie auf. Er konnte sich nicht in die Polster kuscheln, ohne kleine Elektroschocks zu erleiden. Rupert kam ihm mit seinem eingefallenen Kiefer seltsam vor; der Anblick war ihm fremd. Bis vor einem Monat war er Stanleys pausbäckiger Messias gewesen. Für Stanley war es eine Qual, ein Buch zu lesen – das englische Alphabet verursachte ihm Brechreiz –, doch Rupert konnte aus jedem Text Bedeutungen herauslesen. Mit seinen Überlegungen zu Coleridge, Karl Marx und Shakespeares Leiche machte er die Lehrer in Seward Park fertig. Für Rupert war die Welt selbstmörderisch. Er vermittelte Stanley ein Gefühl für die Polaritäten zwischen Manhattan und Hongkong. Die Reichen klettern immer höher, sagte Rupert, und die Armen zittern wie Küchenschaben auf dem Dosenboden. Sie erdrücken einander und sterben. Stanley versuchte, sich gegen Ruperts Auffassung zu sperren. »Was weißt du schon über Hongkong?« sagte er. »Warst du dort, Rupe?« Der Messias sog seine Backen ein, die damals noch runder waren.

»Schmok, wenn ich Hongkong will, sehe ich dich an.«

Stanley hätte Rupert das Ohr ausreißen können. Mit einem gekrümmten Finger hätte er ihm das Nasenbein brechen können. Er hätte Rupert skalpieren können, nach Indianerart, wenn er ihm die Schläfen zusammengedrückt hätte, bis der Messias das Brennen in seinem Schädel spürte. Er achtete die Gelehrsamkeit zu hoch und ließ seine Finger aus Ruperts Gesicht.

Der Messias versagte nicht. Er fand etwas, woran er seine Ideen festmachen konnte: Isaac Sidel. Der Chef war zu einer Abschlußfeier nach Seward Park zurückgekehrt und hatte die Eröffnungsrede gehalten. Rupert zeigte auf die Stickerei auf dem Ärmel des bedeutenden Mannes – Isaac trug seinen Riverdale-Mantel. »Das ist der Sack, der uns alle beherrscht.« Isaac ließ sich über Möglichkeiten aus, über die Aufgeschlossenheit seines Präsidiums gegenüber neuen Vorschlägen und frischem Blut, über die Arbeit eines Kriminalbeamten in New York; er hatte den hübschen Knaben mitgebracht. Er stellte Coen zur Schau. Die Mädchen himmelten ihn von ihren Plätzen aus an. Blue Eyes wurde aufgefordert, seine Waffe zu zeigen. Rupert und Stanley rutschten tief in ihre Sitze hinein. Das Gift ging von einem zum andern über; ihre Zungen waren rauh.

Das Taxi schaffte es nicht nach Chinatown. Auf der Mott Street drängten sich die Festgäste. Daher mußten sie an der Canal Street aussteigen. Rupert stellte seinen Körper als Krücke zur Verfügung. Stanley konnte mit seinen eingegipsten Zehen nur kleine Hopser machen. Von der Bayard Street aus gelangten sie in die Mott. Feuerwerkskörper dröhnten in ihren Ohren und trieben ihnen Rauch und unmögliche Geräusche ins Gesicht. Rupert erbebte unter der Taubheit, die sich in seinem Kopf breitmachte. Straßentänzer, die Drachenmasken mit rausgearbeiteten Augen und Hörnern hatten, die bis zu den Feuerleitern reichten, schlitterten hinter den Jungen her und drängten sie gegen Hydranten und die Fenster der Obst- und Gemüseläden. Sie lachten über die Transparente des Republikanerclubs der Pell Street, auf denen das Neujahr mit Slogans geehrt wurde, die von Knallfröschen durchlöchert waren.

Sie erreichten die New Territories Teestube, einen Treff für Gentlemen aus Hongkong. Rupert bahnte sich mit Stanley einen Weg durch das bumsvolle Lokal und setzte ihn an die Theke, auf der sich Orangen und Mandarinen stapelten. Niemand lächelte die Jungen an. Rupert zog Dollarscheine aus der Tasche. »Hier«, sagte er und stopfte sie in Stanleys Schlafanzug. »Ich muß weg. Wir sind keine zehn Straßen von Isaacs Büro entfernt. Ich kann keine Bullen gebrauchen, die mir zu nahe kommen.«

Stanley blickte finster auf seine Gipshandschuhe. »Ich

wünschte, ich könnte dir helfen, Rupe... Isaac etwas antun, wovon er sich nicht mehr erholt.«

»Das kannst du glatt vergessen. Isaac gehört mir.«

Stanley spürte einen Klaps auf der Schulter, und Rupert war fort. Er schüttelte die Bilder von Esther ab, indem er Krabbenbällchen und eine Bohnensuppe auf kantonesische Art bestellte. Als er die Junggesellen aus Hongkong mit ihren Reisschalen unter dem Kinn ansah, wurde ihm die Unsinnigkeit seiner Lage bewußt. Er konnte keine Gabel halten – Stäbchen wurden ihm hingestellt. Stanley wollte sein Gesicht nicht auf den Tresen hängen und kleine Krabbenstückchen unter dem Teig herausschlecken. Er konnte die Krabbenbällchen noch nicht einmal in seine Suppe werfen. Wild mit dem Mund gestikulierend, gelang es ihm, eine Zigarette zu stehlen. Er rauchte an die Theke gelehnt, auf seinen Hocker gefesselt. Allein wäre er nicht bis zur Tür gekommen.

Eine Reihe von Gesichtern sah ihn durch das Fenster an. Sie verzerrten sich zu einem Grinsen. Stanley dachte an Katzen mit Schnurrhaaren. Die Jungen hatten kurze Haare am Kinn. Es waren die Snapping Dragons. Joey, Sam, Sol und Marv hätten die Namen von Jeschiwe-Jungen sein können, schoß es Stanley durch den Kopf. Mit steifbeinigem Gang zwängten sich ihre Körper in das New Territories Café. Der Duft von Orangen und Seife aus Hongkong verdichtete sich in der Luft. Die Junggesellen preßten die Knie zusammen, um den Snapping Dragons der Pell Street gefällig zu sein, die mit ihren dicken Winterpullovern im Vorbeigehen Serviettenständer und Senfgläser umwarfen. Die Dragons umzingelten Stanley Chin.

»Wenn das nichts ist. Der Kerl persönlich.«

»Wie läuft's, Big Stan? Liebst du immer noch alle Rundäugigen?«

»Ohne seinen Lollipop sieht er traurig aus.«

Marv war der ruhigste von allen. Er nahm eine Gabel vom Tresen und stach sie in Stanleys Schenkel. Die drei anderen Dragons machten sich auf die Suche nach Besteck. Sam versuchte, Stanley gewaltsam ein Krabbenbällchen in die Kehle zu schieben. Joey schüttelte die Suppe in Stanleys Schlafanzugkragen. Dann nahmen sie ihm die Dollarscheine weg. Stanley hatte seine Waffen. Er konnte mit seinen Ellbogen um sich schlagen. Mit seinen Zähnen konnte er einen Dragon kleinkriegen. Doch er konnte das Gleichgewicht nicht halten. Als er auf Marvins Nase losging, fiel er vom Barhocker. Die Jungen fingen an, auf ihm herumzutrampeln. In einer Niere hatte er einen Absatz. Er schluckte Blut. Vier Dragons standen auf ihm. Dann stiegen sie von ihm herunter. Er hörte, wie sie sagten: »Mutter«. Die Winterpullover eilten aus seiner Reichweite. Jemand hatte sie in die Flucht geschlagen.

Stanley konnte nicht herausfinden, wer sein Retter gewesen war. Er sah die Orangen. Er schaute nach rechts und nach links. Seine Schädelknochen schmerzten, als er den Kopf auf dem Fußboden wandte. Die Junggesellen gingen schlampig mit ihrem Reis um. Seine Gipsverbände waren verschmutzt. Sein Mund tat weh. Kurz darauf wurde er in Mäntel gewickelt. Drei Männer hoben ihn auf. Das konnten nur Bullen sein. Selbst mit Blut in der Nase erkannte er Isaacs blauäugigen Liebling, Manfred Coen. Dieser Bulle schlich sich auf seltsame Weise in Stanleys Leben ein. Blue Eyes, wollte Stanley sagen. Heraus kam Schaum. Rupert haßt Sie, Mr. Coen. Manfred wischte mit einem bestickten Taschentuch das Blut ab. Stanley biß die Zähne auf das Taschentuch, um etwas gegen den Druck in seiner Nase zu tun. Er wollte kein Blut auf einen Kamelhaarmantel niesen. Blue Eyes hatte sanfte Zeigefinger. Er konnte die Haut eines Jungen sogar durch ein blutiges Taschentuch liebevoll massieren.

13

Brodsky hatte sich jetzt seit fast einer Stunde mit finsteren Blicken Transvestiten angeschaut. Er konnte seinen Zorn nicht an dem Chef auslassen. Isaac trieb sich auf dem Times Square rum, und dabei hätte er im Präsidium sein müssen, um eine Pressekonferenz zur Feier der Wiederergreifung Stanley Chins abzuhalten. Da sollte noch einer was von Spürhunden sagen. Isaac war der einzige Bulle im Präsidium, der Verstand genug besaß, zu erraten, wohin Stanley gegangen sein konnte. Ein Chinese geht nach Chinatown, verkündete Isaac, während sich Cowboy Rosenblatt in den Schwanz biß und Kriminalbeamte durch Brooklyn und Queens schleuste. Zehn Minuten nachdem der Einsatzleiter Isaac die Nachricht von Stanleys Flucht aus St. Bartholomew überbracht hatte, machte sich unter der Führung von Manfred Coen ein Trupp »Engel« auf den Weg von der Centre Street zur Mott, gabelte den Lollipop in einer chinesischen Cafeteria auf und lieferte ihn der Gefangenenabteilung im Bellevuekrankenhaus aus. Und jetzt schlafwandelte Isaac der Gerechte auf der achten Avenue.

»Wir gehören in die Lower East Side, Isaac. Warum schleichst du dich hier rum?«

Der Chef ignorierte ihn. Er hielt nach einem Mädchen Ausschau. Honey Shapiro war aus dem Nest entfleucht, aus der Essex Street verschwunden, um sich wieder zu ihrem Zuhälter zu gesellen. Diesmal erledigte Isaac keinen Botengang für ihren Vater. Sollte Mordecai doch selbst den Hirten spielen. Isaac wollte Informationen von dem Mädchen haben. Der Chef kriegte Esther Rose nicht aus dem Kopf. Während er mit Ida und Marilyn zwei überbevölkerte Räume bewohnte, stellte er sich Esther Rose vor, wie sie nackt mit dem Finger in einem Mayonnaiseglas auf dem Fußboden saß.

»Da ist sie, Isaac.«

Sie erwischten Honey Shapiro zwischen zwei Cadillacs. Sie hatte Wimpern angeklebt, die nicht in eine Faust gepaßt hätten. Man konnte die Stelle zwischen ihren Beinen sehen, einen Hügel, der sich durch das fadenscheinige Material ihres Kleides abzeichnete. »Scheißdreck«, sagte Honey und sah Isaac wütend an. »Läßt mir mein Vater schon wieder auflauern.«

Fünf Zuhälter, Männer aus dem Leben, mit Schlapphüten und Wildledermänteln, die ihre Knöchel streiften, kamen zu Honeys Rettung von der nächsten Ecke rüber. Ralph, ihr früherer Beschützer, war auch dabei.

»Bruder«, sagte er, »warum belästigst du ein unschuldiges Mädchen?« Mit vier Loddeln als Rückendeckung konnte sich Ralph eine gewisse Arroganz leisten.

Brodsky schob sich zwischen Isaac und die Typen. »Das ist keine Anmache. Es handelt sich um eine freundschaftliche Unterhaltung zwischen meinem Chef und Honey Shapiro. Jetzt geht schon, sonst seid ihr eure feschen Kopfbedeckungen los.«

Isaac pflückte Honey von der Stoßstange des Cadillacs ab und stellte sie auf den Bürgersteig. »Erzähl mir was von Esther Rose und Rupert Weil.«

»Fick dich ins Knie.«

Die Zuhälter gluckten unter dem Schutz ihrer Hüte.

»Honey, warst du jemals im Erziehungsheim der Bronx? Die Aufseherinnen haben kitzlige Daumen. Sie verwandeln Mädchen in Zombies. Dort wacht man mit geschorenem Haar auf. Am liebsten betreiben die Aufseherinnen Forschungen mit Kombizangen. Weißt du, was es bedeutet, mit blutenden Nippeln rumzulaufen?«

Honey war versteinert. Ihre Schultern bebten.

»Ich will Esthers Geschichte... Du mußt mit Rupert aufgewachsen sein. Wie ist er?«

Honey kratzte sich am Auge. »Was wollen Sie von mir? Ich habe nie zugesehen, wenn sie es miteinander getrieben haben. Rupe war schon in der Wiege reichlich merkwürdig. Hatte ein Schachbrett auf den Bauch tätowiert. Finden Sie das normal? Klar, daß Rupert sich eine Mama sucht, die noch eine größere Spinnerin ist als er.«

»Hat Esther dir etwas erzählt?«

»Ja, sie hat gesagt, ich solle meine Möse für das Proletariat aufheben. Und noch mehr Scheißdreck von der Sorte. Wer hat sie um ihren Rat gefragt?«

Die fünf Zuhälter hielten Isaac für einen Verrückten; warum sonst hätte er eine Nutte auf der Straße aushorchen sollen? Auch Brodsky hatte Argwohn geschöpft. Isaac war von einer Toten besessen, einem Lollipop-Mädchen, das ihn mit Freuden umgebracht hätte. »Es wird spät, Chef. Diese Reporter kennen keine Loyalität. Wenn du nicht da bist, werden sie Cowboy interviewen.«

Die Limousine des First Dep blieb auf dem Times Square stehen. Brodsky wurde ins Tivoli beordert, um Wadsworth aufzugabeln, Isaacs milchigen Nigger. Der Chauffeur kam alleine raus. Er steckte seinen Kopf durch Isaacs Fenster. »Wadsworth sagt, er setzt sich in keine Polizeiautos. Er trifft dich im Foyer. Zu mehr ist er nicht bereit.«

Isaac schickte Brodsky wieder ins Tivoli. »Brodsky, sag ihm, daß ich heute angeschlagen bin. Ich bin zu nervös, um die Luft in einem Kino einzuatmen.«

Wadsworth schlüpfte in die Limousine; er setzte sich zu Isaac auf den Vordersitz, während Brodsky unter der Markise herumbummelte und die Busen auf einer Voranzeige neben dem Kartenschalter anstarrte. Wadsworth kauerte sich tief in den Sitz. Er hatte die rosa Augen einer gefangenen Flunder. Er begrüßte Isaac nicht auf Jiddisch, und auf Englisch auch nicht. Isaac mußte sprechen.

»Wads, ich hefte mich nicht grundlos an deine Fersen. Das weißt du genau. Es muß sein. Die Guzmanns haben mir eine Leiche geklaut. Sie mischen sich in meine Angelegenheiten. Ich bin nicht hinter ihren Spielhöllen her, Wads. Sollen sie in Frieden spielen. Sag mir nur, wo der Hurenmarkt abgehalten wird; wo ist der Ort, an dem die Guzmanns all die kleinen Mädchen verhökern können, die sie sich an der Bushaltestelle schnappen.«

Wadsworth rührte sich nicht aus seiner Ecke heraus. Er zeigte Isaac eine runzlige Handfläche. »Warum drückst du mir nicht gleich eine Rasierklinge in die Hand, Polizeipräsident? Damit ich mir die Kehle aufschlitzen kann, ehe die Guzmanns Gelegenheit dazu finden.«

»Sei nicht albern, Wads. Ich will niemanden hochgehen lassen. Ich halte mich an die Hurenhändler, das ist alles. Die Guzmanns werden nie erfahren, wer meine Quelle ist. Wie sollten sie auch? Und warum schimpfst du mich Polizeipräsident? Ich bin nur ein mieser kleiner Chef.«

»Isaac, Zorro ist nicht auf den Kopf gefallen. Wenn sie dich auf seinem Marktplatz riechen, weiß er Bescheid.«

»Die Guzmanns sind lausige Zuhälter, Wads. Wenn sie dir ein Haar krümmen, stelle ich ihre Eier in Spiritus aus.« Wadsworth lächelte nicht. »Du hast eine große Familie, Wads. Ein Junge mit vielen Onkeln und Cousins, die in Obdachlosenheimen schlafen, sollte nicht so empfindlich sein. Hast du mich verstanden? Du kannst die Flatter machen, Wads, ganz wie du möchtest. Aber wenn Cowboy herausfindet, daß du nicht mehr für mich arbeitest, nimmt er dir deinen Kinoplatz.«

»Isaac, im Vergleich zu dir sind die Guzmanns Engel.«

»Stimmt. Die Guzmanns wickeln ihr Geld in Gebetsschals, aber können sie dich vor dem Knast bewahren? Ich bin dein Freund, nicht Zorro. Denk daran. Spuck's aus. Wie lautet der Name dieses Hurenmarktes?«

»Zuckerdorff. Es ist ein Umschlagmarkt für fehlerhafte Ware. Zweite und dritte Wahl. Zorro mietet den Laden einmal wöchentlich.«

»Ist das Ganze ein Schwindelunternehmen?«

»Nein. Man kann bei Zuckerdorff eine Bluse für eine seiner Freudinnen kaufen. Sieh dich vor dem alten Mann vor, Isaac. Er ist Zorros Großonkel.«

Brodsky fuhr den Chef zu »Zuckerdorff von der sechsten Avenue«, der im Kellergeschoß einer Schlafanzugfabrik angesiedelt war, vierzigste Straße zwischen der zehnten und der elften. Zukkerdorff hatte weder Sekretärinnen noch Lagerarbeiter. Er hatte dichte Augenbrauen und vorstehende Schädelknochen. Achtzig mußte er sein. Isaac mußte ihn aus einer Wand aus Kisten mit Herrenartikeln ziehen. Zuckerdorff nahm diese Zudringlichkeit nicht günstig auf. »Meine Herren, haben Sie einen Zettel von einem Richter? Andernfalls würde ich Sie bitten, mich in Ruhe zu lassen.« Der Chef wollte seinen Dienstausweis nicht aus der Tasche fischen; Brodsky mußte sein goldenes Abzeichen rausholen.

Zuckerdorff lachte dem Chauffeur ins Gesicht. »Mister, ich habe schon viele dieser Art gesehen. Die sind nur dazu gut, Filzläuse zu erschrecken.«

»Soll ich ihm die Fresse einschlagen, Isaac?«

Der Chef ging um Brodsky herum, um Zorros Großonkel besser im Blickfeld zu haben. Es erbitterte ihn, einen alten Mann mit bläulicher Haut an den Schläfen quälen zu müssen. Trotzdem konnte er nicht zulassen, daß eine Rotte von Zuhältern aus der Bronx ihn auf seinem eigenen Boden auslachte. »Zuckerdorff, wenn Sie auf Zorro zählen, können Sie es gleich vergessen. Leute wie die Guzmanns nehme ich zum Frühstück zu mir. Sie sind pikanter als Froschschenkel. Bedenken Sie also das, was ich Ihnen mitteilen muß. Entweder, Sie schmeißen Zorro aus Ihrer Firma und untersagen ihm, seine Huren in diesem Gebäude zu verhökern, oder Sie werden Ihre Kisten auf der Straße stapeln müssen. Ich kann Sie schneller zum fliegenden Händler machen, als Zorro die Zehennägel seines Vaters pediküren kann.«

Zuckerdorff hoppelte zum Telefon. Er wählte, ohne Isaac anzusehen. Sein Gespräch verlief reichlich kurz. »Zelmo, hier spricht Tomás... Ich habe zwei komische Vögel in meinem Büro... Seltsame Kerlchen... Bullen mit ganz eigenen Vorstellungen... Scheinen Leuten gern zu drohen.«

Zuckerdorff kicherte hinter seinen Fingern. Seine Schädelknochen wackelten. »Liebe Freunde, Sie sollten dieses Gebäude besser räumen. Weil eure Marken sonst gleich in meiner Kloschüssel liegen. Solltet ihr jedoch warten wollen, kann ich euch einen zauberhaften roten Tee machen.«

Isaac fragte sich, ob die Marranen Marmelade oder Blut in ihre Teeschalen gossen. Darauf war er neugieriger als auf die Identität von Zuckerdorffs Wohltäter.

Ein Mann kam in den Keller getrampelt. Er muß dicke Sohlen haben, dachte Isaac. »Von welchem Revier kommen Sie?« knurrte der Mann, ehe er Isaac anschaute. »Wollt ihr eure Hände in fremde Taschen stecken? Euch breche ich die Finger.«

Isaac erkannte Zelmo Beard, einen ramponierten Detektiv vom Einbruchstrupp. Zelmo sah Isaac in die Augen. Sein Kinn fiel herunter. Seine Ohren schienen sich in seinen Hals zu verkriechen. Er tanzte in seinem ausgebeulten Mantel herum und kippte gegen die Wand von Konfektionskartons. Zuckerdorff hatte eine gewisse Art von Vorahnung, die ein Verkäufer von beschädigten Blusen gebrauchen konnte. Er blinzelte Isaac an. Dieser Bulle besaß eine Fähigkeit zum wahren Übel, etwas Teuflisches. Wie sonst hätte sich Zuckerdorff den explosionsartigen Ausbruch roter Flecken auf Zelmo Beard erklären sollen?

Zelmo machte jetzt Kniebeugen vor Isaacs Schenkeln. »Chef,

ich wußte doch nicht, daß sich der First Dep für Zuckerdorff interessiert... Er nimmt nur Pfennigbeträge ein, das schwöre ich Ihnen. Handelt mit Abfall. Er ist ein prächtiger Trödler.«

»Zelmo, ich dachte, du hättest mehr Verstand. Warum setzt du deine Muskeln für eine Familie ein, die mir ständig zur Last fällt?«

»Isaac, Zorro ist mir scheißegal.«

»Dann beweise es. Ich will, daß er keinen Umschlagplatz mehr für seine kleinen Mädchen findet. Wohin Zorro sich auch wendet, du bleibst ihm auf den Fersen, Zelmo, verstanden? Mit Zuckerdorff kannst du gleich anfangen. Überschütte ihn mit Vorladungen, Feuerlöschermißbrauch und dem ganzen anderen Krempel. Dann wird Zorro wissen, daß ich ihn grüßen lasse. Gehen wir, Brodsky.«

Der Chauffeur sonnte sich auf der zehnten Avenue. Sein Boß mußte der größte Bulle auf Erden sein: besser als Maigret, der Thin Man und Cowboy Rosenblatt. Isaac der Gerechte konnte die Guzmanns und ihre sämtlichen Ableger in Manhattan zugrunde richten, ohne einen Finger zu krümmen. In seinem Mund flossen Honig und Säure. Er konnte einem das Gesicht auskratzen oder einen in den Schlaf lullen. »Isaac! Die Reporter, Isaac. Die werden sich gar nicht mehr einkriegen. Soll ich im Präsidium Bescheid geben?«

»Wir fahren ins Bellevue, Brodsky.«

Die Limousine fuhr nach Osten; Brodsky saß verdrossen hinter dem Steuer. Er haßte Krankenhäuser mit dicken Kaminen und unverputztem Backstein. Isaac machte sich auf den Weg zu seiner Mutter. Im Korridor fand er seine Neffen Davey und Michael vor. Die Jungen trugen ihre Jagdkleidung: Anzüge aus dem eduardischen Zeitalter, die auf die Maße von Kindern zugeschnitten waren, steife Krägen und identische feuerrote Krawatten. »Onkel Isaac, Onkel Isaac«, schrien sie und rannten auf ihn zu. Isaac mußte seine Neffen mit Fünfzig-Cent-Stücken bestechen, damit sie seine Knie losließen. Bald würde der Korridor ein Schlachtfeld sein. Die Jungen warteten schon darauf, sich auf ihren Vater zu stürzen. Wo war Leos Exfrau? Davey und Michael standen bestimmt nicht aus heiterem Himmel vor der Tür ihrer Großmutter.

»Mein Vater ist ein Mörder«, sagte Michael.

»Wen hat er denn umgebracht?«

»Meine Mutter und mich.«

Isaac konnte nicht mit einem Siebenjährigen diskutieren. Er ließ seine Neffen stehen, um einen Blick auf seine Mutter zu werfen. Sophie hatte eine Krankenwache: Marilyn, Leo und Alfred Abdullah, ihren Freier von der Pacific Street. Abdullah begrüßte Isaac mit einem bekümmerten Lächeln. Als amerikanischer Araber aus dem Libanon konnte er sich ebenso wie jeder Sohn über Sophies Wunden grämen. Isaac nickte den Stühlen am Bettrand zu. Seine Mutter lag in ihren Kissen, blaues Salz auf den Lippen, Flüssigkeiten, die aus einem Gewirr von Schläuchen sickerten. Marilyn krächzte ein heiseres Hallo. Isaac fühlte sich mit seiner Tochter in einem Raum unbehaglich. Er sah die Anspannung, das nervöse Flattern ihrer Augenlider. Sie fühlte sich elend ohne Coen. Dazu hatte Isaac beigetragen. Blue Eyes war nur zwei Etagen von hier entfernt, in der Gefangenenstation; er kümmerte sich um Stanley Chin. Marilyn kam nicht rein; in der Häftlingsstation wurden keine Gäste der Gefängniswärter, der Krankenschwestern oder der Bullen empfangen.

Leo konnte die Frostigkeit zwischen Vater und Tochter spüren. Er rückte näher zu Marilyn. Marilyn war seine Pufferzone. Er erinnerte sich an Isaacs Versprechen, ihm die Lunge auszureißen, wenn er sich weigerte, sein Versteck im Gefängnis aufzugeben. Leo hatte keinerlei Vorkehrungen getroffen, die Crosby Street zu verlassen. Das Klima behagte ihm. Er konnte rauchen, Kartenspielen und hinausschlüpfen, um seine Mutter zu besuchen. Dicht neben Marilyn erwartete er, daß Isaacs Zorn auf sie niederbrechen würde. Er hatte den Chef verkannt. Isaac war zu sehr mit Rupert, Esther und den Guzmanns beschäftigt, um sich mit seinen eigenen simplen Drohungen zu befassen. Leos Sitzfleisch in der Crosby Street war ihm im Moment egal. Mit tröpfelnden Schläuchen vor seinen Augen sagte er zerstreut zu Alfred Abdullah: »Wie geht's auf der Pacific Street?«

Abdullah starrte alarmiert an Isaac vorbei: Sophies Kopf tauchte aus den Kissen auf. »Das Baby«, sagte sie. »Bringt mir das

Baby.« Im Schlaf hatte sie das Aussehen einer Frau, deren Haut in Flammen stand, ihr Gesicht von blauem Salz und der Blutzufuhr verdunkelt. Wenn sie aus dem Koma erwachte, änderte sich ihre Gesichtsfarbe. Sie war bleich, mausgrau in ihren klaren Momenten. Die Glasröhren hingen an ihrem Arm und verhinderten den Weiterfluß von Siphon zu Siphon. »Bringt mir das Baby«, sagte sie.

Isaac hatte beide Fäuste vor der Brust geballt. Abdullah griff sich an die Kehle. Leo bedeckte seine Augen. Nur Marilyn hatte genügend Reaktion, die Schläuche zu packen und ihr Schlingern einzugrenzen. »Herr im Himmel«, sagte sie. »Seht ihr es denn nicht? Mama ruft nach Leo.«

Leo sprang aus seinem Stuhl auf. Seine Schulter landete im Bett. Sophie streichelte zärtlich seine kahlen Stellen. Leo weinte mit den Fingern seiner Mutter auf dem Kopf. »Psst«, sagte sie. »Wo ist der Philister?«

Abdullah kauerte sich hinter Leo. Sophie wies ihn zurück. »Nicht du«, sagte sie. »Wo ist der Philister?«

»Mama«, sagte Isaac; seine Knie sackten unter ihm zusammen. »Hier bin ich.«

»Hast du den Kikeriki getroffen?«

Isaac zuckte die Schultern; seine Mutter hatte ihn außer Gefecht gesetzt. Er war ihr nicht gewachsen.

»Den Kikeriki«, wiederholte Sophie beharrlich. »In Paris, Frankreich«.

Isaacs Zunge belegte sich. Leo mußte gepetzt haben; Mama konnte nicht von seinem Rendezvous mit Joel in den Pariser Slums gewußt haben, es sei denn, die Flüssigkeiten, die in sie tröpfelten, nährten auch ihre Intuition.

Sophie hatte genug von kahlen Stellen. Sie griff nach Abdullahs Hand. Leo rührte sich nicht von der Stelle; er ließ sein Ohr auf Sophies Krankenhaushemd liegen. Sophie lächelte.

»Verdienst du gut, Alfred?«

Abdullah bejahte.

»Gut so. Ich lasse nämlich keinen Armen ran.«

Abdullah war ihr zu ergeben, um seine Verlegenheit auszudrükken. Leo zog sein Ohr vom Bett. »Mama deliriert wieder«, flüsterte er in Marilyns Schulter.

»Isaac, vögelst du in letzter Zeit noch?«

»Wer hat denn dazu noch Zeit, Mama.«

Leo krallte sich in Isaacs Ärmel. »Gib ihr keine Antwort, Isaac... Sie hat ihren Verstand nicht mehr beisammen. Weißt du, was es heißt, dreißig Jahre ohne Ehemann zu leben?«

Sophie fiel in die Kissen zurück. Ihr Mund zuckte einmal. Eine gewisse Verwirrung trat in ihre Augen. Sie schmeckte das Salz auf ihren Lippen, rülpste und spie aus. Sie hielt Abdullahs Hand noch fest, als sie in Tiefschlaf abstürzte. Leo schlich sich aus dem Raum.

Isaac, allein zwischen Marilyn und Abdullah, wurde verlegen. Sophies Verlangen nach Liebhabern ließ sich nicht herunterspielen, ob Koma oder nicht. Selbst durch Alterszucker war die Sexualität seiner Mutter nicht kleinzukriegen. Ihre Haut nahm wieder die dunkle Färbung an. Isaac war mit seiner Tochter allein. Er hörte erbitterte Schreie aus dem Korridor.

Leo rang mit seiner Exfrau. Selma, dieses Weibsstück, das einfach nicht zu fassen war, lag unter seinen Knien und kriegte kaum mehr Luft. Davey und Michael kletterten auf dem Rücken ihres Vaters herum. »Ich werde ihr ein für allemal den Rest geben«, stieß Leo mit einer Heftigkeit in der Stimme hervor, die Isaac an seinem Bruder fremd war. Leo nahm Michaels Fingernägel in seinem Fleisch nicht zur Kenntnis. Davey saß auf seinem Nacken. Leos Knöchel quetschten Selmas Luftröhre. »Muß ich deinetwegen leiden?« Isaac mußte Davey und Michael an den Hosenböden ihrer Jagdanzüge packen, ehe er an Leo rankam.

»Geh wieder in dein Gefängnis, Leo. Ohne dich kommen die Wächter nicht zu ihrem Binokel.«

Leo taumelte auf den Ausgang zu; Krankenschwestern, Patienten und Besucher drangen aus den Türen und starrten ihn mit Abscheu in den Augen an. Davey und Michael sahen ihrem Vater finster nach. Selma fing an, sich auf dem Boden zu krümmen. Spucke sammelte sich unter ihrer Nase. »Er hat meine Innereien kaputtgemacht... Oh, mein Gott... oh, oh.« Selma schnitt Grimassen und quetschte sich die Rippen. »Helfen Sie mir. Krankenschwester! Krankenschwester!« Die Jungen beugten sich über ihre Mutter, abgekämpft, doch entsetzt über die schlangenartigen Bewegungen ihres Körpers. Isaac schätzte Selmas Winden richtig ein. Ihr Auswurf war nicht trüb; er konnte keine Blutsprenkel finden. Ihre Schreie waren zu rhythmisch. Er beugte sich über sie und drehte seinen Kopf so, daß die Jungen ihn nicht verstehen konnten. »Auf die Füße, Schwägerin. Wenn du glaubst, daß du hier ein Schmerzensgeld rausschlagen kannst, hast du dich getäuscht. Wenn du mit dem Gedanken spielst, dich ins Krankenhaus zu legen, kannst du meine Meinung dazu hören. Auf einigen Stationen hängen Handschellen von den Betten. Ich sperre dich ein, Schwester. Wir sind hier im Bellevue, erinnerst du dich? Es sind Fälle bekannt geworden von Leuten, die für Jahre in die Irrenabteilung gewandert sind.«

»Arschgesicht«, zischte Selma an Isaacs Brust, während sie sich die Strümpfe hochzog. Die Jungen beobachteten das Wunder der Auferstehung ihrer Mutter. Sie schmiegten sich an sie, stießen Isaac mit hinterhältigen kleinen Ellbogen fort.

Marilyn stand lächelnd in der Türfüllung. Isaac war, wie jeder jüdische Patriarch, der Qual einer Horde von Verwandten ausgesetzt. Er kittete die Familienbande. Die Sidels wären schon längst verbröselt, wenn Isaacs Dienste nicht gewesen wären. Er besänftigte, er schlug zu, er flickte kaputte Drähte, Marilyns unglaublicher Papi.

Die Polizeireporter wünschten eine Konferenz in den Räumen des Police Commissioner, weil sie sich gern Teddy Roosevelts Einrichtung ansahen; Draperien, ein gigantischer Schreibtisch, Porträts von Teddy an der Wand. Isaac ließ es nicht zu. Er pferchte die Reporter in sein eigenes Büro, in dem es keinen offenen Kamin gab, keinen Marmor, keine Kronleuchter, keine edlen Hölzer an den Fenstern, keinen Schreibtisch mit historischen Ritzen und Schrammen und einem geräumigen Loch, das für die Knie eines künftigen Präsidenten der Vereinigten Staaten gezimmert worden war; es erinnerte höchstens an den früheren vollgestopften Zeitschriftenkiosk an der Baxter Street. Isaac sorgte nicht für belegte

Brötchen und stellte auch keinen Polizeiwachtmeister in schmukkem Uniformrock, der die Reporter verwöhnte; Brodsky wurde zu seinem Pressesekretär gemacht. Der Chauffeur lief geschäftig mit Umschlägen herum, die sich auf den Fall der Lollipops bezogen.

Der Chef berichtete in einfacher Sprache von Ruperts und Stanley Chins Seitensprung nach Chinatown, keine Übertreibungen, kein Zwinkern, kein Beiwerk aus Anekdoten oder den Manierismen Barney Rosenblatts – mit Begeisterung rasselte Cowboy vor den Reportern mit seinen Manschettenknöpfen. Brodsky hörte kein Kratzen von Füllfedern. Die Reporter hatten die Köpfe schräg gelegt und drückten ihre Notizblöcke an sich. Der Mann von der *Times* ging als erster auf Isaac los. Konnte der Chef ihn aufklären? Wie interpretierte das Büro des First Deputy das Auftreten von jugendlichen Banden wie den Lollipops, die ohne ersichtlichen Grund alte Männer und Frauen zusammenschlugen und sich der sinnlosen Zerstörung hingaben?

»Dieses Phänomen ist weltweit verbreitet«, sagte Isaac und kraulte sich am Kinn. »In Paris ist es genauso. Die französische Polizei kann jeden Spitzenverbrecher in ihrer Kartei abrufen, aber jugendliche Banden sind es – Lollipops – die die Champs Elysées übernehmen. Banküberfälle durch Babys. Gesichtslos und namenlos. So ein Billy the Kid mit einem billigen Taschentuch auf der Nase.«

»Oder ein Robin Hood«, sagte Tony Brill, der fette Mann mit dem Presseausweis von *The Toad*, weder Brodsky noch Isaac war er jemals im Präsidium aufgefallen.

Isaac sah den Mann vom *Toad* böse an und überhörte den Robin Hood. »Achtjährige Einbrecher und Vergewaltiger in New York«, sagte er. »Mörder mit neun oder zehn. Sollen wir vielleicht vertrauliche Akten über Kinder anlegen?«

Der freie Mitarbeiter der *Newsweek* hatte eine Schwäche für Intelligenztests. Er riß Isaac von den abstrakten Aspekten los und forderte ihn auf, die Akten in Brodskys Händen durchzugehen. »Chef, um die Detektive, die die Nachforschungen für Sie durchführen, muß es erbärmlich bestellt sein. Wo sind Ihre Unterlagen über Rupert Weil?«

Brodsky fühlte sich immer elender, während er in den verschiedenen Akten herumwühlte. Der Mann von *Newsweek* hüllte sich in Selbstgefälligkeit. »Welchen IQ hat der Kerl?«

»Zweihundertsieben«, sagte Isaac, woraufhin Brodsky alle Ordner zusammenklappte.

Der *Daily News*-Reporter fing an zu kichern. »Der Kerl muß ein Genie sein. Soweit ich weiß, hat es Mozart nur auf hundertneunundneunzig gebracht.«

»Zweihundertsieben«, sagte Isaac.

Der Freie Mitarbeiter war halsstarrig. »Und was ist mit Esther?«

»Sie ist in eine Konfessionsschule gegangen«, sagte Isaac. »Ihre Lehrer sind Spaniolen, argwöhnische Leute. Sie haben sich geweigert, uns Informationen zu liefern. Ich setze allerdings nur geringes Vertrauen in Intelligenzquotienten. Sie sagen sehr wenig aus. Rupert war früher Schachspieler. Vielleicht hätte er es zur Meisterschaft bringen können, wer weiß? Mit zwölf hat er es an den Nagel gehängt. War es ›Intelligenz‹, die ihm gesagt hat, wohin er einen Springer stellen soll? Nehmen Sie Bobby Fischer. Sein Intelligenzquotient liegt bei hundertacht oder -neun. Und jetzt liefern Sie mir eine Theorie über Genies. Ich mißgönne Rupert seine irrwitzige Punktzahl nicht. Doch sein Genie rührt von seinem Eigensinn, von einer wahnwitzigen Hartnäckigkeit, die nichts mit dem Talent zu tun hat, das richtige Feld zu errechnen. Ich gebe Ihnen mein Wort. Ihre Genies sind heutzutage rar. Sie haben die Fähigkeit, einen Gegenstand anzustarren, ein Stück Obst, das Herz eines Menschen, und alles andere in dieser beschissenen Welt abzublocken.«

Auf die philosophischen Ansichten eines Polizeiinspektors waren die Reporter nicht gefaßt. Die beiden reizenden Damen vom Brooklyn *Squire*, die für Cowboy Rosenblatt eingenommen waren, sahen es als seltsame Wendung der Geschehnisse an, daß Stanley Chin und Sophie Sidel ausgerechnet im selben Krankenhaus gelandet waren. Streute Isaac Cowboy Sand in die Augen? War die Kapriole in St. Bartholomew um der Tageszeitungen und Zeitschriften willen inszeniert worden? Arbeitete Rupert Weil für die Abteilung des First Deputy? Hatte er Chin auf eine Aufforderung Isaacs hin gestohlen?

»Reiner Zufall«, murmelte Isaac. »Stanley hat nichts mehr mit meiner Mutter zu tun. Und die Vorstellung, daß Rupert für mich arbeitet, ist geradezu verrückt.«

»So verrückt nicht«, sagte Tony Brill.

»Wie meinen Sie das?«

»Nichts weiter...« Tony Brill sah sich unter Isaacs wilden Blikken zum Rückzug gezwungen. Der *Toad* konnte ihn nicht gegen die Schlaglöcher und lose Treppengeländer im Präsidium versichern. »Waren Sie nicht mit Ruperts Vater befreundet, Chef? Vielleicht hat der Junge versucht, auf subtile Weise mit Ihnen zu kooperieren.«

»Blödsinn«, sagte Brodsky. Ein paar Jungen von Isaacs Gummiknüppeltrupp tauchten in der Tür auf. Da sie keine Pistolen an den Hüften trugen, hielten die Reporter sie irrtümlich für Zivilisten und glaubten, mit gewöhnlichen Bürohengsten grob umspringen zu können. Die Jungen gestikulierten rasend; aus ihren Gesichtern war der letzte Rest Farbe gewichen. Brodksy ging zu ihnen rüber. Langsam rutschte ihm die Hose unter den Bauch. Er mußte zu seiner Rettung die Hände in die Hosentaschen krallen. »Konferenz abgebrochen«, krächzte er mit gepreßten Lippen.

Die Reporter drängten aus Isaacs Büro; die geheimen Schachzüge der Abteilung des First Deputy waren unbefriedigend. Isaac blieb mit Brodsky und dem Gummiknüppeltrupp zurück. »Was ist passiert?«

»Du hast ein Päckchen bekommen, Isaac – von Rupert Weil. Wir haben das Sprengstoffkommando angerufen. Sie kommen mit ihrem speziellen Hund rüber, der Bomben schnüffeln kann. Es könnte ein Anschlag sein.«

»Idioten«, sagte Isaac. »Ich brauche keinen blöden Köter.«

Das Paket war in Wurstpapier eingepackt und mit einer dicken Schnur umwickelt, mit der Sorte Schnur, die die Hersteller von Zwiebelbroten manchmal benutzten, um einen Sack Brötchen zu verschnüren. Es war ein gewaltiges Paket, mehr als einen halben Meter hoch. Isaac konnte die Schnur nicht durchbeißen; die Fasern waren zu grob. Brodsky rannte los, um eine Schere zu holen. Isaac schnitt die Knoten durch. Er riß das Metzgerpapier herunter.

Die runden Kanten einer Hutschachtel kamen zum Vorschein, einer Hutschachtel, auf der ein Name stand: Philip Weil. Isaac öffnete die Schachtel. Brodsky hielt sich die Ohren zu. Die anderen stahlen sich in die hinterste Ecke. Sie sahen eine Hand, die in zerknittertem Zeitungspapier raschelte.

»Was zum Teufel ist das, Isaac?«

Er hielt eine Schachfigur in der Hand, einen schwarzen Läufer aus Holz, ein wertloses Stück aus Ruperts eigener Sammlung. Die Knüppelknaben waren bestürzt. In ihren Augen bestätigte das Päckchen Ruperts Verrücktheit. Isaac behielt seine Meinung für sich. Er jagte sie alle aus dem Zimmer.

»Mach die Tür zu, Brodsky.«

Isaac tastete die Schachfigur ab, alle Rundungen und Unebenheiten im Holz – Ruperts Läufer hatte einen aufgedunsenen Bauch –, die dünne schwarze Farbschicht, die schon abblätterte, das Samtplättchen auf der Unterseite, die rauhen Stellen. Rupert will mir etwas mitteilen, murmelte Isaac in sich hinein. Dieses Geschenk konnte keine Laune gewesen sein. Wollte der Junge Isaac zu einem postalischen Schachspiel herausfordern? Sollte Isaac mit einem Läufer der gegnerischen Farbe reagieren? Nein. Darum ging es Rupert nicht. Diese Schachfigur mußte sich auf das Spiel seines Vaters beziehen. Philip konnte meisterlich mit einem Paar kooperierender Läufer umgehen. Er hatte immer mit Schwarz gegen Isaac gespielt und ihm somit einen deutlichen Vorteil eingeräumt. Der Eröffnungszug gehörte Isaac. Philip saß nie auf seinen Figuren. Er vermied die normalen Abwehrformationen. Seine Verteidigung war durchlässig. Philip liebte den Angriff. Er schlachtete die gegnerischen Bauern nicht ab und hungerte auch nicht mit quälender Langsamkeit den König aus. Während man mit einer Armada von Springern und Türmen angriff und die Figuren zu einer grandiosen Mission aussegelten, schlich sich Philip um sie herum und setzte seine Läufer ein, um der gegnerischen Königin die Kehle auszureißen.

»Er ist hinter einer meiner Damen her«, fauchte Isaac in die Hutschachtel. Wieviel Damen hatte ein Bulle? Drei oder vier? Rupert will mich auf dieselbe Weise schlagen wie sein Vater. Isaac konnte sich nicht vorstellen, daß der Junge Sophie ein zweites Mal anrühren würde. Doch im Innersten neigte der Chef zur Vorsicht. Für den Fall, daß Ruperts Logik ihn aufs Glatteis geführt hatte, stellte er einen weiteren Engel vor Sophies Tür auf. Ging es um Isaacs Ehefrau, die Baronesse Kathleen? Rupert müßte sie in Floridas Sümpfen ausgraben, Kathleens neuem Herrschaftsbereich. Ida Stutz? Was konnte Rupert mit Isaacs Verlobter anfangen? »Marilyn«, sagte Isaac nasal und entschieden. Sie mußte es sein.

Der Hund von der zwanzigsten Straße traf ein, an der die Bombenentsicherung eigene Hundezwinger auf dem Dach der Polizeiakademie unterhielt. Isaac hatte einen Schäferhund mit tollen Ohren und riesig langer Nase erwartet. Statt dessen kam eine Maus, ein Fitzelchen Hund, ein Cockerspaniel mit verkümmerten Beinen und einem Körper, der auf den Boden hing. Ein solches Geschöpf konnte Isaac bedauern. Er wollte es nicht in die zwanzigste Straße zurückschicken, ohne es an der Hutschachtel schnüffeln zu lassen.

In der Häftlingsstation in Bellevue gab es eine Tischtennisplatte, altmodische Sandpapierschläger und einen Beutel staubiger Bälle, wie für Manfred Coen geschaffen. Er konnte sich die Zeit damit vertreiben, Bälle auf den Tisch zu schmettern. Heute waren nur drei Patienten in der Abteilung: ein schwarzer Moslem mit einer Oberschenkelverletzung, ein geistesgestörter puertorikanischer Autodieb, der versucht hatte, sich in einem Polizeirevier zu erhängen, und Stanley Chin. Keiner der drei war in der entsprechenden Verfassung, gegen Coen anzutreten. Doch die kleinen Hacklaute, das Picken des Sandpapiers, ließen sie aufhorchen. Stanley rief von seinem Bett aus herüber, um Coens Schlägen Einhalt zu gebieten. »Willst du gegen mich spielen, Blue Eyes?«

Coen lachte. »Du wirst dir die Finger verletzen, Stanley. Du kannst keinen Schläger halten.«

»Ich brauche keinen Schläger.« Er wedelte einen Fäustling durch die Luft. »Ich spiele damit.«

»Mit deinem Gips?« sagte Coen. »Die Ärzte würden mich lebendig häuten.«

»Woher sollen sie es erfahren? Hab keine Angst, Blue Eyes.«

Coen fand einen Rollstuhl. Er schob Stanley vom Bett zur Tischtennisplatte und richtete ihn auf, bis sein Kinn nah am äußeren Rand der Mittellinie war. Coen nahm den Schläger in die Hand. Er würde ihn nicht abwinkeln, denn er wollte den Jungen nicht mit angeschnittenen Bällen verwirren. Er schlug den Ball über das Netz. Stanley schlug mit der linken Faust zurück. Coen schwang sich mit weit gespreizten Knien vor. Er verpaßte den Ball. Stirnrunzelnd sah er den Schläger an und holte einen neuen Ball aus dem Beutel. Er blies darauf, testete die Nähte, indem er ihn mit der Handfläche gegen die Tischplatte quetschte. Er horchte auf den dumpfen Laut, der besagt hätte, daß der Ball einen Sprung hatte. Der Laut blieb aus. Er machte die nächste Angabe. Stanley schlug den Ball mit dem anderen Fäustling zurück. Coen preßte die Knie zusammen. Der Bulle war verblüfft. Sein Schläger küßte nichts als Luft. Stanley legte mit dem Gips auf seinen Knöcheln die höchsten Schmetterbälle hin.

»Das ist ja Kung Fu, Mann.«

Stanley steckte sich einen Gipshandschuh in den Mund. Er konnte sich das Kichern nicht verbeißen. Er hatte nicht vorgehabt, Coen zu necken, aber der Abscheu, mit dem der Bulle den Schläger in seiner Hand betrachtete, war so saukomisch, daß er sich fast bepißt hätte.

»Das nennt sich Eisenfaust. Man muß sich konzentrieren, Mann. Du zielst auf eine Stelle. Manchmal geht es daneben, Mr. Coen. Aber wenn man den Ball erst hat, dann hat man ihn.«

Ein Pfleger holte Blue Eyes ans Telefon. Manfred war immer noch verwirrt. Wie konnte ein Junge mit Gipshandschuhen in einem Rollstuhl sein Spiel kaputtmachen? Coen wünschte, er hätte seinen Noppenschläger, seinen Mark V, bei sich gehabt. Dann hätte sich erwiesen, was eine Eisenfaust gegen ein paar Millimeter Schaumstoff ausrichten konnte. Brodsky kreischte ihn an.

»Coen, bist du taub oder was?«

Manfred wedelte mit dem Hörer. »Ich verstehe jedes Wort, Brodsky.«

»Dann heb deinen Arsch hoch und komm rüber ins Präsidium.«

»Und was ist mit Stanley Chin?«

»Vergiß deinen blöden Chinesen. Und noch was, Coen. Bring deine Knarre mit. Wenn du unterwegs eine Kugel verlierst, bringt der First Dep dich um. Es dreht sich um Rupert Weil. Ich glaube, Isaac will, daß du ihn kaltmachst.«

Vierter Teil

14

Marilyn konnte den Wind in den Streben der Feuertreppe ihres Vaters hören. Das Radio sagte einen Schneesturm voraus. Sie schauderte bei der Aussicht auf erblindenden Schnee. Marilyn war ein Mädchen aus Riverdale. Schneestürme machten sie wahnsinnig. Sie erinnerte sich an die Schneestürme ihrer Kindheit; Riverdale war vom Rest der Welt abgeschnitten, und sie konnte nicht zur Schule gehen. Sie mußte sich von Erbsen und Sesamriegeln aus der Vorratskammeer ihrer Mutter ernähren. Auf dem Hudson sah sie Watteb älle, und der Wind trieb lose Schneemassen vor sich her. Ihre Mutter war in Baltimore oder in Miami, und ihr Vater saß in der Stadt fest. Isaac konnte nicht anrufen. Der Schnee hatte die Leitungen abgewürgt. Knistern drang aus dem Telefonapparat, ein ekelhaftes elektrisches Schnarchen. Marilyn lutschte an ihren Zöpfen, ausgelaugt, die Erbsen knurrten in ihrem Magen, und sie war zu verängstigt, um zu weinen.

Über ihre frühere Hysterie konnte sie gar nicht lachen, Ängste von vor fünfzehn Jahren. Sie war im Hause ihres Vaters. Nach drei Ehemännern hatte sie die Angst vor beschissenem Wetter immer noch nicht abgelegt. Sie hätte ihre Mutter in Florida anrufen können, Kathleen bitten können, sie mit Erzählungen vom milden Miami zu besänftigen, von Wintern ohne ein Fitzelchen Schnee. Kathleen hätte es nicht beim Wetterbericht belassen, und Marilyn hätte ihre sämtlichen Ehen durchkauen müssen, Kathleen mit Einzelheiten über ihre Ehemänner Nummer zwei und drei versorgen müssen. Jemand klopfte an die Tür ihres Vaters. Marilyn machte auf.

Ein Schneemann wollte sie holen, Manfred Coen mit weißen Augenbrauen und blutroten Ohren. An einen solchen Schneemann konnte sich Marilyn gewöhnen. Sie stellte ihm impertinente Fragen. Sie schüttelte die Eiszapfen von seinem Kamelhaarmantel. Sie legte seine Hose auf die Heizungsverkleidung. Sie hob ihre Rockzipfel hoch, um seine Augenbrauen mit dem warmen Stoff abzureiben. Sie setzte ihm einen Turban aus Waschlappen über die Ohren. Der Schneemann war nicht so vernünftig, Gummistiefel zu tragen. Sie holte ihn aus seinen Schuhen heraus. Sie wickelte seine Füße in Isaacs Handtücher. Der Schneemann nieste.

»Draußen friert es Hexentitten, ein ganz verhurter Tag.«

»Chauvinist«, sagte Marilyn lachend. »Kannst du dir nicht ein paar männliche Attribute ausdenken? ... Wie Spermaschnee. Oder Hexereier. Wie bist du Isaac entkommen?«

»Das war nicht nötig.« Der Schneemann blinzelte. »Isaac hat mich hergeschickt.«

Marilyns Kinn hob sich von den Knien des Schneemanns. »Dann war das gar nicht deine Idee? Du bist wegen Isaac gekommen?«

»Dieser Rupert führt was im Schilde, Marilyn. Isaac sagt, er will dir an die Gurgel. Du brauchst einen Leibwächter, und Isaac hat sich gedacht...«

»Mach, daß du rauskommst.«

Marilyn warf dem Schneemann die Haarbürste nach. Sie riß ihm den Turban von den Ohren. Coen hüpfte über Isaacs Linoleum.

»Verdammter Blue Eyes, erzähl mir nicht, was Isaac sich dabei gedacht hat. Isaac denkt sich nur Scheiße. Tust du denn niemals, wonach dir ist? Du Laufbursche. Verdammter Kerl, erst bringt er uns auseinander, und jetzt spielt er den Zuhälter. Was wird er sich wohl als nächstes einfallen lassen? Will er, daß ich das gesamte Präsidium ranlasse? Sag ihm, daß Mädchen manchmal entsetzlich wählerisch sind, mit wem sie was haben wollen. Wenn er sich nicht vorsieht, probiere ich einen neuen Zuhälter aus.«

»Marilyn, vielleicht war es gar nicht so böse gemeint. Isaac weiß, wie sehr du es haßt, einen Bullen um dich zu haben. – Er hat gedacht, es wäre weniger unerträglich, wenn ich dieser Bulle bin.«

»Hol deine Hose von der Heizung und zieh sie an. Ich verbrüdere mich nicht mit Leibwächtern, Coen.«

Coen holte seine Hose. Mit einem Bein war er schon reingeschlüpft, als Marilyn sich auf ihn stürzte und ihn auf Isaacs Sofa warf. Er fühlte das Beben in ihren Fäusten, das Quetschen ihres Schenkels, das Gewicht dieses Körpers in rasendem Angriff. Sie hatte sich ganz auf ihn geworfen, Ellbogen, Brüste und Knie. Coen verteidigte sich nicht. Marilyn setzte ihre gesamte Energie ein, um einen Schneemann zusammenzuschlagen. Die alte Hysterie war wiedergekehrt. Sie saß wieder in Riverdale fest, Schneestürme im Kopf, unerbittliche Schneemauern zwischen Manfred und ihr. Sie erkannte den Bullen nicht; reine blaue Augen konnten ihr nichts anhaben. Marilyn war immun gegen hypnotische Farbsprenkel. Sie ertastete eine Aushöhlung in der Brust des Schneemanns; sie kroch hinein.

Marilyn erwachte mit einem Blinzeln, das sich bis in ihre Nasenwurzel vorarbeitete. Sie konnte das Fleisch eines Mannes riechen. Sie war nicht nackt, nein, aber ihren Rock hatte sie nicht an. Sie war eingesponnen wie eine Larve. Blue Eyes hatte sie in eine Wolldecke gewickelt und ins Bad gepackt. Sie konnte kaum die Arme bewegen. »Wie lange habe ich geschlafen?« sagte sie.

»Vielleicht eine Stunde«, antwortete Coen von der Heizung aus. Er hatte eine dicke Lippe und Kratzer auf beiden Gesichtshälften.

»War ich gräßlich zu dir?«

»Nicht allzusehr.« Als Coen lächelte, dehnten sich die Kratzspuren aus. »Allerdings mußte ich dich festbinden. Du hast ganz schön um dich geschlagen.«

Er lockerte die Decke, in die er sie gefesselt hatte. »Es tut mir leid«, sagte sie und kämpfte gegen den Drang an, Coens Lippe zu berühren. »Vor großen Schneefällen drehe ich immer durch. Setz dich zu mir, Manfred.«

Angesichts der Unwetter, die von ihren Ellbogen und ihren Nägeln ausgehen konnten, setzte sich Coen ihr gegenüber. »Ich wäre auch ohne einen Schubs von Isaac gekommen, Marilyn. Ich habe versucht, mich heimlich wegzuschleichen. Aber er hat mich weit ab vom Schuß eingesetzt, mich auf Trab gehalten, mich quer durch die ganze Stadt gehetzt. Ich konnte keine Mahlzeit mehr im Sitzen einnehmen. Isaac hat mich fertiggemacht. Er hat mich rumgehetzt wie doof. Und dann sperrt er mich mit Stanley Chin ein. Ich habe mit Tennisbällen geschlafen.«

»Psst«, sagte sie. »Du brauchst mir nichts zu erklären.« Sie krabbelte auf Coens Knie. Im Bett ihres Vaters mußte sie zur Hexe geworden sein. Die Kratzer auf Coens Gesicht erregten sie. Sie wollte die Wunden auslecken, die sie ihm beigebracht hatte. Nicht aus Grausamkeit. Marilyns Instinkte waren nicht die eines Folterknechts. Sie war grob zu Coen. Wenn es Blue Eyes hätte retten können, hätte sie ihren Vater ermordet. Es war verrückt, aber sie hätte ihm ihre Gefühle nicht zeigen können, ohne seine Wangen zu zeichnen. Coen plapperte immer noch.

»Ich hätte mich in der Rivington Street auf die Lauer legen sollen, Marilyn, dich abfangen, wenn du aus dem Treppenhaus kommst, dich über die Schulter werfen. Entführungen sind meine Spezialität, aber es hätte sich im Freien abspielen müssen. Er ist mein Boß. Ich kann unmöglich in Isaacs Räumlichkeiten eindringen.«

Sie wollte sich mit der Gemütsbewegung einer Frau auf ihn stürzen, die drei Ehemänner überdauert hatte, doch sie wußte, daß es ihn verschreckt hätte. Coen mißtraute ihr. Sie mußte sich langsam bewegen. Behutsam legte sie ihren Kopf auf seine Schulter und küßte die Schwellung auf seiner Lippe. Es wäre strategisch unklug gewesen, ihn auszuziehen. Marilyn zupfte an seinem Unterhemd. Sie saugte an einem Ohr. Wie erweckt man einen Schneemann?

Coen erwachte zum Leben. Seine Spucke sammelte sich unter ihren Backenknochen. Er knabberte an ihren Augenhöhlen. Nie wäre er auf sie losgegangen, ohne seine Hose auszuziehen. Der Bulle hatte eine sanfte Art. Doch sie konnte seinen Schwanz durch den Gabardine spüren. Seine Zunge schlängelte sich in ihre Mundwinkel. Die Nässe ließ ihre Zähne sich kalt anfühlen. Aus ihren Achselhöhlen blutete üppiges Wasser, das nichts mit gewöhnlicher Transpiration zu tun hatte. Mit seiner Zunge in ihrem Gesicht hatte Coen ihre Süße durchbrechen lassen. Derart langsame Küsse war Marilyn nicht gewohnt. »Ich könnte dich lieben, Manfred.« Sie hatte nicht mehr zu sagen.

Das Präsidium war von riesigen Stapeln der heutigen Ausgabe des *Toad* belagert. Jemand, vermutlich Tony Brill, hatte sie auf die

Stufen vor der Eingangstür gehäuft, Zeitungen, die nicht auf Schneebälle und den Schlamm am Schuh eines Bullen reagierten. Cowboys Männer mußten diese nassen Zeitungen als erste aufgesammelt haben. Kribbelig vor Rachegelüsten verteilten sie die Bündel auf alle Etagen. Mit einer schlammigen Zeitung auf dem Schoß saß Brodsky vor Isaacs Büro. Der Chauffeur war aufgebracht. Tony Brill, dieser fette Schleimer, hatte die zweite Seite mit Fotografien von Rupert Weil vollgeklatscht und dazu einen Exklusivbericht über die drei Lollipops verfaßt. In der Uniformjacke, die vor Konserven überquoll, fauchte Rupert in die Kamera.

Brodsky konnte nicht lesen, ohne die Lippen zu bewegen. Er empfand den *Toad* als persönlichen Angriff. Ein Käseblatt, entschied Brodsky, ein verfluchtes Hippie-Käseblatt für linke Typen und Edelnutten. Einen solchen Mischmasch aus unanständigen Wörtern und dämlichen Klischees hatte er noch nie gesehen. Tony Brill sprach von Kinderkreuzzügen, von Lillipop-Kriegen und von dem Martyrium der Esther Rose. Er beschuldigte Isaac, »ganz New York ins Hirn zu ficken«. Zur Belustigung seiner Leserschaft hatte er eine primitive Karikatur gekritzelt, die Isaac darstellte, wie er auf die Delancey Street pinkelte. Über Bilder, auf denen sein Chef lächerlich gemacht wurde – Isaac hatte schlaffe Hoden auf der Karikatur –, konnte Brodsky nicht lachen. Brill war völlig wahnsinnig. Er schwor, Isaac habe – oder zumindest sei er gerade dabei – Philip Weil ruiniert, Mordecai Shapiro, die Seward Park High School, Honey Shapiro, Cowboy Rosenblatt, Stanley Chin, Esther Rose, das puertorikanische Volk, die Spaniolen Brooklyns, die Einwohner von Chinatown und Manfred Coen – bei der Erwähnung Coens kicherte Brodsky in sich hinein. Nur Rupert war ihm entkommen, und Rupert hatte den Krieg erklärt. Wer sonst, sagte Tony Brill, wenn nicht ein Lollipop, hätte es gewagt, die Mißstände in Isaacs Bezirk anzuprangern?

Brodsky klopfte an Isaacs Tür. Der Chef gewährte ihm mit einem verträumten ›Hallo‹ Einlaß. Isaac mußte gerade eine Verschwörung aushecken, denn sonst wären barsche Grummellaute auf Brodskys Schultern geprasselt. Der Chef hatte den *Toad* vor sich liegen.

»Soll ich Tony Brill übernehmen, Isaac? Die Jahreszeit ist günstig. Leute können im Schnee ertrinken.«

»Laß ihn in Ruhe«, murmelte Isaac. »Er kann uns nichts anhaben.«

Dann erwachte Isaac aus seiner Schwermut. »Der Kleine macht mich noch stadtbekannt. Wenn ich auf die Straße gehe, zittert alles. Hast du es noch nicht gewußt? Das Verbrechen schwindet, wohin ich auch gehe.«

Isaacs verdrehte Ansprache bereitete dem Chauffeur Schwierigkeiten. Er fühlte sich zu einem Kichern verpflichtet. »Laß mich doch wenigstens etwas unternehmen. Sitzt der *Toad* nicht am La Guardia Place? Ich könnte die Druckerpresse sabotieren, Isaac. Dann müssen sie mit Buntstiften und Radiergummi drucken.«

Der Chef zog seinen Mantel über. Brodskys Plan, den *Toad* kleinzukriegen, weckte seine Lebensgeister nicht auf. Was Journalisten anging, war Isaac abergläubisch. Ihre Geschichten konnte man nicht morden. Wenn man ihnen die Druckerschwärze abnahm, schrieben sie auf Baumrinde. Hack ihnen die Finger ab, und sie buchstabieren mit der Nase.

»Willst du nicht deine Limousine nehmen, Isaac?«

»Nicht nötig. Ich gehe zu Fuß.«

»Fünfzig Zentimeter, Isaac, soviel sagt der Wetterbericht voraus. Das Auto hat Schneeschuhe. Warum willst du dir unbedingt die Füße naßmachen?«

Auf der Treppe stieß Isaac auf ein paar »Krähen«. Sie lehnten sich ans Geländer, um dem Chef Platz zu machen. Es war niemand darunter, der in seiner Gegenwart »Tony Brill« geflüstert hätte. Selbst eine »Krähe« hätte eine von Isaacs bärenhaften Umarmungen nicht unbedingt überlebt. Jede Sorge war grundlos. Der Chef war in sich versunken. Er trat einer Krähe auf den Fuß, ohne sich zu entschuldigen. Das Problem hieß Marilyn. Solange Rupert mit der Post Schachspiel-Läufer schickte, fand Isaac keine billige Lösung. Sollte er sie auf den Rücken packen und sie überall hin mitnehmen? Oder sollte er ihr ein Kämmerchen im Frauengefängnis suchen? Er mußte sich auf Coen verlassen. Jedem anderen Bullen und jeder Anstandsdame, die Isaac hätte stellen können, hätte Marilyn die Augen ausgekratzt. Jetzt würde er zu Ida ziehen müssen. Seine eigenen Beamten würden ihn auslachen; sie würden sagen, Coen hätte ihn enteignet, ihn auf die Straße gesetzt.

Brodsky hatte sich mit dem Schnee geirrt. Fünfzig Zentimeter? Isaac spürte ein dünnes Pulver unter seinen Schuhen. Durch den Schleier des fallenden Schnees bemerkte er einen Mann auf dem Bürgersteig. Isaac glaubte, die massiven Schultern Jorge Guzmanns zu erkennen. Zu einer schwergewichtigen Umarmung war er nicht aufgelegt. Isaac sah noch einmal hin. Es war Gula der Einäugige, sein alter Racheengel.

»Du könntest dich erkälten, Gula. Ein Hurrikan ist vorhergesagt worden.«

Gulavitch konnte nicht sprechen, ohne dabei Schnee zu essen. »Du hättest mich zweifach blind machen sollen, Isaac. So war es nicht klug von dir. Ich bin dein Feind. Warum hast du ein gutes Auge in meinem Kopf gelassen?«

Isaac mußte Gulavitchs Taschen nicht abklopfen: Der alte Mann trug nie andere Waffen als seine außergewöhnlichen Daumen bei sich. Trotzdem mußte Isaac ihn von hier fortbringen. Wenn ihn die Krähen hier entdeckten, würden sie quäkend zu Cowboy Rosenblatt laufen, und Cowboy würde Gulavitch wegen Behinderung des Fußgängerverkehrs verhaften lassen. Sie würden ihn in den Keller bringen, ihn ohne Augenklappe in Positur stellen und ihn als Isaacs Idioten bezeichnen.

»Gula, mußt du nicht für Bummy Kartoffeln schälen? Geh zum East Broadway. Bummy braucht dich.«

Der alte Mann leckte Schnee von seinen Lippen. »Isaac, ich habe eine Menge zu schälen. Deine Nase, deine Augen, deinen Mund.«

Isaac hielt einen Streifenwagen an, der aus der Mulberry Street kam. Der Fahrer sah scheel durchs Fenster. Ihm war unbegreiflich, warum sich ein hoher jüdischer Chef mit einem Minderbemittelten rumtrieb, der Schnee aß. Doch er stellte Isaac keine Fragen.

»Das ist Milton Gulavitch. Er ist ein Freund von mir. Bringen Sie ihn zu Bummy Gilman am East Broadway. Aber sachte. Milton mag keine holprigen Fahrten.«

Isaac begab sich zum Garibaldi-Spielclub. Er sparte sich die

Mühe, über den grünen Streifen in der Fensterscheibe zu schauen. Er trat ein.

Es war eine ungünstige Tageszeit, um Amerigo Genussa zu belästigen. Der Besitzer bereitete Pasta für die Garibaldis. Dazu gehörte Hexerei. Amerigo konnte mit Hilfe weniger Schalen voller Zutaten den Club in eine Trattoria verwandeln; Wurstbröckchen, Anchovis, grüne und weiße Spaghetti, Walnüsse, Parmesankäse und eine Pfeffermühle türmten sich um die Expressomaschine des Vereins. Hinter der Theke war mit Platz geknausert worden. Genussa war gezwungen, mit einem Schneebesen an der Brust von Schüssel zu Schüssel zu hopsen.

Isaac wartete keine Begrüßungsansprache von Genussa ab. »Ich habe es dir schon einmal gesagt. In der Nähe von Essex Street haben deine miesen Killer nichts zu suchen.«

Amerigo hüpfte weiter. Eine kleine Drehung seines Handgelenks, und der Schneebesen landete in einer Schüssel. Er kümmerte sich erst um Isaac, als sich Schaum bildete. »Habe ich dich zum Abendessen eingeladen? Du bist schon zu lange Bulle. Ich meine es ernst. Deine Manieren sind im Arsch. Ich engagiere keine Degenerierten. Meine Männer haben samt und sonders Familie. Die Sache kommt mir komisch vor, Isaac. Du hast die besten Detektive auf der ganzen Welt und kannst kein Judenbaby fangen. Also ist es unsere Sache.«

»Der gehört mir, Amerigo. Wenn deine Freunde die Bowery noch einmal überqueren, schmecken dir deine Spinatnudeln nicht mehr.«

Isaac vernahm die heimtückischen Sauglaute der Expressomaschine. Durch Cappucinos war er heute nicht verführbar. Amerigo streute Walnüsse in eine Schale.

»Leck mich am Arsch«, sagte er; aus seiner Faust fielen Walnüsse. »Isaac, erzähl mir nicht, daß du uns die FBI-ler auf den Hals hetzt. Newgate ist ein dummer Sack, genau wie du.«

Isaac tunkte eine Portion Walnüsse und Anchovis in die nächste Schüssel. Er zog seine Hand mit steifgeschlagenem Eiweiß raus. Die Garibaldis blickten finster auf. Der Wirt lächelte.

»Spiel weiter, Isaac. Du kannst der neue Makkaronimann werden. Ich lasse mich von keinem Schlappschwanz provozieren. Du wirst von der Stadt bezahlt, um zu morden. Warte ... Sieh dich vor, wenn du um Ecken biegst, Inspektor. Du könntest von einem Fahrraddieb überfahren werden.«

Isaac konnte Amerigo keine allzu großen Vorwürfe machen. Der Patron mußte die Übergriffe von Rupert Weil auf die alten Leute von Little Italy rächen. Doch Isaac war nicht bereit, Gorillas zu dulden, die in die Auslagen puertorikanischer und jüdischer Krämer sahen. Auf der Mulberry Street wurde der Schnee dichter. Ein enormer Chrysler kreuzte hinter Isaac auf. Der Chef warf einen finsteren Blick auf den Wagen.

»Brodsky, wer hat dir gesagt, daß du mir nachspionieren sollst?«

Der Chauffeur steckte seinen Kopf aus dem Chrysler, um Isaac mit aufgerissenem Mund anzustarren und ein paar Worte in den Schnee zu spucken. »Du wirst schon seit fünfzehn Minuten über Funk gesucht, Chef. Wadsworth hat's am Hals erwischt.«

»Eine Kugel?« fragte Isaac und stieg in die Limousine.

»In diesem Nigger gibt's kein Loch, Isaac. Es muß ein Brecheisen gewesen sein.«

Mit Hilfe von Brodskys »Schneeschuhen«, Wunderreifen, die Wände hochklettern konnten und an jeder Decke klebten, heftete sich der Chrysler an den Boden. Sie wanden sich an gewöhnlichen, trägen Automobilen vorbei und erreichten in weniger als zehn Minuten das Tivoli. Das Kino war bereits mit Seilen abgesperrt. Streifenpolizisten mit hohen Gummistiefeln und gelben Regenmänteln hielten Zivilisten aus dem abgesperrten Bereich fern und klatschten Anschlagzettel mit der Aufschrift »Tatort« hinter den Kartenschalter. Brodsky mußte sich den Bauch festhalten, während er geduckt unter dem Seil durchtauchte. Das Foyer quoll vor Jungen von der Mordkommission und »Krähen« aus Cowboys Abteilung über. Isaac ruderte mit den Armen. Er mußte nicht lange nach der Leiche suchen. Isaacs milchiger Neger lag mitten im Parkett über einer Stuhllehne, umgeben von einem kleinen Grüppchen von Detektiven. An der Stelle, an der sein Genick gebrochen war, hatte er eine blaue Beule. Seine Augen waren aus dem Schädel getreten. Die Zunge steckte in seiner Schulter. »Jesus«, sagte Brodsky mit dem Geschmack von Kotze in der Nase. Er hielt sich die Hand vor den Mund und rannte los, um sich ein Glas Wasser zu holen. Die Hose fiel ihm auf die Knie. Der Chauffeur trug geblümte Unterhosen. Die Haut auf seinen Oberschenkeln war weiß und bleich. Einer der Kriminalbeamten wandte sich an Isaac.

»Haben Sie eine Vermutung, Chef?«

»Nein«, sagte Isaac.

»Ich dachte, der kleine Nigger würde Ihnen gehören.«

»Na und«, knurrte Isaac. »Verdammt noch mal, stecken Sie ihn in einen Leichensack. Ich will nicht, daß er so rumliegt.«

»Haben Sie ein Herz, Isaac. Wir können die Untersuchung nicht abbrechen. Wir tüten ihn ein, sobald es geht.«

Der Polizeifotograf lag auf den Knien und nahm Wadsworth von allen Seiten auf. Zwei Experten bestäubten die Stühle in Wadsworths Reihe. Der Mann von der Spurensicherung war damit beschäftigt, Wadsworths Umriß mit Kreide nachzuzeichnen, die exakte Lage seiner Arme und Beine. Für diese Labor-Freaks hatte Isaac herzlich wenig Respekt. Kreidezeichen gaben nette Hinweise, jedoch nicht auf den Täter. Brodsky kam vom Wasserspender zurück. Er flüsterte Isaac ins Ohr. »Es war ein Brecheisen. Das sag ich dir. Ohne ein Stück Eisen kann man einen Menschen nicht derart verbiegen. Sieh mal, er hat sogar einen Buckel.«

Isaac konnte keine Spuren von Metall sehen; an Wadsworths Hals waren keine Kratzer. Das »Brecheisen« war Jorge Guzmanns Ellbogen. Er verließ das Tivoli, und Brodsky lief gehetzt hinter ihm her. »Laß mich nicht allein, Isaac.«

»Wieso nicht? Ich brauche dich erst morgen wieder.«

Der Chauffeur schlurfte auf den Bürgersteig. »Was soll ich denn machen, Isaac?«

»Führ Selbstgespräche. Setz dich ins Auto. Lies einen Porno.«

Isaac trottete zur zehnten Avenue. Er suchte Zorros Großonkel Tomás, den Verkäufer von Kleidung zweiter und dritter Wahl. Jetzt drang der Schnee durch Isaacs Schuhe; die Spitzen wurden naß. Die Kellertür war dicht. Isaac hatte heute nicht den Nerv, an Schlössern rumzufummeln. Er drückte die Tür mit der Schulter ein. Zuckerdorff war nicht allein. Bei ihm saß ein puertorikanischer Pistolero aus der Boston Road. Isaac hob ihn an seinen buschigen Koteletten hoch und trug ihn durch den Keller, bis eine rostige Pistole und eine Rolle Vierteldollar-Stücke in einem Taschentuch aus dem Hemd des Killers purzelten. Er stand Todesängste aus. Dieser bekloppte *Policía* riß ihm fast den Skalp ab. Isaac setzte ihn schwungvoll vor Zuckerdorffs Füßen runter. »Du hast sie wohl nicht alle, du dumme Drecksau!« Isaac kickte ihn hinter Zuckerdorffs Stuhl.

Der Kleiderhändler legte den Kopf auf den Schoß, und Isaac blieb nichts anderes übrig, als blaue Adern auf einem ziselierten Schädel anzustarren. Er ist älter als mein Vater, dachte Isaac. Der Chef verbarg sein Mitgefühl vor Zuckerdorff. »Onkel Tomás, deine Großneffen haben Greueltaten in meinem Revier begangen. Sie ermorden Unschuldige. Wenn Zorro jemandem ans Genick wollte, hätte er sich an mich wenden sollen.«

Isaac konnte seinem Zorn nicht an blauen Adern Luft machen. Er ging auf Zuckerdorffs Waren los, trat mit seinen Schneematsch-Schuhen gegen die Kisten. Um Isaac herum zerbröselten Kartons; er begrub den Flintenmann unter einem Stapel zermalmter Deckel. Zuckerdorff rührte sich nicht. Isaac stieß sich die Zehen an. Er fand keine Mörder in den Kartons. Der Schuldige war er, Isaac. Er hatte Wadsworth den Guzmanns zum Fraß vorgeworfen. Um seiner persönlichen Fehde mit Zorro willen hatte er seinen Spitzel bloßgestellt. Er hatte Wadsworth gezwungen, mit einer Information rauszurücken, die sich nur gegen ihn selbst richten konnte. Wie ein zynischer Bulle hatte er Wadsworth zum Wegwerfartikel gemacht. Der Chef hatte genug von den Kartons. Er trat sich den Weg aus Zuckerdorffs Vorführraum frei.

Ida fackelte nicht lange mit ihren besten Kunden. Sie bekamen Paprika in ihren Hüttenkäse, und fertig. Ihre Gedanken waren nicht bei Blintzen und Kleingeld. Sie vergaß, die Sellerieknollen zu schälen. Der Spinat blutete auf das Tablett mit dem Eiersalat. Die Dollarscheine, die in der Kasse steckten, wurden von ihren Paprikadaumen orange. Derart schlampigen Service war man im koscheren Vegetarierrestaurant nicht gewohnt. Was konnten Idas Bosse tun? Ohne dieses zähe Mädchen waren sie verloren.

Ida Stutz sah Schnee, keine Pißbrühe, nicht das fiese Tröpfeln Manhattans, sondern dunklen russischen Schnee von der Sorte, die Laternenpfähle verschlucken und Horden wilder Hunde ersticken konnte. Die Professoren der Ludlow Street mußten in ihre Erbsensuppe pusten. Niemand konnte Ida aus dem Fenster holen. Das Mädchen klebte an der Scheibe. Laßt sie träumen, rieten die Professoren. Irgendwann tun ihr die Waden weh. Dann haben wir unsere Ida wieder. Sie lächelten, als Ida zusammenzuckte und sich ins Fleisch auf ihren Hüften krallte. Sie glaubten, sie kehre zu ihnen zurück. Dem war nicht so. Ida hatte ein Gesicht auf der anderen Seite der Scheibe gesehen, das Gesicht eines Wilden aus der Oberstadt, verbissene, rauhe Lippen und ledrige Wangen, ein Kinn, das sich aus einem Stiernacken herausklappte, Schweinsäuglein und die eingewachsenen Ohren eines Kürbis. Ida rannte aus dem Restaurant.

»Hast du was in der Stadt verloren, Isaac? Vielleicht dein Leben?«

Sie hätte nicht geglaubt, daß ein Mann schwitzen konnte, wenn Schnee in der Luft lag. Der Chef verbrannte. Ida sah ihn kritisch an. Armer Inspektor, seine Motoren machten Überstunden. »Wohin gehst du, Isaac? So kommst du nicht zur Rivington Street.«

Machen starke Motoren einen taub? Der Chef marschierte auf die Broome Street zu. »In deine Wohnung«, murmelte er mit seinen großen Zähnen.

»Wie das, Isaac?«

»Marilyn hat Besuch.«

Ida fiel hinter ihm in Trab. Sie war nicht zerbrechlich. Auch sie besaß einen Verbrennungsmotor. »Gott segne deine Marilyn, hat sie wieder Gesellschaft? Einen vierten Ehemann?«

»Nein. Ich hab ihn hingeschickt. Einen meiner Detektive. Coen.«

Seine abgehackten Kürzel mißfielen Ida. Lag in einem simplen »Coen« die ganze Lösung? Sie wußte von diesem gutaussehenden Bullen. Warum warf er seiner Tochter Blue Eyes vor? Es war nichts mehr aus ihm rauszuholen. Die Schultern des Chefs waren runtergefallen. Sie versuchte, ihn bei der Hand zu nehmen. Er klatschte ihr auf die Finger, Isaac, der schnaubende Bär. »Ich kann alleine laufen«, sagte er. Zuhause würde sie ihn mit Honig füttern müssen.

Ida wohnte im sechsten Stock. Der Chef umklammerte das Geländer. Treppenhäuser konnten ihn erschöpfen. Ida schob an. Der Chef erreichte ihren Treppenabsatz. Sie steckte ihren Schlüssel ins Loch. Ida dachte nicht an sich. Sie ließ ein Bad für Isaac ein, mit blubberndem, parfümiertem Badewasser aus einer Stadt in Rumänien. Das stand auf der Schachtel. Sie zog ihn aus, seinen Mantel, seine Kammgarnhose, den Pistolenhalter. Sie überprüfte die Wassertemperatur, steckte einen Finger kreisend unter den Badeschaum. Sie setzte ihn in die Badewanne. Sie kämmte seine Koteletten. Sie bürstete ihm mit der scharfen Zahnpasta die Zähne, die gestern als Probepackung mit der Post gekommen war. Sie konnte Isaacs Hoden nicht finden. Der Chef war eingeschrumpft. Mit einem verschleierten Auge blinzelte er sie an.

»Zieh deinen Pullover aus, Ida. Es ist warm hier.«

Sie brachte ihm braunen Honig auf einem Teelöffel. Isaac lutschte ihn auf einmal ab. Erfrischt stieg er aus der Wanne. War der Bär bereit zu tanzen? Süßer Isaac, er hatte Schaum auf den Brustwarzen. Ida tupfte ihn mit der Innenseite ihres Pullovers ab. Der Chef spielte mit ihren Kleidungsstücken. Unter dem Druck einer kräftigen Hand sprangen Knöpfe auf. Isaacs Hände steckten in ihrem Büstenhalter, dann sein Mund. Er konnte so gut mit Nippeln umgehen wie jeder andere Mann. Der Büstenhalter baumelte seitlich an ihr. Isaac lag auf den Knien. Er hatte ihren Nabel im Mund. Der Sog auf ihrem Bauch rief einen unglaublichen Schauer hervor. Ida konnte sich nicht mehr auf den Beinen halten. Sie stürzte gegen ihn. Er fiel mit Ida um, doch er wollte nicht aus ihrem Bauch kommen. Ida glaubte, sie müsse pinkeln. Ihre Oberschenkel zogen sich mit der Kraft eines Maultiers zusammen. Sie konnte sich dem Chef nicht entziehen.

»Hör nicht auf, Isaac. Bitte, hör nicht auf.« Doch sie spürte, wie sein Mund abschweifte. Ihr Bauch war nicht länger mit Beschlag belegt. Er wollte nicht seine Zunge an ihr weiden, sein Schnäuzchen gegen ihre Brust stoßen. Jetzt war Isaac dran, zu erschauern. Der Bär hatte Blut zwischen den Zehen. Dienstliche Verletzungen? Sie hätte ihn in der Wanne genauer untersuchen sollen. Ida war nicht besorgt. Sie würde die verspannten Stellen rubbeln. Sie strich über die feste Haut hinter seinen Ohren.

15

Die Häftlingsstation im Bellevue war von Weiß überschwemmt. Die Fensterscheiben wurden blind. Schnee setzte sich in die Zwischenräume der Gitterstäbe und fror an Holz und Glas fest. Stanley Chin flippte durch das Schneegeblinzel an den Scheiben aus. Rupert Weil war ein Scheißtyp. Nur ein krankes Hirn konnte auf die Idee verfallen, Hongkong mit New York zu vergleichen. In Kowloon gab es keine weißen Stürme. Keiner der Krankenpfleger wollte ihm mit einer Zigarette aushelfen. Sie forderten fünfzig Cents für einen Zug. Mit solchen Räuberbaronen ließ sich Stanley auf kein Geschäft ein. Er hatte einen Vierteldollar in seiner Pyjamatasche. Er wünschte, Blue Eyes würde wiederkommen.

Ohne Detektiv Coen war der verödete Pingpongtisch kahl. Das Netz sackte durch. Die Bälle färbten sich gelb. Vom andern Ende der Abteilung trieb eine schrille Melodie Stanley in die Gitter seines Klinikbetts. Der spukhafte Lärm suchte ihn weiterhin heim. Seit gestern abend hatte er kein Läuten des Telefons mehr gehört. Bellevue galt als eingeschneit und abgeschnitten. »He, Chico«, sagte er zu dem Krankenpfleger. »Du hast mir gesagt, niemand könnte durchkommen. Was ist passiert?«

»Weiß nicht«, knurrte der Krankenpfleger. Seine Augen waren rot; er hatte die blinden Fensterscheiben zu lange angestarrt. »Vielleicht ist es der Heilige Geist.«

Der Krankenpfleger nahm den Hörer ab. »Ja, ja ... sprechen Sie doch lauter, Mann.« Er nahm einen faltbaren Rollstuhl von der Wand, klappte ihn auseinander, kletterte hinein und rollte sich zu Stanleys Bett. »Das Klingeling, das ist für dich.«

»Wer ist dran?«

Der Pfleger lachte. »Dein Liebling. Blue Eyes. Du hast Glück mit diesem Bullen. Du scheinst ein spezieller Kunde zu sein.«

Der Pfleger zog die Gitterstäbe des Bettes runter, aber den Rollstuhl trat er Stanley nicht ab. »Laß ihn warten. Du willst doch nicht, daß er glaubt, du seist leicht rumzukriegen.«

»Chico, in meiner Tasche ist ein Vierteldollar. Nimm ihn raus, und schieb mich zum Telefon.«

Der Pfleger griff in Stanleys Schlafanzug, erwischte die Münze, schnippte sie raus und ließ Stanley auf seinen Schoß klettern. Auf die rücksichtslose Tour paddelte er sie beide durch die Abteilung, stieß gegen Bettpfosten, wetzte Wände ab, trieb die anderen Gefangenen, die der Schnee völlig fertigmachte, in die Enge, glitt dann aus dem Rollstuhl und drückte Stanley den Hörer in den Ellbogen. Stanley verrenkte sich fast den Kopf, bis er den Mund an der Muschel hatte. »Mr. Coen?«

Er hörte nur ein gräßliches Surren und Knistern, das eine teuflische Resonanz an seinem Kiefer hatte. Dann drang ein Kichern durch die Leitung. »Ich bin's.«

»Rupe?« Stanley war total daneben, dachte aber immerhin noch daran, sich von dem Pfleger abzuwenden, damit die Stimme dieses kichernden Wahnsinnigen nicht durchdrang. »Chico hat gesagt, es sei Blue Eyes.«

»Du Schmok, hätte ich etwa meinen richtigen Namen sagen sollen? Würde man Rupert Weil mit Bellevue telefonieren lassen? Blue Eyes erreicht dich überall.«

Die atmosphärischen Störungen saugten an Stanleys Wange. »Rupe, das Krankenhaus ist von der Außenwelt abgeschnitten. Es gibt keine Milch mehr für die Babys. Die Krankenschwestern laufen rum und wollen den Gefangenen Blut abnehmen. Wie hast du angerufen?«

»Mit meinem Mittelfinger. Kennst du eine andere Art, Telefonnummern zu wählen?«

»Plärr nicht so. Das Telefon macht mir Warzen ins Ohr.«

»Also, ich werde dich aus dieser miesen Kloake rausholen. Aber heute nicht. Ich erledige Botengänge für meinen Vater.«

»Wer würde bei einem Sturm Botengänge erledigen?«

»Ich werde Marilyn flachlegen. Lady Marilyn.«

Stanley kroch fast in den Hörer. »Was hast du eben gesagt, Rupe?«

»Ich werde Isaacs Tochter flachlegen – endgültig.«

Der Hörer löste sich aus Stanleys Ellbogen und knallte gegen die Wand. »Chico, würdest du dich für einen Kumpel bücken?«

Der Pfleger grapschte nach dem Hörer. »He, Mann, gib Blue Eyes ein Küßchen und sag auf Wiedersehn.«

Stanley beugte sein Gesicht auf den Hörer; die atmosphärischen Störungen konnten einem Löcher in den Mund brennen. Er ließ das Telefon fallen. Rupert war nicht mehr dran. Der Pfleger kippte ihn ins Bett. »Schreib eine Nachricht für mich, Chico – bitte. Es ist wichtig.«

»Schreib doch selbst. Wir haben eine Gewerkschaft, Mann. Ich bin nicht dein Sklave.«

Stanley wedelte mit seinen Gipsfäustlingen. »Glaubst du, ich würde dich fragen, wenn ich schreiben könnte? Du bekommst einen Dollar von mir.«

»Ich hab in deine Tasche gelangt, Mann. Du hast keine Kohle.«

»Ich bleib es dir schuldig. Mach dir keine Sorgen. Blue Eyes wird zahlen.«

Der Pfleger sah ihn schief an. »Hat sich Blue Eyes drauf verlegt, Ungeziefer zu unterstützen?« Er steckte seinen Kuli in den Mund und kritzelte auf der Rückseite eines Speisezettels rum. »Was soll ich schreiben?«

Es war Stanley zuwider, aber er mußte dem Pfleger seine Sorge diktieren; er hatte keine andere Wahl. Er konnte Coen nicht ins Bellevue zaubern, sich keinen andern Bullen angeln. Er hatte in St. Bartholomew nicht geschlafen. Die Kriminalbeamten, die ihn bewachten, konnten Coen nicht ausstehen. Auch Isaac und seine Tochter, die sie als dürre Votze bezeichneten, haßten sie. Von ihnen hatte Stanley erfahren, daß Blue Eyes in Marilyn verliebt war. Er wollte Rupert nicht verpetzen, aber Coens Freundin durfte auch nicht sterben. Daher diktierte er dem Pfleger: »Lieber Detektiv Coen, passen Sie bitte auf Marilyn auf. Wenn sie heute abend ihre Tür aufmacht, kriegt sie viel Ärger. Hochachtungsvoll, Stanley Chin.«

Der Pfleger kritzelte einen Schuldschein. Er klemmte den Schreiber gegen Stanleys Gips und zwang ihn zu einer Unterschrift. Sie bestand aus einer Reihe von Huppeln. »Das geht ans Polizeipräsidium«, sagte Stanley. »Blue Eyes wird dir mehr als einen Dollar zahlen.«

Der Pfleger grinste. Er ließ Stanley allein, schob die Nachricht durch einen Schlitz in der Eisentür der Häftlingsabteilung, preßte seine Zunge ans Guckloch und flüsterte mit dem Wächter auf der anderen Seite der Tür.

»Siehst du diesen Zettel, Freddy? Wirf ihn schnell in die Toilette. Es ist eine verschlüsselte Nachricht von der Lollipop-Bande.«

Der Pfleger lachte wiehernd in seine Faust. Der Schuldschein machte ihm keine Sorgen. Stanley würde mit einem Stückchen Haut, ein paar Tropfen Blut oder dem Schokoladenpudding in Bellevue zahlen.

Rupert saß in einer Telefonzelle an der Essex, Ecke Grand fest. Ein Schlägerquartett aus Little Italy, Kerle in langen Mänteln, die schon seit gut zwei Wochen auf der Lauer lagen, sich in Krämerläden, Kneipen und Meerrettichbuden rumtrieben, Zwiebelbrot und koschere Konserven aßen, standen auf einem Schneehaufen vor der Zelle. Sie rieben sich die Schultern, um sich warm zu halten. Alle vier trugen seltsame Stücke aus Amerigo Genussas Klempnerkollektion bei sich: Rohre, um Rupert die Ohren umzubiegen, eine Metallschlange, um ihm die Augen rauszuschrauben, Winden und Schraubenschlüssel, um mit seinen Nasenlöchern und seinen Lippen zu spielen. Rupert fluchte über solches Pech. Er mußte in der Zelle hocken bleiben, bis sich die Schläger einen anderen Schneehügel ausgesucht hatten. Rupert hatte kein Hemd unter dem gestohlenen Bullenmantel an, seine Brustwarzen froren schon am Futter fest.

Er rief im Präsidium an, um Isaac zu belästigen, bis die Schläger verschwanden; eine Tonbandstimme flüsterte ihm heisere Dinge zu. Rupert verstand kein Wort. Er hatte Waffen in der Tasche: eine Gabel, einen Löffel, einen stumpfen Büchsenöffner. Sie waren scharf genug, um sich in die Haut eines Frauenhalses zu bohren. Mit dem Druck eines Suppenlöffels würde er Isaac enttochtern.

»Mister, einmal in deinem Leben wirst du erfahren, was es bedeutet, der Verlierer zu sein.«

Rupert hatte nichts gegen Lady Marilyn. Es war nur eine Frage der Umstände, daß sie Isaacs Tochter war; sie konnte nichts dafür, es war eben ihr Pech, Isaac zum Vater zu haben. Dafür würde sie zahlen müssen. Rupert war kein gewöhnlicher Schlächter; Philips Sohn wäre nie fähig gewesen, eine Ente oder eine Kuh ausbluten zu lassen. Doch er mußte Isaac etwas nehmen, das ihm wertvoller war als seine eigene Polizistenhaut. Rupert war nicht unbarmherzig. Er wollte Marilyn schneller ausbluten, als Isaac Philip und Mordecai und die gesamte East Side hatte ausbluten lassen.

Rupert war gewitzt und kannte alle Listen. Die leerstehenden Gebäude hatten ihn gelehrt, wie man sich auf der Flucht verhält. Ständig trug er etwas Eßbares irgendwo an seinem Körper. Er raffte seinen Mantel und zog einen gelben Lollipop aus dem Ärmel. Esther war süchtig auf Lollipops gewesen, und ihr Hang zu Süßigkeiten hatte ihn angesteckt. Er beobachtete die Gorillas auf dem Schneehaufen und produzierte gelbe Spucke. Der Lollipop setzte ihn außer Gefecht; gelbe Spucke mußte Erinnerungen an Esther hervorrufen. Aus dem Bonbonriegel in seiner Wange sog er Phantasien über Esthers Busen. Er roch Esther Rose, fühlte den Flaum auf ihrem Rücken unter seinen Fingern. Er mußte den Lutscher zerkauen, um nicht wirr im Kopf zu werden.

Er sprang aus der Zelle. Das Zittern der Tür mußte sich bis in den Schneehaufen fortgesetzt haben. Die Gorillas wandten die Köpfe. Für einen wirksamen Hechtsprung waren sie viel zu durchgefroren. Sie fühlten sich ziemlich verarscht, als sie hinter einem hopsenden Mantel hertrotteten.

Mordecai Shapiro sah den Schneestürmen mit Gurkenschnitzen, Schnaps und einer Prise Salz entgegen. Hier fand sein Appetit seine Grenzen. Er grämte sich um seine Tochter Honey, die immer wieder von ihm fortlief. Würde sie sich in einem derart dicken Schneebrei Lungenentzündung holen, mit ihrem kurzen Röckchen und den durchsichtigen Strümpfen? Warum sollte er sich etwas vormachen? Seine Tochter war eine Hure. Bei jedem Wetter ging sie auf die Straße. Als echte Professionelle hatte sie sogar einen Manager, einen Zuhälter mit seidenem Taschentuch, wie Mordecai annahm, und einem Papier, das besagte, bei ihr hole man sich nichts Ansteckendes. Der Schnaps vermischte sich mit dem Salz auf seiner Zunge, und die Gurke besänftigte seine Erbitterung, die Pein eines Vaters, der sich abgeschrieben fühlte.

Mordecai bekam Besuch. Nur ein Geistesgestörter kam auf die Idee, bei solchen Schneetreiben Besuche zu machen. Er öffnete einem Phantom in Ziegenlederschuhen die Tür. Philip Weils sonderlicher Geschmack, was Mode anging, ließ sich durch einen Schneesturm nicht beeinflussen. Philip hatte sich angezogen wie zum Kirchgang, schottisches Tuch und enge Handschuhe. Immer der feine Einsiedler, urteilte Mordecai. Im Lauf der letzten zwanzig Jahre war ihre Freundschaft ranzig geworden. Sie hatten sich voneinander entfernt, als Isaac sie mit seinem Bärencharme nicht mehr zusammenkittete.

»Ich habe dich nicht erwartet, Philip. Sonst hätte ich etwas vorbereitet. Aber bei einem solchen Sturm kann man nicht gut einkaufen gehen. Ich habe gehört, der Supermarkt sei leergekauft. Die Leute horten nämlich. Sie wollen den Nachschub sichern. Das kann man ihnen nicht vorwerfen. Wenn man alt ist, erinnert man sich an die schweren Zeiten. Und wenn man jung ist, hat man eine brutale Phantasie.«

»Mach dir keine Sorgen, Mordecai. Ich bin nicht gekommen, um dich deines letzten eingelegten Herings zu berauben. Erzähl mir von Honey. Hat Isaac sie schon gefunden?«

»Isaac ist ein wichtiger Mann. Warum sollte er mir zweimal in einem Monat helfen? Er trinkt Tee mit Kommissaren. Er fährt in Limousinen. Er kennt die besten Opernstars.«

»Dann ist er nicht vollkommen«, sagte Philip. »Er kann doch trotzdem Honey für dich suchen.«

»Klar, halt ihm nur die Stange. Er hätte Rupert retten können, doch er hat es nicht getan. Ich habe ihn darum gebeten. ›Geh zu Philip, Isaac. Philip braucht dich.‹ Hören große Tiere zu? Er hat ein spezielles Schmalz in den Ohren, das ihn alten Freunden gegenüber taub macht.«

»Nur so kann ein Polizist überleben. Er sperrt bestimmte Geräusche aus. Erwartest du von ihm, daß er sich persönlich um jeden streunenden Jungen in ganz New York kümmert?«

Mordecai sah finster auf die edle schottische Wolle. »Und wie überlebst du? Das interessiert mich, Philip. Du sitzt den ganzen Tag zu Hause. Von so vielen Tagträumen kann man Pickel am Arsch bekommen. Es ist auch nicht gerade Honiglecken, in einem Postamt Briefe zu sortieren, aber ich bin beschäftigt.«

»Ich habe keine Tagträume, Mordecai. Ich sehe Soap Operas, schmökere in Ruperts Bibliothek, spiele Handicap-Schach gegen mich selbst, poliere meine Schuhe. Morgens ist mir niemals fad.«

Mordecai verachtete die Gespräche über Handicap-Schach. Philips Exzentrik war ihm heute unerträglich. Doch er lächelte über den Witz, der ihm gerade in den Kopf kam. »Wir sind alle Dummköpfe«, kicherte er heraus. »Wir hätten eine kleine Familie aus Shapiros und Weils zusammenbringen können. Was ist gegen arrangierte Hochzeiten einzuwenden? Rupert und Honey. Dann wären sie jetzt nicht so weit weg.«

»Wie kannst du nur Fünfzehnjährige mit Ehegedanken plagen?«

»Heuchler, hat dein Junge vielleicht nicht mit diesem Jeschiwe-Mädchen geschlafen? Es ist doch bekannt, daß die Sephardim ein bißchen verrückt sind. Sie haben mehr von den Arabern als von den Juden. Hättest du *so was* gern in deiner Familie?«

Mordecais Wortschwall stand im leeren Raum. Philip war wieder in den Sturm hinausgegangen. »Scheißkerl«, sagte Mordecai. »Er ist zu aristokratisch, um sich mit mir zu streiten.« Doch Mordecai fand nicht viel Trost im Schnaps. Fleischig lag die Gurke in seinem Mund. Ohne sein Mädchen würde er nicht über den Winter kommen. Soll sie doch eine Hure sein, argumentierte er matt und starrte auf die fehlenden Knöpfe an seinem Hausmantel. Huren können mit Nadel und Faden umgehen, Huren können nähen. Mordecai war überschwenglich. Wenn genügend viele Zuhälter in dem Sturm starben, würde Honey wohl heimkommen müssen.

Cowboy Rosenblatt konnte sich nicht in die Rockaways zurückziehen; dort führte er einen gemeinsamen Haushalt mit einer polnischen Witwe, die eine Kette von Eisenwarenhandlungen besaß. Aus Manhattan führte kein Weg heraus. Scharen von abgestellten Autos blockierten alle Brücken, und die U-Bahn Linien nach Brooklyn hatten sich hoffnungslos verheddert; über die Flatbush Avenue war nicht hinauszukommen.

Rosenblatt hatte Vorkehrungen für den Sturm getroffen: Er trug seine Heizunterwäsche. Doch von dem Wind, der durch seine Büroflüchten heulte, seine zahlreichen Schubladen klappern ließ, seinen großen Lampenvorrat schüttelte, Bleistifte aus Aktenschränken wirbelte, Papierkörbe umkippte und seine geheimen Akten aufschlug, konnte sie ihn nicht erlösen. Gegen acht Uhr abends fingen die Lampen an zu flackern, und in Cowboys Büro wurde es dunkel. Stöhnend tastete er sich einen Weg zum Flur und rief nach einem Untergebenen mit einer Taschenlampe oder einem Streichholz. »Wo treibt ihr euch alle rum?« rief er. »Verdammte Saubande.«

Er ging zum Treppenabsatz, klammerte sich am Geländer fest. Dunkle Treppenhäuser konnten ihn nicht einschüchtern, einen Mann mit zwei Pistolen, einen Superchef, unter sich dreitausend Kriminalbeamte. Er träumte von seiner Polin und von dem Imperium an Riegeln und Schraubenmuttern, das er bald mit ihr teilen würde, Rosenblatt, der Eisenwarenkönig.

Er spürte ein Zittern im Geländer. Cowboy war kein Mystiker; Holz zitterte nicht von allein. Ein anderer Polizist mußte sich die Treppe hinauf- oder hinunterbewegen. In der Nähe von Cowboys Oberschenkeln flackerte ein Streichholz auf. Im Schatten sah er Backen, eine gefurchte Stirn, die breite Nase Isaacs des Gerechten. Cowboy fummelte am Perlmut seines Colts. Er hätte Isaac die Augen ausschießen können.

»Du solltest nicht ohne Begleiter die Treppe hochgehen, Isaac. Da sei Gott vor, aber du könntest auf die Nase fallen. Wo ist Coen?«

Isaac ließ das Streichholz ausgehen. Cowboy drückte sich ans Geländer.

»Stoß zu, Barney. Das Fliegen würde mir Spaß machen. Aber

denk dran, daß ich eine Knarre an deinen Rippen habe. Sie sitzt in einem komischen Winkel. Wenn du mich genügend durchschüttelst, könnte sie in deiner Leistengegend losgehen.«

»Du bist ein Vieh, Isaac, genau das bist du. Viele meiner Vorfahren waren Kantoren, alles heilige Männer. Allein in Brooklyn haben die Rosenblatts drei Synagogen errichtet. Du, Isaac, du schleckst die Gosse aus.«

Isaac ging dicht an ihm vorbei, ohne ein weiteres Wort zu verlieren. Cowboy blieb am Geländer stehen. Wohin konnte er gehen? Sollte er in den Keller laufen und mit den Jungen von der Fingerabdruckbande kiebitzen, oder sollte er sich in den Sturm stürzen und sich einen Tunnel zum Geheimdienst graben? Er entschied sich, stehenzubleiben. Das Geplänkel mit Isaac brachte ihn auf das Thema Töchter, Isaacs und seine eigene. Wollüstige Vorstellungen beschlichen ihn. Ein wahnsinniger Drang überkam ihn, Marilyn the Wild rumzukriegen, sie nackt zu betatschen, an ihren Nippeln zu knabbern, Sperma zwischen ihre Augen zu tröpfeln. An Marilyns Körper wollte er die Häßlichkeit seiner Tochter rächen. Cowboy hatte Brooklyn nach einem Ehemann für seine Anita durchforsten müssen, einen um seine Existenz ringenden Junggesellen kapern, der älter war als er, seine Tochter an einen Mann mit schlechten Zähnen und einer geschwollenen Prostata verheiraten, während die geile Marilyn ihren Ehemännern davonlief und eine Affäre mit Manfred Coen hatte. Die Welt war nicht in Ordnung. Der Engel, ganz gleich, welcher es sein mochte, der Wohltaten an Väter in den Revieren New Yorks verteilte, hatte Cowboy übergangen.

Eine Hand streifte sein Jackett. Cowboy machte einen Satz. Eine Taschenlampe blitzte auf. Es war eine seiner Krähen.

»Was machst denn du hier, Boß?«

»Idiot«, sagte Cowboy. »Ich lüfte meine Taschen aus.« Dann nahm er ihm die Taschenlampe weg.

Rupert sprang von Schneehügel zu Schneehügel. Er kam kaum vorwärts. Das Ende seines Oberschenkels konnte er nicht sehen. Bei jeder Bewegung sank er bis zu den Hüfttaschen ein. Er brauchte seine gesamte Kraft, um sich aus dem Schnee zu winden. Rupert war enttäuscht von den Gorillas aus der Mulberry Street. Sie konnten es nicht mit einem heranwachsenden Knaben aufnehmen. Ohne Täuschungsmanöver hatte er sie abgeschüttelt. Er hinterließ Spuren im Schnee, denen ein Elefant hätte folgen können.

Nicht all seine Sätze waren erfolgreich. Rupert landete auf einem Schneerutsch, der ihm die Füße wegzog. Es riß ihn mit, und als er zum Stehen kam, sah er über das Ladenschild von Melameds Kaufhaus in der Grand Street. Mit fünfzehn Stundenkilometern mußte er mehr als dreieinhalb Meter über dem Boden geflogen sein. Niedriger konnte das Ladenschild nicht hängen.

Seine Überraschung ließ nach. Rupert bekam Depressionen. Melamed erinnerte ihn an seine einstigen Kämpfe, daran, wie Esther und er vor einem Monat etwa der Gnade eines Ladendetektivs ausgeliefert gewesen waren. Sie hatten bei Melamed in der Unterwäscheabteilung eingekauft. Rupert hatte sich einen kleinen Kugelbauch gemacht, Shorts unter sein Hemd gesteckt. Esther war die Dreistere. Sie hatte sich einen ganzen Schwung Lollipop-Höschen in den Ausschnitt ihrer Bluse gepackt und lief mit einem Buckel rum. Ein kleingewachsener Rabbi mit Schläfenlocken und einem schwarzen Gebetsmantel, der gemeinsam mit Rupert die Kästen voller Unterwäsche gesichtet hatte, tauchte hinter Esther Rose auf, murmelte: »Sie gestatten«, und ließ Handschellen um ihr Gelenk schnappen. Rupert gaffte ihn blöd an. Der Rabbi legte seine Höflichkeit ab. »Hopp, Mädel, Füße hoch, sonst reiß ich dir den Arm aus.«

Der Rabbi zerrte sie drei Stockwerke höher in Melameds Zelle, einen Käfig von einem Meter zwanzig Höhe, der dazu bestimmt war, Ladendiebe zu demütigen, sie zu einem krummen Buckel zu zwingen, während der zweite Geschäftsführer die Polizei anrief. Rupert schlich um den Käfig und prüfte die Dichte des Maschendrahtes. Der Rabbi riß sich die Schläfenlocken runter, warf den Gebetsmantel ab und nahm die natürliche Schmierigkeit eines Ladendetektivs an. Rupert konnte den Maschendraht nicht anbohren. Mit der Stirn unter den Rippen des Detektivs kreischte Esther: »Papi, ich muß mal pinkeln.«

»Pinkel soviel du willst«, sagte er. »Da kommst du nicht raus.«
Kunden sammelten sich um den Käfig. Esther beugte ihre Schenkel und pißte. Die Kunden wichen zurück, rissen vor Entsetzen ihre Münder auf, als Esthers Urin zwischen sie strömte. Den Detektiv ließ das kalt. In zwei langen Fingern floß der Urin unter seinen Beinen. »Das wirst du aufwischen, Schwester. Mit deiner Zunge.«

Esther knöpfte ihre Bluse auf. Die Kunden drängten wieder zum Käfig zurück und standen in der Pisse, um die Nippel der Ladendiebin anzugaffen. Der Detektiv hüpfte wild vor Esther rum und schirmte sie mit seinen Armen ab; selbst ein Hauch von Nacktheit in diesem Käfig konnte ihn seine Stelle kosten. Er schloß die Käfigtür auf und wollte Esther wieder Handschellen anlegen. Er hätte Rupert nicht den Rücken kehren sollen. Als Esther in die Tür trat, – ihr verkleckster, bepißter Rock klebte an ihren Schenkeln und ihr Busenansatz lag weit über ihrem Ausschnitt –, grub Rupert seine Zähne in die Wade des Detektivs. Der Detektiv heulte auf, ließ die Handschellen fallen und griff nach seinem verwundeten Bein. Er versperrte Esther immer noch den Weg. Sie mußte ihn erst in die Hoden kneifen, ehe sie zwischen ihm und dem Käfig durchschlüpfen konnte. Noch nie hatten die Kunden ein so verwerfliches Mädchen gesehen. Sie rollten sich ganz klein zusammen, um sich nicht an Esther zu beschmutzen. Esther war noch nicht fertig mit Melamed. Als sie den Haupteingang erreichten, hatte sie noch mehr Lollipop-Höschen und einen riesigen, unpraktischen Strumpfhalter. Ganz unbeschadet war sie allerdings nicht davongekommen. Es dauerte eine Woche, bis ihre Schultern nicht mehr gebeugt waren.

Rupert kroch weiter. Es gefiel ihm auf den Schneehaufen; unten war der Schnee matschiger. Er konnte in Wohnzimmer sehen, Feuerleitern anfassen und ein Stück knusprigen Schnee essen. Kreuzungen waren ihm egal; Ampeln blinkten ihre Farben. Rupert gab nichts auf die Warnsignale. Auf der Grand Street war er in absoluter Sicherheit. Über Wälle konnte kein Bus und kein Auto fahren.

Mit Hingabe kroch er weiter, Schnee in den Augen; er stieß gegen die Scheibe eines großen Ladens mit lebendem Federvieh.

Rupert war Vegetarier. Der Geruch von gebratenem Fleisch war ihm widerlich. Die Vorstellung, Fleisch in einem Ofen zu schwärzen, ließ seinen Gaumen zusammenzucken. Das einzige Fleisch, an dem Rupert geknabbert hätte, war Isaacs. Ungelogen. Für Isaac den Reinen wäre er zum Kanibalen geworden.

Er sah junge Hähnchen, Hühner und Hasen im Fenster. Die Hähne waren die Stars. Sie wohnten zu zweit in einem Käfig; manche pickten auf ihre eigenen Hälse ein, bis sich über den Flügeln kahle Stellen bildeten. Diese Hühner ekelten ihn an. Er beobachtete die Hasen mit den rosa Augen, weiße und graue, die Kohl knabberten und an ihrem Wassertrog schlabberten. Ihr Pelz wirkte unglaublich weich. Rupert wollte seine Daumen in das Fell stekken, ihre rosa Augen in den Schlaf streicheln. Wer zum Teufel konnte einen Hasen essen? fragte er sich. Das Oberlicht über dem Fenster war störend. Rupert steckte seine Finger durch den Schlitz, schob, drückte, wand sich und zwängte sich hinein. Die Hühner kreischten. Die Hähne wabbelten traurig mit ihren fleischigen Kämmen. Wer hatte diese Vögel kastriert, sie gemästet, sie gestriegelt und ihre Kämme für den Verkauf gepflegt? Die Karnickel mümmelten vor Angst. Hier drinnen war es dunkel; der Schneehaufen hörte erst kurz vor dem Oberlicht auf und ließ nur wenig Licht ein. Rupert hatte es mit unzähligen Augen zu tun. Er ging auf Zehenspitzen, um die Hennen zu beruhigen. Einem Hahn trichterte er Körner in den Schnabel und zerkratzte sich dabei die Hand. Er fühlte den Puls einer feuchten rosa Nase, die zu einem weißen Kaninchen gehörte. Er wünschte, Esther wäre da. Ihr hätte ein lebendiges Kaninchen unter der Decke gefallen, das ihre nackte Haut anschubste. Was das Karnickel wohl getan hätte, wenn Rupert und Esther sich unter der Decke zusammentaten? Rupert unterbrach sich. Kuscheldeckenträume waren schmerzlich. Sowie er Esther schmeckte, bildete sich Rauch in seinem Kopf, fiel ihm wieder ein, wieviel Isaac ihm gestohlen hatte. Rupert zog ein Karnickel mit trockenerer Nase vor.

Brian Connell hätte das Revier nicht verlassen müssen. Niemand hätte ihm einen Vorwurf gemacht, wenn er bei diesem Schneesturm im Umkleideraum geschlafen hätte. Doch er mußte sich reinwaschen. Er hatte die Tochter des großen Juden ausgezogen, ihr in einer Bar Whisky eingeflößt, sie gefickt und sie wieder nach Haus zu Blue Eyes geschickt. Das Weibstück hatte ihn verpetzt. Sie hatte »Vergewaltigung, Vergewaltigung« geschrien, und jetzt hatte der Mördertrupp des First Dep Brian Connell auf die Flinte genommen. Wie drückt man sich vor einem »Engel« mit Scharfschützen-Abzeichen? Brian blieb nur noch ein Ausweg; den kleinen Rupert zu schnappen, ehe Isaac zur Rache schritt.

Er hatte Ruperts Jagdgründe durchpirscht, von der Clinton zum West Broadway, in Bowery-Kleidung, die schon langsam auseinanderfiel. Heute trug er einige Accessoires; einen Seidenschal, den er sich übers Gesicht gezogen hatte, und Jagdstiefel von Abercrombie zum Schutz seiner zarten Knöchel vor Forstbeulen. Der Wind gab ihm Halluzinationen ein. Kaninchen überquerten die Grand Street. Das mußte Teufelswerk oder eine Fata Morgana sein, die durch den speziellen Einfallswinkel des Schnees hervorgerufen wurde. In seiner Tasche trug er ein Medaillon bei sich. Er rieb das kalte Stück Metall, doch davon ließen sich die Kaninchen nicht verscheuchen. Im Wimpernzucken tauchten sie auf und verschwanden wieder. Brian war entsetzt. Er würde seinen Körper einer katholischen Privatklinik anvertrauen müssen oder den Staat verlassen. Sich nach Delaware davonmachen und gemeinsam mit seinen Cousins die Stinktierfarm betreiben.

Die Kabbelei im Schnee ließ sich nicht länger ignorieren. Neben seinen Füßen scharrte ein Hahn. Das war kein verschrecktes Tier, das der Sturm mit sich gerissen hatte. Der Hahn hatte Kehllappen und einen roten Hut. Brian wollte den dummen Vogel verjagen; er flüchtete sich zwischen seine Abercrombie-Stiefel. Unfähig, es mit einem Huhn aufzunehmen, ließ er sich in den Schnee plumpsen. Er bemerkte einen Mann, der sich auf der anderen Straßenseite herumtrieb. Brian zog seine Waffe. Der Mann versuchte, die Kaninchen in eine Einkaufstasche zu stopfen. Brian rief ihn an. »Bleib, wo du bist, Süßer.«

Der Mann holte mit der Einkaufstasche aus; ein Kaninchen flog durch die Luft. Brian feuerte über die Ohren des Mannes, um klarzustellen, daß man einen städtischen Angestellten nicht mit Einkaufstaschen bewerfen kann. Ein Hügel brach unter dem Dieb zusammen. »Komm raus, und halt deine Hände zum Himmel.«

Er hörte einen lauten Klatsch. Sein eigener Schneehügel löste sich unter seinen Stiefeln auf. Der Dieb hatte eine Waffe in der Hand. Brian preßte sich gegen den Reifen eines abgestellten Lastwagens. Er schielte um die Reifen herum, weil er auf den Kaninchendieb schießen wollte. Ein dumpfer, zitternder Knall ging durch den Schnee. Der Typ mußte eine Kanone auf ihn richten. Oder eine polizeiliche Dienstwaffe. Anders kamen solche Löcher nicht zustande. Der Mann wedelte mit einem gelben Gegenstand. Brian fuhr zusammen, als er ihre Zacken als die eines goldenen Polizeiabzeichens erkannte. »Idiot«, sagte der Mann und tauchte aus dem Schnee auf. »Ich bin von der zweiten Abteilung. Wer zum Teufel sind Sie?«

Brian war zu fertig, um hochnäsig zu sein. Seine Augen würden vor Papierbergen tränen. In dreifacher Ausführung würde Brian Formulare ausfüllen, bis ihm die Finger abfielen; er würde Erklärungen über Erklärungen für seinen Drang abgeben müssen, einem Kriminalbeamten die Haut von den Ohren abzuknallen. Sein Rausschmiß war gewiß. Isaac hatte mehr Autorität als jeder andere auf Erden, Brian zu entführen, ihn an die Ratten zu verfüttern, Bullen, die an seinen Ohren nagen, ihm das Herzblut aussaugen, ihn aus der Stadt schmuggeln und in einer Holzkiste nach Ward's Island bringen würden, ehe der Schnee geschmolzen war. Die Smith und Wesson würde man von ihm zurückfordern. Vor Brians Augen stand bereits ein feuchtes Grab und die Anonymität eines Polizisten, der ohne seine Waffe begraben wird.

»Sind Sie bekloppt?« sagte der Kaninchendieb und rüttelte Brian aus seinen trübseligen Visionen auf. »Sie schießen auf einen Mann, weil er Haustiere von der Straße aufsammelt? Karnickel sind doof. In Manhattan wären sie gestorben. Ich wollte sie nach Islip mitnehmen, für meine Kinder.«

Brian zuckte die Schultern. »Gefährlich«, sagte er. »Lollipops ... Ich suche Rupert Weil.«

Alles fiel auf Isaac zurück. Isaac war der gefrorene Fluß, der Felsen, der Schnee. Isaac war der Abwasserkanal unter der Grand Street, der Rotz in Philips Taschentuch, der Staub auf den Nasenflügeln Mordecais. Isaac war der heilige Krieger, der Philip und Mordecai mit seinen guten Taten zerbröselte und Esther Rose gerupft und ausgenommen hatte, der in der Gebärmutter seiner Tochter schläft und sich vom Schamhaar einer fetten Blintzenkönigin ernährt...

Zwei Männer folgten Rupert, während er im Schnee grübelte. Es waren nicht die Killer aus der Mulberry Street. Sie trugen keine langen Mäntel. Rupert kamen sie von ihren weicheren Kleidungsstücken her wie Ausländer vor; Pullover, Ohrenschützer und Wollmützen. Im Sturm ließ sich ihr Äußeres schwer taxieren, aber Rupert hätte geschworen, daß es sich um Brüder handelte. In ihren Gesichtern stand eine Arglist, die nicht zu den eingeschneiten Geschäften der Grand Street paßte. In geschäftlichen Dingen, Geographie und Kopfrechnen mochten die Brüder schwerfällig sein; sie gingen, als bewegten sie sich auf fremdem Boden vorwärts. Mit Isaac konnten sie nichts zu tun haben; für Polizisten waren sie viel zu unbeholfen.

Rupert machte sich nicht die Mühe, sie abzuschütteln; wenn es sein mußte, würde er unter ihren Fäusten durchtauchen. Er würde ihnen die Ohrenschützer um die Augen wickeln, sich in der Wolle auf ihren Köpfen festbeißen. Im Schnee konnten sie sich Rupert nicht schnappen. Er bog in die Allen Street ein, doch der Wind trieb ihn zurück. Mit den Knien mußte er sich einen Weg um die Ecke bahnen. Ein anstrengender Spaziergang. Er drehte sich um und winkte. Wollköpfe waren einem Rupert Weil nicht gewachsen. Er hatte einen Löffel in der Tasche, einen Löffel, der ihm einen Weg zu Lady Marilyn in den Schnee meißeln oder die Backen eines Feindes zersplittern konnte. Er blühte auf, während er zusah, wie sich die Ohrenschützer abmühten. Die Brüder steckten fest. Sie schafften es nicht in die Allen Street. Rupert tat sie als Flüchtlinge aus Brooklyn ab. Jetzt konnte er ungehindert einen Weg einschlagen, der ihm behagte. Seine Zehen waren vereist, und seine Brustwarzen hatten sich blau gefärbt. Auf allen vieren legte er hundert

Meter zwischen sich und die Flüchtlinge. Er fiel über eine Hand. »Ach du Scheiße, was soll denn das?« Eine Fußspitze bohrte sich aus dem Schnee. Rupert zog. Ein alter Mann, der Schneebrocken an seinen Körper drückte, kam zum Vorschein. Ohne Schal und Stiefel war er lebendig begraben gewesen. Rupert rieb den alten Mann an seinem Mantel. »Wer sind Sie? Wo wohnen Sie?«

Der alte Mann zeigte auf ein Haus. »Ich wollte ein Knisch kaufen«, sagte er. »Ein Kaschaknisch. Es ist neblig draußen. Ich sehe nichts.«

»Haben Sie eine Frau?« fragte Rupert.

»Ich lebe mit meiner Tochter zusammen. Das Knisch war für sie.«

»Wenn Sie mich fragen, ist das kein Knischwetter. Alle Delikateßgeschäfte sind geschlossen. Kommen Sie.«

Der Sturm hatte an dem Gebäude herumgeschneidert, in dem der alte Mann wohnte, ihm mit einem Schneehaufen, der so bucklig war wie ein Elefantenrücken, das Erdgeschoß abgeschnitten. Rupert wühlte sich in den Buckel und suchte einen Eingang. Mit seinen Händen und Füßen grub er einen gewundenen Pfad und brachte den alten Mann ins Haus. Das Gebäude war kälter als der Schneehaufen. »Ihre Tochter ist aber ein gefräßiges Mädchen«, sagte Rupert und blies sich warmen Atem in die Finger. »Ich würde ihr ein Kascha aus ihrer eigenen Nase machen, wenn ich es nicht so eilig hätte.«

Als er aus der Rinne trat, die er sich gebahnt hatte, griffen ihn vier lange Mäntel auf. Seine Feinde, die Gorillas der Mulberry Street, hatten ihn schon erwartet. Sie hatten ihn entdeckt, als er stehengeblieben war, um den alten Mann auszugraben. Sie schlugen mit ihren Rohren auf seine Arme ein, drohten seinen Augen mit dem Klempnerschraubenzieher. »Halt still, du kleine Ratte, sonst zerteilen wir dich in zwanzig kleine Häppchen. Du hast eine Verabredung mit Amerigo Genussa.«

Rupert wand sich im Schnee; er kam nicht an seinen Dosenöffner, die Gabel oder den Löffel ran. Der Bohrer ritzte seine Augenbraue. Er nieste Blut. Die Brooklynflüchtlinge kamen hinzu, die Pullover-Jungen, die Brüder, die in Ohrenschützer und Kindermützen eingewickelt waren. Ließ sich Rupert von dem Schnee täuschen, oder war es das Blut? Wie konnte es sein, daß vier Gorillas keinen Boden mehr unter den Füßen hatten? Nur ein Bruder schlug sich mit ihnen herum. Am Kopf dieses Flüchtlings prallten Röhren ab. Er konnte wirbelnde Metallgegenstände mit den Fingern zerreißen, zwei Gorillas mit einem einzigen Arm an seine Brust drücken. Einem Mann die Farbe aus dem Gesicht quetschen. Rupert hörte Knochen unter den langen Mänteln zersplittern. Die Gorillas hatten Gummiknie. Sie zuckten und stöhnten neben dem zweiten Bruder, der sagte: »Es reicht, Jorge.«

Mit Spucke auf einer Papierserviette nahm er sich Ruperts Auge an. »Ich bin César Guzmann. Manche Leute nennen mich Zorro. Das ist mein Bruder Jorge. Nicht blinzeln. Sonst hast du Schnee im Auge.«

»Warum verfolgt ihr mich?« fragte Rupert bärbeißig.

Zorro stocherte im Blut herum. »Sei höflich. Mir persönlich ist das gleich. Aber mein Bruder ist schnell beleidigt. Eine gute Fee hat uns geschickt, damit wir auf dich aufpassen.«

»Ich kämpfe mit meinen eigenen Ellbogen, Mr. Zorro, vielen Dank. Ich bin Rupert Weil.«

»Das wissen wir«, sagte Zorro und legte die Serviette weg. »Wir haben dein Mädchen begraben. Mein Vater hat zwei Kantore für ihre Beerdigung bestellt. Sie haben die besten spanischen und portugiesischen Lieder gesungen, die es gibt.«

Rupert blickte prüfend mit seinem blutigen Auge auf. »Was hattet ihr mit Esther am Hut?«

»Eine Ladina ohne anständiges Grab. Sonst nichts. Wir hatten einen gemeinsamen Freund. Den großen Isaac. Er sollte jetzt in der Erde liegen, nicht dein Mädchen.«

Die Gorillas stahlen sich davon, in zerbeulten Mänteln.

»Schau«, sagte Zorro, »es zahlt sich aus, dich gesund zu erhalten. Könntest du Isaac noch foltern, wenn sie dir die Ellbogen ausgerissen hätten?«

Die Guzmanns waren außerordentlich höflich. Zorro hätte sich nicht vorgestellt, ohne Gastgeschenke von seiner Familie zu überbringen; er steckte eine Hand in den Ausschnitt seines untersten

Pullovers. Seine Finger bewegten sich wie gigantische Pickel unter der Wolle, und er zog einen Eisdorn und eine winzige Pistole in einem dreckigen Baumwollappen raus. »Mein Vater möchte, daß du die Wahl hast. Du kannst Isaac kleinhacken oder ihm die Zunge wegblasen. Wegen der *Pistola* brauchst du dich nicht zu sorgen. Der Besitzer kann nicht ausfindig gemacht werden. Sie beißt ganz schön für eine 22er. Laß sie Isaac vor die Füße fallen, und lauf weg.«

Rupert tat die Gaben achselzuckend ab. »Ich habe meine eigenen Werkzeuge, Mr. Zorro.« Hatten die Guzmanns den Verstand verloren? Er konnte es nicht lassen, die Zugereisten anzustarren, die eingeschnürt wie rundliche Schneegötter durch den Sturm gelaufen waren, um ihn vor einer Schlägerbande zu erretten. »Sind Sie aus Brooklyn, Mr. Zorro?«

»Niemals«, sagte Zorro und reckte grimmig sein Kinn vor. »Wir kommen aus Peru. Denk dran, daß es einen Ort gibt, an dem du dich verstecken kannst. Mein Vater kann dich nach Mexiko City schleusen, nach Bogotá, nach Lima oder in die zehn Little Havanas der East Bronx. Fahr einfach zur Boston Road, und frag nach mir.«

Er gab Jorge ein Zeichen. Die Brüder rückten ihre Ohrenschützer zurecht und schlurften durch den Schnee davon.

Coen hatte Federn aus Isaacs breiigem Kissen im Mund. Marilyn wollte ihn nicht aufstehen lassen. Er war jetzt ungezügelt, ohne Halfter und Socken. Der Schneesturm hatte ihnen das Leben vereinfacht; seit sechsunddreißig Stunden keine Unterbrechungen durch Isaac. Mit Blue Eyes in der Wohnung konnten knarrende Feuerleitern sie nicht ängstigen. Sie schleckte ihn, bis er das nervöse Zittern eines Bullen ablegte. Sie war kein verträumtes kleines Mädchen. Sie hatte Verständnis für Coens Verpflichtungen, für seine Loyalität gegenüber ihrem Vater, für seine düstere Art. Vor Coen hatte sie nicht mit allzu vielen Waisen geschlafen. Sie hätte nicht geglaubt, daß ein Mann seinen toten Vater und seine tote Mutter in den Furchen seines Kinns weiterleben lassen konnte. Er fühlte sich nach Tod an. Er bewegte sich langsam und mitreißend schön. Er sabberte nicht. Er knabberte nicht mit obszönen Sauglauten an ihrem Ohr wie ihr zweiter Mann und ihre früheren Beaus. Mit dem Rhythmus eines Schlafwandlers bewegte er sich in ihr, mit rauschhaft besessener Hingabe, die sie in Isaacs fadenscheinige Matratze drückte und sie aufschreien ließ.

Sie fühlte sich wie Isaac, der allabendlich einen Vorgeschmack des Himmels erlebte, indem er seine Nase in ein Honigglas steckte. So gierig wurde sie bei Coen. Sie wollte ihn spüren, bis ihre Orgasmen sich in ihre Fingerspitzen und ihre Augen fortsetzten. »Mutter Gottes«, sagte sie von alten Zeiten verfolgt; damals hatte sie in der Kirche das Verbrechen gebeichtet, ihren eigenen Busen berührt zu haben. »Laß mich kommen, Manfred, laß mich kommen.«

In größeren Intervallen kletterte sie von der Matratze, um für Blue Eyes und sich eine Mahlzeit zu richten; sie riß das Herz aus ihres Vaters Salat, warf Strünke auf einen Teller, machte dazu eine Tunke aus Knoblauch, Zwiebeln und Hüttenkäse. Marilyn bedauerte die Eintönigkeit dieser Festmahle. Der Schneesturm verhinderte Abwechslung auf dem Speisezettel. Zur Wahl standen Hüttenkäse oder Hungertod, denn der Kühlschrank war von Ida aufgefüllt worden. In einer Langhalsflasche war noch ein Rest Rotwein, an dem sie verständig nippten und den sie für den Fall, daß ein Besucher kam, nicht vollständig austranken. Isaac konnte durchs Fenster steigen; er hatte eine Leidenschaft für Feuerleitern und haßte das Treppensteigen. Sollte ihr Vater doch hineinschneien! Marilyn würde nicht rot werden. Sie war alt genug, sich mit einem Mann erwischen zu lassen. Isaac mußte ihre Titten einoder zweimal während der kurzen Intermezzi mit ihren Ehemännern gesehen haben. Er hatte sich nicht beschwert. Marilyn würde ihn auf die Straße setzen, wenn er Ehemann Coen anpöbelte.

Sie entschied sich, nicht mit dem Wein zu sparen. Sie goß ihn über Blue Eyes, in die Höhlungen seines Körpers, Schlüsselbein, Ellbogen, Kniekehlen, den Streifen blonder Haare, der seine Brust in zwei Hälften teilte, die Furchen um seine Eier. Sie hatte die Absicht, Coen zu verschlingen, den Wein von ihrem neuen Ehemann zu schlürfen, ihn mit ihrer Zunge einzufangen. Sie ließ sich auf seine Schulter fallen, koste ihn mit ihrer Stirn und ihrem Kiefer; Coen schloß die Augen, stöhnte wie ein Toter, aus seinen Lungen drang in tiefen, gleichmäßigen Böen Wind, und Marilyn verfluchte alle Eheringe, die sie je getragen hatte, die Brautschleier, die bestickten Laken der Flitterwochenhotels.

Ruperts verletztes Auge wuchs langsam zu. Er mußte Dinge auf unnatürliche Weise anvisieren, während er seine Backe dem Sturm aussetzte und sich mit den Knien einen Pfad grub. Er rammte sich vorwärts, ertrug den Windbrand auf seinen Lippen und versuchte, sich Isaacs verhängnisvolles Schicksal auszumalen. Als er sich der Delancey näherte, war er nicht mehr so entschlossen. Der Verkehr lag still. Er hatte einen ganzen Boulevard für sich. Wenn er das Bedürfnis danach gehabt hätte, hätte er von einem Autodach zum anderen hüpfen können. Er war nicht dazu aufgelegt, eine verbeulte Metallbrücke zu fabrizieren.

Der Sturm hatte die Fensterscheibe eines Hosenladens an der Nordseite der Delancey eingedrückt. Er sah einen Beutezug von Männern und Jungen in schmutzigen, zerfledderten Mänteln den Laden plündern; sie trugen große Bündel Hosen durch das gezackte Loch in der Fensterscheibe. Einer der Beutegänger, ein *Portorriqueño* mit Narben auf der Oberlippe, prallte mit Rupert zusammen und sah entgeistert seine Uniformjacke an; er untersuchte Ruperts Turnschuhe, die beschädigte Augenbraue, Ruperts haarloses Gesicht näher und lächelte. »*Yo no sé*, Mann. Es gibt genug für alle. Greif zu.«

Rupert interessierte sich nicht für Hosen, aber die Diebe wollten ihn nicht weitergehen lassen. Seine Uniform war zu wertvoll; er sollte Schmiere stehen. Mürrisch stand er vor dem Fenster. Er mißbilligte Anarchie um des Profits willen. Die Hosen würden nicht die Beine der Bande selbst wärmen; sie würden auf Schwarzmärkten verkauft werden, oder die Räuber würden die Ware in den Wohnvierteln verhökern, ihre eigenen Arme als Kleiderständer nutzen. Der Bandenführer war ein Gringo, wie Rupert. Er trug einen Strumpf über dem Gesicht. Er sah Rupert an, daß er ihr Tun verurteilte. »Was'n mit dir los, Bruder?«

»Nichts«, sagte Rupert.

»Warum schaust du mich dann so unfreundlich an?«

»Weil es mir besser gefiele, wenn ihr stehlt, was ihr braucht und dann nach Hause geht.«

Aus dem Fenster stiegen Jungen, bei denen es sich um Zwerge, Knirpse oder Lebewesen unter zehn Jahren handeln mußte. Sie waren mehr als einen Kopf kleiner als Rupert und trugen ihre Bündel in einer Reihe, die im Schneegestöber endete. Die Reihe hätte sich über weite Straßenzüge fortsetzen können, soviel begriff Rupert. Der Bandenführer nahm einem der Zwerge seine Last ab und schleuderte sie auf Rupert. »Du mußt ein Sohn reicher Leute sein«, sagte er. »Ein Muttersöhnchen. Vom Stehlen hast du keinen Schimmer.«

Rupert rannte um sein Leben. Gegen eine Armee von Zwergen hätte er nichts ausrichten können. Der Schnee war voller Hindernisse und gefährlicher Fallen. Er lief auf Glassplittern, knallte in die Dächer von überschwemmten Klos, glitt vom Kadaver eines erfrorenen Hundes ab. Mit wunder Nase erreichte er die Rivington Street. Konnte er jetzt Isaacs Tochter ermorden? Die Schneewehen auf der Straße bestätigten ihn in seinem Vorhaben. Der Sturm hatte für ihn gearbeitet. Er mußte sich zu der Schneewehe gleich neben Isaacs Feuerleiter durcharbeiten. Ohne akrobatische Akte konnte er die unterste Sprosse der Leiter greifen.

Rupert, Esther und Stanley Chin hatten ganze Nachmittage damit vergeudet, das Fenster von dem gegenüberliegenden Dach aus auszuspionieren. Sie hatten beobachtet, wie Isaac Ida Stutz wie ein aufgedunsenes Seeungeheuer zerteilte, wie sich sein Polizistenarsch mit knappen, krummen Wellen über sie rollte. Eine solche Turbulenz kam ihnen lachhaft vor. Rupert hatte sich gefragt, wie sich sein Hintern benahm, wenn er auf Esther lag. Klatschte er durch die Luft, schwankte er höher und immer höher? Rupert war kein See-Elefant. Seine Stöße mußten süßer sein als die Isaacs des Reinen. Bevor Esther gestorben war, hatte er eine andere Frau in Isaacs Fenster gesehen. Das war Lady Marilyn. Er war allein gekommen, um sie durch das Wohnzimmer watscheln zu sehen oder sie zu beobachten, wenn sie mit einer Einkaufstasche nach Little Italy zog. Sie war ausgesprochen mager, hatte nicht den breiten

Nacken ihres Vaters und auch nicht das Aussehen einer Blintzenkönigin.

Rupert stieg auf die Kuppe des Schneehügels. Er war mit Händen und Füßen auf der Leiter. Die Ellbogen bohrte er in seine Brust. Der Aufstieg war nicht leicht. Er mußte den Abstand zwischen den Sprossen genau abmessen, weil er sonst von der Leiter gefallen wäre. In diesen Höhen konnte der Wind teuflisch sein; er biß sich in Ruperts Nase, peitschte ihn gegen die Stufen, je höher er kam. Mit Schnee am Kinn und eisigen Fingern erreichte er die Plattform vor Isaacs Fenster. Die Feuerleiter wackelte, als Rupert sich auf die Plattform kauerte. Das Schlafzimmerfenster war beschlagen. Rupert mußte gegen die Scheibe blasen und das nasse, trübe Glas mit dem Ärmel über seinem Handgelenk reiben. Das Fenster wurde langsam durchsichtig: Durch den freigehauchten Fleck erkannte Rupert eine nackte Frau. Sie lag auf einem zerwühlten Bett; zur Hälfte schaute ihr Körper unter der Decke heraus. In einer solchen Ruhestellung hatte er noch kein menschliches Wesen gesehen. Isaacs kleines Mädchen, ohne eine Schramme im Gesicht. Nur die Größe ihrer Brüste und die Rundung ihrer Nippel hätten eine Warnung sein können, daß sie ausgewachsen war. Auf ihrer Stirn bildete sich eine Falte. Marilyn kratzte sich die Nase, und die Falte war fort. Rupert war in Nöten. Dieser Busen erinnerte ihn an Esther. Die Form war die gleiche, auch eine leichte Anhebung unter den Armen. Rupert war kein Connaisseur von Frauenfleisch. Esther war seine einzige Freundin gewesen, die erste und die letzte. Doch Marilyns Titten brachten ihn zum Weinen. Sie konnten alle Sanftheit aus einem Jungen locken, wenn er nicht eine unwiderrufliche Mission gehabt hätte, Galle im Herzen von der Essex Street. Er würde sie mit geschlossenen Augen umbringen müssen.

Marilyn hatte geträumt, nicht von Blue Eyes, nicht von Isaac, nicht von ihrer Mutter Kathleen, sondern von Larry, ihrem ersten Ehemann, dem einzigen, den Isaac nicht ausgesucht hatte. Für die Tochter eines Polizeichefs war er nicht achtbar genug gewesen. Larry hatte keine feste Anstellung. Er hatte für ein makrobiotisches Restaurant auf der Gitarre geklimpert, auf der Straße Indienschals verkauft. Isaac hatte Larry nicht aus Manhattan verjagt; es war Marilyns eigene Schroffheit, die sie von Kathleen und Isaac geerbt hatte, die Hysterie eines irisch-jüdischen Kindes, die ihn dazu gebracht hatte, seine Gitarre zu packen und zu gehen. Sie war zu wild für ihre Männer. Ihre Hingabe war mit Klauen bewaffnet. Sie hätte am liebsten die Luft um ihn herum zerkratzt, um Larry vor ihrem Vater zu beschützen. Doch Larry war verschwunden. Für Coen brauchte sie niemanden zu kratzen. Blue Eyes hatte einen Halfter und einen Revolver.

Sie hörte ein Quietschen vom Fenster. Jemand drückte das Glas ein. Die Fensterrahmen rasselten. Marilyn sah einen Umriß im Schnee. In ihrem Fenster war ein Gesicht, ein Gesicht mit einem blutigen Auge und einer unheilverkündenden Nase. Sie schrie nicht nach Coen. Sie beobachtete den gekrümmten Jungen, ein Bein auf der Feuerleiter, das andere im Zimmer ihres Vaters. Bei diesem Sturm trug er Turnschuhe und einen komischen Polizistenmantel. »Seien Sie nicht schüchtern, Mr. Schneehose, kommen Sie rein«, sagte Marilyn mit der Decke im Schoß. Für einen Jungen im Fenster bedeckte sie sich nicht.

Blue Eyes kam auf Marilyns Ruf hin aus der Badewanne. Er hatte den Wein abgespült, den Marilyn auf ihn gegossen hatte. Durch Blut in einem Auge ließ er sich nicht täuschen: Er erkannte Philips Sohn von den Rundschreiben her, die Isaacs Leute ausgeteilt hatten. Doch was Rupert mit einem Löffel in der Faust tat, war ihm unverständlich. Coen hatte nichts an. Er spürte ein Frösteln an seinen Eiern. Rupert kletterte aus dem Fenster. Coen schnappte seine Hose und sein Hemd. Er hatte keine Zeit, sich die Schuhe zuzubinden. Marilyn zog an seinen Hemdzipfeln. »Manfred, was zum Teufel geht hier vor?«

Blue Eyes ließ seine Waffe im Bad; mit einem fünfzehnjährigen Banditen duellierte er sich nicht. Er mußte Marilyns Hand von seinem Rücken entfernen. »Das ist der Krieg deines Vaters«, sagte er. Er stand schon auf der Feuerleiter, ehe Marilyn sich wieder an ihm festhalten konnte. Der Wind bauschte sein Hemd. »Jesus«, sagte Coen. Die Feuerleiter schwankte wie ein Boot. Er spürte, daß sie von der Wand losreißen und auf die Straße krachen würde. Trotzdem folgte er Rupert nach oben. Das war kein Leichtsinn von Coen. Nichts konnte ihn von der Feuerleiter vertreiben. Er mußte Rupert schnappen.

»Blue Eyes«, murmelte Rupert auf der Leiter. Er hätte sich denken können, daß Isaacs Liebling ihm alles verderben würde. Er achtete nicht mehr auf die Sprossen und hüpfte gekrümmt weiter, packte mit den Händen, trat mit den Füßen. Er hatte es aufs Dach abgesehen. Seine Füße verhedderten sich in der Leiter, sein rechter Schuh klemmte sich unter der Seitenstange der Leiter ein, zwischen zwei Sprossen. »Verdammt noch mal«, sagte er und versuchte, seine Ferse aus dem Turnschuh zu befreien.

Die Leiter bebte unter Coens Gewicht und unter dem des Jungen. Blue Eyes mußte sich mit beiden Armen an die Leiter klammern, um das Gleichgewicht nicht zu verlieren. Er bewegte sich mit den krabbelnden Bewegungen eines Babys nach oben. Er wischte sich Schnee aus den Augenbrauen, um Ruperts Kampf mit der Leiter besser beobachten zu können. »Wart auf mich, Rupert.« Der Schnee dämpfte seine Stimme.

Ruperts Ferse war frei. Er ließ den Turnschuh in der Falle hängen und kletterte weiter. Mit dem nackten Fuß fand er keinen Halt auf der Leiter. Sie schlüpfte ihm davon. Er packte mit der Hand zu und griff neben die Sprosse über seinem Kopf. Er fühlte Schnee und Luft zwischen seinen Fingern. Er fiel. Seine Lippen formten keine Schreie. Keine bunten Träume verfolgten ihn, als sein Körper durch die Luft wirbelte. Er sah keine Esther vor sich, keine Marilyn, keinen Isaac. Er erinnerte sich an nichts als das Gesicht seines Vaters. Das Kinn, das sich von vierzig Schmerz-Jahren eingezogen hatte. Sein Mund öffnete sich. Er versuchte, »Papa« zu sagen.

Blue Eyes konnte Ruperts Sturz nicht aufhalten. Der Junge überschlug sich in immer größeren Bögen außerhalb von Coens Reichweite. Es war ein gefährlicher Wunsch: Coen hatte keine Stahlzangenarme, um einen stürzenden Körper aufzufangen. Ruperts Körper hätte ihn von der Leiter gerissen. Coen spürte den Aufprall in dem Schneehaufen in seinen Augenhöhlen. Sein Blick wurde leer. Das Beben setzte sich bis in seinen Körper fort. War er verrückt? Oder hatte sich der Junge bewegt? Eine Hand ragte aus einem Schneehaufen in die Luft. Rupert war nicht tot.

16

Die Frau mit dem Koffer murmelte im Korridor. Ärzte und Krankenschwestern sprangen ihr aus dem Weg. »Blue Eyes«, sagte sie. Marilyn war im Bellevue eingezogen. Sie stieg hinauf bis zur Häftlingsstation und kreischte die Metalltür an: »Manfred, komm raus.« Der Wächter hielt sie für wahnsinnig.

»Das ist Polizeisache hier, junge Frau. Da können Sie nicht rein.«

»Ich bin die Polizei«, sagte Marilyn.

Der Wächter brummelte etwas über Irre vor sich hin, die frei herumliefen. Er hieß Fred. »Ja, Sie sind von den Bullen, ich auch, und all die Bekloppten in dieser Abteilung tragen Dienstabzeichen an ihren Schlafanzügen.«

»Mein Vater ist Kommissar«, sagte sie. »Jetzt machen Sie schon auf.«

»Tun Sie mir einen Gefallen, Fräulein. Verschwinden Sie. Wissen Sie, wie wir Quälgeister loswerden? Wir stopfen sie in die Wäscheschleuder.«

»Mistkerl«, sagte Marilyn mit der Stimme ihres Vaters. »Haben Sie je von Isaac dem Reinen gehört?«

Der Wächter zweifelte langsam an sich selbst. »Was ist mit Isaac?«

»Ich bin seine einzige Tochter. Haben Sie verstanden? Bringen Sie mir Blue Eyes.«

»Blue Eyes? Warum haben Sie denn nicht gleich gesagt, daß Sie zu dem wollen?« Der Wächter meldete Marilyn über das Haustelefon an. Marilyn hörte das Klicken eines elektrischen Schlosses, und Blue Eyes kam aus der Tür. Der Wächter starrte die beiden an; sie sahen beide gleich beschissen aus: laufende Nasen und schwarze Ringe unter flackernden Augen. »Turteltauben«, argwöhnte der Wächter. »Verdammte Turteltauben.«

Coen nahm Marilyns Koffer und sprach mit dem Wächter. »Kümmer du dich um den Laden, Freddy. Ich bin gleich wieder da.« Dann ging er mit Marilyn in einen Abstellraum hinter dem Aufzugschacht. Zu dem Koffer äußerte er sich mit keinem Wort.

»Wenn ich hier mit dir erwischt werde, erwürgt man mich.«

»Wie sollen sie das bewerkstelligen? Du bist der Mann mit dem Revolver ... Manfred, komm mit mir.«

»Ich soll Stanley Chin bewachen. Isaac ruft jede halbe Stunde an. Er glaubt immer noch, daß Cowboy den Jungen schnappen will.«

»Bist du taub, Manfred? Ich gehe weg, und ich will, daß du mitkommst.«

»Ich bin ein Stadtkind, Marilyn«, sagte Coen mit schwerer Zunge. »Wochenenden in New Rochelle würden mich schaffen.«

»Herr im Himmel«, sagte sie, »stell dich nicht so blöd. Unten liegt Rupert mit gebrochenem Rücken. Er hat sich wegen Isaac beinah umgebracht.«

»Was hat er in deinem Fenster zu suchen? Ohne vernünftige Erklärung klettert man bei einem Schneesturm keine Feuertreppen hoch. Er hatte es auf dich abgesehen.«

»Natürlich hatte er es auf mich abgesehen. Mit einem Suppenlöffel.«

»Marilyn, er ist nicht zu dir gekommen, um hart gekochte Eier aufzuschlagen. Der nicht. Man kann jemandem mit weniger als einem Löffel die Kehle aufreißen.« Coen berührte die Metallkanten ihres Koffers. »Wohin gehst du?«

»So weit ich komme. Vielleicht nach Seattle. Vancouver. Muß ich dich bitten, Manfred? Er bringt dich dazu, jemanden zu töten, mein Vater, dieser Schuft. Oder er läßt dich töten. Für ihn ist das alles eins.«

Coen zuckte die Schultern. Er hatte eine Schramme in der Backe. »Ich bin nicht so scharf darauf, auszureißen. Was soll ich in Seattle? Ich würde die Schaben vermissen. Ohne die Straßen wäre ich ganz wirr im Kopf.«

Sie hätte ihn an der Nase packen können und ihn aus dem Bellevue entführen, aber sie spürte die Sinnlosigkeit einer solchen Handlung. Er konnte die Festung ihres Vaters nicht im Stich lassen. Er war der blauäugige Engel aus Isaacs Trupp. Sie stellte sich auf die Zehen, um ihn zu küssen, streichelte die blonden Haare auf seinem Hals, während ihre Zunge in seinem Mund spazierenging. Sie gab ihm keine Gelegenheit, den Kuß zu erwidern oder sie in die

Kammer zu drängen. Sie nahm ihm ihren Koffer fort und rannte den Korridor entlang. Sie war kein Mädchen, das langsame Abschiede duldete.

Coen horchte auf das Klappern ihrer Schuhe. Er fürchtete sich, ihr nachzusehen. Ein hüpfender Koffer brachte ihn um. Er liebte dieses magere Mädchen. Doch der Schneesturm hatte aufgehört, und sie konnten sich nicht mehr in Isaacs Bett verkriechen oder nach Seattle ziehen. Wie sollte er mit Isaacs Mädchen an der Hand Isaac davonlaufen?

Der Chef hatte sich vertraulich mit seinen Spionen besprochen: Zwei kleine Spieler von der zweiundneunzigsten Straße schworen bei den heiligen Gräbern ihrer Mütter, Zorro Guzmann werde an der Endstation in Port Authority auftauchen, um einen Schwung ausgerissener Mädchen aufzugabeln, die mit einem Bus aus Memphis kamen. Isaac hegte tiefes Mißtrauen gegen Spieler, die sich dahin verstiegen, bei einem Grab zu schwören, aber er konnte sich die Gelegenheit nicht entgehen lassen, Zorro mit zwölf- und dreizehnjähriger Beute zu erwischen. Also kauerte er sich auf eine Plattform über der großen Uhr mit den vier Gesichtern, von der aus er die Schalterhalle des Busbahnhofs überblicken konnte.

Er hielt sich eine Zeitung vors Gesicht und hatte ein Funkgerät unterm Gürtel, das ihm gestattete, Kontakt mit seinen Engeln aufzunehmen, die sich auf dem gesamten Busbahnhof rumtrieben, zum Teil in Frauenkleidern.

»Isaac, wir erwischen die Guzmanns mit runtergelassenen Hosen, du wirst es erleben«, sagte Newgate, der FBI-Mann. Er war als unparteiischer Beobachter mit Isaac gekommen und versuchte, den Männern von der Abteilung des First Dep ihre Techniken abzugucken. Ende Februar lief er mit einer Sonnenbrille rum und hielt sich ein Stück von Isaacs Zeitung vor den Mund. Er wirkte so schmierig wie ein weißer Sklavenhändler.

Das Funkgerät tickte in Isaacs Gürtel. Einer seiner Engel am Greyhound-Gepäckschalter in der Nähe des Ausgangs an der neunten Avenue war dran. »Isaac es geht los. Die beiden Gauner sind da. Zorro und sein Bruder.«

»Nicht so laut«, murmelte Isaac in seinen Gürtel.

»Sollen wir ihnen auf die Ohrenschützer pissen, Chef?«

»Nein, bleib, wo du bist.«

Zorro und Jorge Guzmann trotteten in Wollpullovern in die Haupthalle, von Isaacs Engeln gefolgt. Zorro war ohne seinen karierten Mantel und die schweinsledernen Schuhe gekommen. In Manhattan schienen Ohrenschützer seine Uniform zu sein. Newgate kicherte. »Denk dran, Isaac, wenn sie auch nur ein einziges Mädchen anfassen, das aus dem Bus aussteigt, gehören sie mir.«

Jorge blieb unter der großen Uhr stehen, während sein Bruder in eine Telefonzelle trat. Newgate lutschte an seinen Fingern. Zorro kam raus, und die Guzmanns setzten ihren Spaziergang fort. Sie sahen nicht zu der Plattform über ihren Köpfen auf. Sie ignorierten die Engel auf den Rolltreppen und die eigentümlichen Frauen mit Walkie-Talkies in ihren Einkaufstaschen. Sie lächelten nicht und machten sich auch nicht an ihren Ohrenschützern zu schaffen. Sie verließen den Busbahnhof ohne die Mädchen aus Tennessee.

Newgate war verdrossen. »Wie haben sie uns ausgemacht, Isaac? Wer hat ihnen einen Tip gegeben?«

Isaac eilte auf die Telefonzellen östlich der Uhr zu. Er fand einen kleinen Zettel in Zorros Zelle, auf dem stand: »Du kannst mich mal, Isaac.« Er schickte seine Engel wieder ins Präsidium. Jetzt mußte er den FBI-Mann abschütteln. »Ich besuche jetzt meine Mutter, Newgate. Bis später.«

Er fuhr mit einem Taxi quer durch die Stadt und ließ es eine Ecke vor Bellevue anhalten, neben der alten medizinischen Fakultät. Er bezahlte den Fahrer, stieg aus und stürzte sich auf ein Mädchen. Ihr Koffer sprang auf. Marilyn sammelte Unterhosen von der Straße auf. Isaac kam ihr nicht zu Hilfe.

»Du brauchst dir keine Sorgen zu machen, Papa. Ich werde Manfred nicht mehr lästig werden. Er gehört dir. Mein Gott, sind dir deine Sklaven ergeben. Er hatte die Wahl. Blue Eyes wollte sich nicht von der Stelle rühren. Isaac, du mußt die großartigste Hure von ganz New York sein.«

Marilyn kroch über ihre Unterhosen. Isaac mußte sie vom Boden aufheben. Als er sie festhielt, empfand er seine Scham. Er hatte

Marilyn und Coen manipuliert, sie trickreich zusammengeführt, während Rupert durch die Gegend streifte. Trotzdem ergab ihr Geplapper keinen Sinn. Er hatte Coen zurückgepfiffen, als Rupert unter Marilyns Fenster im Schnee lag, aber das qualifizierte ihn nicht als »großartige Hure« oder sonstwas. Isaac war auch nicht Manfred Coens Kuppler. Er trat gegen den Koffer mit den Strumpfhaltern und Hemdsärmeln, die auf den Boden baumelten. »Wo zum Teufel willst du damit hin?«

»Aus der Stadt raus«, sagte sie.

»Erzähl deinem Vater keinen Blödsinn. Du gehst jetzt sofort mit mir nach Hause. Ich binde dich dort an.«

»Ich weiß«, sagte sie. »Du machst Blintzen für Ida und mich.«

Sie rannte auf die medizinische Fakultät zu, den Koffer mit einem Arm an sich gedrückt. Isaac konnte das schwache Pumpen ihrer Knie nicht belächeln. Seine eigene magere Tochter versuchte, ihm zu entfliehen, in einem Hörsaal Schutz zu suchen. Erst als er sie an den Haaren zerrte, wurden ihre Knie langsamer. »Du verrücktes Weib, glaubst du, da gewährt man dir Asyl? Du lieferst dich der Gnade eines Haufens Schwachsinniger aus, die sich den ganzen Tag Leichen angeschaut haben. Die rollen dich mit einem Zuckerwürfel im Mund ins Leichenschauhaus, diese Abartigen.«

Ihre Augen traten aus den Schädelknochen hervor, und Isaac ließ sie los. Sie hatte diesen wahnsinnigen Blick ihrer Mutter, der sich durch nichts ablenken ließ; Kathleen war der einzige Mensch auf Erden, vor dem er sich fürchtete. Mutter und Tochter, sie wußten, wie man einem Mann das Fleisch unter dem Herzen einschnürt. »Baby«, sagte er, »hast du was?«

Sein Schnurren blieb wirkungslos. Sie zitterte unter ihrem Mantel. Angeschwollene Adern bildeten sich auf ihrer Stirn, lange, dicke Striemen, die das Gehirn eines Mädchens zerreißen konnten. Isaac gab ihr einen Schubs. »Du bist frei«, sagte er. Sie rührte sich nicht. Mit zwei Fingern strich er beruhigend über die Schwellungen in ihrem Gesicht. Sie trottete auf die zweite Avenue zu und verlor auf dem Weg eine Socke. Isaac bemerkte das Sonderbare an dieser Socke. Magenta war nicht Marilyns Farbe. Die Socke gehörte Coen.

Isaac ging zum Krankenhaus rüber. Er ging unter dem gewölbten Glasdach, das lagenweise Eis abschüttelte. Er betrat das Bellevue mit zwei nassen Ohren. Isaac konnte es sich nicht leisten, das Mädchen am Empfang zu schikanieren. Polizeichefs wurden ohne Besuchserlaubnis nicht in die Nähe von Ruperts Bett gelassen. Rupert stand unter der Obhut des Jugendgerichts von Manhattan; Isaac mußte seine Finger von einem Fünfzehnjährigen lassen. Er murmelte: »Rupert Weil.«

Das Mädchen hinter dem Schreibtisch sagte: »Tut mir leid. Sie können nicht zu ihm. Sein Fach mit den Passierscheinen ist leer. Er hat Besucher in seinem Zimmer.«

Isaac zog sein Abzeichen hervor. »Fräulein, ich bin ein Freund seines Vaters. Ein enger Freund. Deputy Chief Inspector Sidel. Glauben Sie, ich würde dem Jungen etwas antun? Fragen Sie Ihre Vorgesetzten. Ich komme zweimal wöchentlich ins Bellevue.«

Das Mädchen starrte die blaugoldnen Blätter an Isaacs Abzeichen an. Sie kritzelte ihm einen Passierschein aus. »Fünfzehn Minuten«, sagte sie. »Mehr gebe ich Ihnen nicht.«

Isaac schleppte sich nach oben. Er zeigte seinen Passierschein einem armseligen Sheriff vom Jugendgericht, der Rupert bewachte. An ihm wäre jedes Fliegengewicht vorbeigekommen. Es war ein Glück für das Jugendgericht, daß Isaac Stanley Chin hatte, sonst hätte das Krankenhaus Rupert und der Sheriff seine Hose verloren.

Isaac konnte Rupert von der Tür aus sehen. Die Halunken hatten ihn mumifiziert; er war an ein Brett gekleistert, mit Rollen an den Füßen. Der einzige Teil von ihm, der nicht bandagiert war, war ein unregelmäßiges Oval von den Augenbrauen bis zu dem Spalt unter seinen Lippen; auch die Ohren waren fast freigelassen worden. Seine Backen hatten ein Krankenhausgelb angenommen.

In Ruperts Augen lag keine ungesunde Mattigkeit; sie bohrten sich mit dem Heißhunger eines Jungen, den man mit einem geneigten Brett am Rücken nicht kleinkriegen konnte, in Isaac. Isaac mußte wegschauen. Man konnte sich Gehirnentzündung holen, wenn man einen Jungen anstarrte, der niemals blinzelte. Trotz seiner absoluten Bewegungsunfähigkeit hätte er Isaac mit der verhexenden Macht seiner Augen fertiggemacht. Der Chef respektierte eine solche Unversöhnlichkeit. Doch auf ein Blickgefecht mit Rupert ließ er sich nicht ein. Isaac konnte nicht gewinnen.

An der Tür schlug ihm ein Geruch entgegen, der ihn fast um den Verstand brachte; auf einem Stuhl häuften sich Karamellbonbons, schwarze Halva, in der Lollipops mit gespitzten Stielen steckten, gefärbtes Zuckerwasser in kleinen Wachsflaschen, die man mit den Zähnen durchbeißen mußte, aufgedunsene Marshmallows und weiße Schokolade. Diese Dinge mußten aus der Bronx angeliefert worden sein, aus dem Süßwarenladen der Guzmanns. Isaac knurrte den schlafenden Sheriff an.

»Hatten Ruperts Besucher Ohrenschützer auf ihren dummen Köpfen?«

Der Sheriff deutete mit einer schwachen Bewegung seines Kiefers ein eingeschüchtertes »Ja« an. Mit geballten Fäusten sprang Isaac in den Korridor. Zorro hatte das Krankenhaus betreten und wieder verlassen, ehe Isaac sich auch nur an der Nase kratzen konnte. Jorge hatte die Lollipops und die russische Halva hergebracht. Isaac kam mit leeren Taschen. Die Guzmanns waren zu primitiv, die harten, aufreibenden Stunden orthodoxer Polizeiarbeit zu unterlaufen. Aber sie konnten sich an Spionen und Funkgeräten vorbeischleichen und sich für Geheimagenten mit ausgestopften Büstenhaltern unsichtbar machen.

Immer noch schwer an den Guzmanns kauend, geriet Isaac zwischen Mordecai und Philip, und die drei jüdischen Musketiere der Seward Park High School waren nach Verlauf von siebenundzwanzig Jahren wieder vereint. Sie gingen linkisch miteinander um. Mordecai knetete seinen Hut zwischen den Knöcheln. Philip zog an dem Band unter seiner handgemalten Krawatte. Isaac kratzte mit einem Fingernagel das Funkgerät in seinem Gürtel. Mordecai, immer in der Mitte, einen Tick weniger ernst als die beiden Genies, sprach als erster.

»Isaac, ein Kriminalbeamter sollte sich ein wenig mit dem menschlichen Körper auskennen. Die Ärzte erzählten uns Geschichten von einem abgetrennten Nerv. Glaubst du, daß Rupert jemals wieder reden kann?«

»Mordecai«, sagte Philip, »ist Isaac ein Zauberer? Wie soll er das vorhersagen können?«

»Würdige Isaacs Talente nicht herab, Philip. Isaac beherrscht Voraussagen meisterlich. Hat er nicht prophezeit, wo meine Tochter war? Er hat Honey aus der Gosse geholt – allerdings ist das schon einen Monat her. Und dir hat er deinen Sohn zurückgegeben. Was macht es denn aus, ob Rupert mit drei Stöcken laufen muß? Er ist am Leben.«

»Mordecai«, sagte Philip, »es reicht.«

Konnte Isaac bei alten Freunden den Chef rauskehren? »Es tut mir leid, Philip. Es war ein verrückter Zufall. Ich schwöre dir, daß mein Detektiv ihn nicht von der Feuerleiter geworfen hat.«

Mordecai lachte Isaac ins Gesicht. »Coen? Der könnte nicht mal einen Säugling in eine Pfütze stoßen. Isaac, du hast bei der ganzen Sache deine Hand im Spiel gehabt. Du hast den Stoß von deinem miesen Präsidium aus gegeben.«

Philip sagte: »Halt den Mund.«

»Wieso? Hat er Ruperts Gesicht etwa nicht ans Anschlagbrett gehängt? Sie hätten ihn wie einen Hund auf der Straße abgeknallt. Isaac, ich verzeihe Rupert nicht, was er Sophie und anderen Leuten getan hat. Aber zwischen einem wahnsinnigen Jungen und einem Bullen mit Dreck in den Ohren besteht ein Unterschied.«

Philip zerrte Mordecai am Ärmel. »Isaac, wir müssen gehen.«

Sie schlurften den Korridor entlang; Mordecai taumelte gegen Philip. Isaac mußte laut rufen. »Philip, ich rufe dich an – morgen.«

Isaacs Schuhe gruben sich in das Linoleum des Bellevue. Er konnte jetzt nach unten zu seiner Mutter oder einen Stock höher zu Coen gehen. Seine Hosenaufschläge peitschten gegen die Wand, als sich Isaac für Blue Eyes und die Häftlingsabteilung entschied. Zu Sophie würde er sich am Nachmittag setzen. Jetzt brauchte er Coens Lächeln.

Der Wächter salutierte vor Isaac. Freddy brachte dem Chef Ehrfurcht entgegen. »Isaac, hast du eine Tochter mit hellbraunen Haaren? Sie hat sich furchtbar aufgeführt, aber ich konnte sie nicht reinlassen. Das ist gegen die Vorschrift.«

Selbst an einem Tag voller Guzmanns und Mordecais konnte

sich Isaac noch den Ruck geben, einen Wächter zu beschwichtigen. »Das hast du gut gemacht, Fred.«

Freddy ließ das Schloß für ihn aufklicken, und Isaac trat ein. Der Häftlingssaal war wie ausgebombt. Isaac hatte Kriegsgebiet betreten. Die Betten standen nach einer elend sinnlosen Anordnung herum. Unter einem lag ein Junkie; die Wände hatten gewaltige Risse und frische Schrammen; Isaac hätte seinen Ellbogen in den Putz stecken können. Coen war bei Stanley Chin.

Isaac wurde nicht begrüßt. Sie starrten ihn aus der Ferne ihres seichten Schlafes an. Isaac verspürte den Drang, ihnen Staub aus den Augen zu pusten. »Was geht hier vor, Manfred?«

Endlich lächelte Coen. Isaac erwartete mehr. Manfreds Wangen waren zu angespannt. Isaac wurde die Ursache klar: Der Junge war in Gedanken bei Marilyn.

»Isaac, soll ich Tee und Gebäck holen lassen?«

»Kein Gebäck«, sagte Isaac. »Wo ist das Damebrett?«

»Wir haben hier nur Schachspieler«, zischte Stanley den Chef an.

Isaac runzelte die Stirn. Wenn er mit Coen Bauern gezogen hätte, hätte es ihn an Feuerleitern und einen gewissen schwarzen Läufer erinnert. Er bemerkte die holprige Tischtennisplatte und die gelben Bälle. Er wollte Blue Eyes vor Stanley Chin herausfordern, Coen in Coens Spiel schlagen. Doch die beiden schläfrigen Gesichter erschütterten ihn. Isaac war eingeschüchtert. Er griff nicht nach den gelben Bällen.

Den Chef erwartete ein Geschenk in der Centre Street: eine Sonderausgabe des *Toad*. Auf dem Titelblatt prangte das Wort »MEUCHELMÖRDER« fett gedruckt, als Verfasser war Tony Brill angegeben. Brodsky und Isaacs Gummiknüppeltrupp konnten die Titelblätter nicht vor Isaac verbergen. Barneys Leute zogen in Schwärmen durch das Präsidium, vom Keller bis zur gigantischen Kuppel über den Räumen des PC und stopften den *Toad* in alle zugänglichen Ecken.

»Schund«, verkündete Brodsky, nachdem er Tony Brill gelesen hatte. Der *Toad* beschuldigte Isaac mit klumpiger Tinte in flammenden Rändern, eine »Todeskampagne« gegen Rupert Weil und die Kinder New Yorks aufzuziehen. »Wer ist der Nächste?« kreischte Tony Brill von der zweiten Seite. »Wie viele von uns werden ihre Söhne und Töchter dem gefräßigen Ungeheuer im Polizeipräsidium opfern müssen? Werden wir alle im Walfisch landen?«

»Alles Scheiße«, sagte Brodsky. »Isaac, soll ich ihm die Füße brechen?« Der Chauffeur bemerkte das Absurde seiner Drohung. An Tony Brill war jetzt nicht mehr ranzukommen. Im Präsidium verlautete, Tony Brill sei vom *Toad* zum *Time*-Magazin übergewechselt.

»Brodsky«, sagte Isaac, »scher dich zum Teufel. Ich habe zu tun.« Er ließ Brodsky die Tür schließen. Der Chef hatte etwas zu tun. Wenn er sich auf die Guzmanns konzentrierte, mußte er nicht an Marilyn denken. Daher plante er seinen nächsten Anschlag. Die Guzmanns waren gegen die meisten Schliche immun. Jorge hatte Fühler unter seinen Ohrenschützern, mit denen er eine Pistole unter Strumpfgürteln und Büstenhaltern schnüffeln konnte. Isaac würde keine gewöhnlichen Spione einsetzen. Er mußte einen Bullen einsetzen, bei dem niemand darauf kam. Wer würde in die Bronx gehen, um die schwarze Halva der Guzmanns zu vergiften? Brodsky? Coen? Cowboy Rosenblatt? Isaac war in der Klemme. Er hatte niemanden, den er schicken konnte. Marilyn kroch in das Land zwischen Isaacs Mauern. Er konnte sie nicht aus dem Raum verbannen.

Der Gummiknüppeltrupp stand vor Isaacs Tür. Die Jungen verfluchten Tony Brill und rissen Isaacs Bild aus den Titelseiten des *Toad*. »Psst«, sagte Brodsky. »Wollt ihr den Boß stören? Er denkt da drinnen.«

Marilyn saß im obersten Geschoß des Busbahnhofs Port Authority, an ihren Koffer gelehnt. Bis zum nächsten Bus an die Westküste mußte sie noch Stunden totschlagen. Sie hockte in einem abgelegenen Winkel mehrere hundert Meter von der Rolltreppe entfernt. Bei dem Gedanken an Gesellschaft, ob männlich oder weiblich, wurde ihr übel. Sie hätte ihre Eingeweide über die Wand verteilt, wenn sie jemandem ihre Flucht vor drei Ehemännern, Blintzen und ihrem Vater hätte erklären müssen. Sie wollte nicht »Isaac« sagen.

Ein Kerl in Büffellederimitation entdeckte Marilyn auf seiner vierten Runde durch den Busbahnhof. Er nannte sich Henry. Marilyns bestrumpfte Beine machten ihn nicht an. Henry interessierte sich für ihren Koffer. Heute morgen hatte er eine Polaroid erwischt und einen Seidenschirm; mit Marilyns Zeug konnte er seinen Juden an der siebenunddreißigsten Straße aufsuchen und einen Zwanziger kassieren. Er hatte sich in einen Hut in Ohrbachs Fenster verliebt.

»Hallo, Süße«, sagte er und setzte sich neben den Koffer. Marilyns finsterer Blick schreckte ihn nicht ab. Henry fragte sich, ob das Mädchen eine Professionelle war. Wer sonst hätte sich mit einem Fuß in der Luft auf einen Balkon gesetzt? Nur eine Hure. Sie hatte anbetungswürdige Knie, ein kräftiges irisches Gesicht und beträchtliche Beulen unter dem Mantel, wo ihre Titten anzusiedeln waren. Das Weib gehörte jemandem. Angenommen, es war Zorro, der Spanier aus der Bronx, der die Zuhälterrechte an allen Busbahnhöfen New Yorks besaß. Das konnte Henry den Kragen kosten. Die Guzmanns waren unmenschlich. Sie kamen aus einem Wald in Peru. Wenn man sich an ihren Frauen zu schaffen machte, bissen sie einem die Nase ab und ließen Teile von einem in einem Papierkorb zurück. Dieses Risiko mußte Henry eingehen.

Erst wollte er die Lage auskundschaften. »Bist du eine Freundin von Zorro, Schätzchen?« Die Hure antwortete nicht. »Gehörst du zur Handelsware der Guzmanns?« Henry fühlte sich jetzt sicherer. Er schnappte den Koffer und rief: »Tschüß, Puppe«, und rannte auf die Treppe zu, weil die verdammten Rolltreppen zu weit weg waren.

Marilyn blieb auf der Bank sitzen, ohne »Haltet den Dieb« zu schreien. So sehr hing sie nicht an einem Stapel Unterhosen. Wenn der Bus in Chicago hielt, würde sie sich neue kaufen. Jetzt konnte sie unbelastet mit einer Zahnbürste in der Tasche reisen. Sie nickte ein.

Im Traum sah sie einen Anzug aus Büffelleder, einen Dieb mit baumelnden Beinen. Sie brauchte sich nicht in die Wangen zu kneifen. Der Koffer stand neben ihren Zehen. Ein Mann zerrte Henry am Nacken seines unechten Büffelkragens. Blue Eyes.

Wenn dieser Dieb nicht dabeigewesen wäre, hätte sie ihn im Überschwang ihrer Gefühle erwürgen können. Sie glaubte sterben zu müssen, wenn sie ihn nicht sofort hinter den Ohren leckte.

Coen benahm sich blöd. »Marilyn, ich hab mich aus dem Bellevue fortgeschlichen. Ich habe vierzig Minuten Zeit. Stanley deckt mich. Ich habe mir gedacht, daß du hier bist. Aber ohne diesen Gauner hätte ich niemals zu dir gefunden. Mir ist aufgefallen, was er in der Hand trug.«

»Manfred, es gibt Millionen von Koffern, die genauso aussehen wie meiner.«

»Das stimmt. Aber aus wie vielen davon baumeln seitlich lila Unterhosen raus?«

Sie lachten, während Henry einen steifen Hals bekam. Er hielt Coen für einen Gorilla, der für Zorro arbeitete. Er drückte seine Finger gegen die Brust und betete. Er hatte gehört, daß die Guzmanns trotz Peru religiöse Leute waren. Würden sie ihm einen Priester schicken, ehe sie ihm die Haut vom Gesicht zogen?

»Soll ich ihn laufenlassen, Marilyn? Schließlich hat er mich zu dir geführt. Wenn ich ihn festnehme, haben wir auch keine Zeit mehr für uns.«

Marilyn war nicht nachtragend. Sie küßte Henry auf die Stirn und dankte ihm, weil er Coen zu ihr geführt hatte. Henry brachte ein Viertel von einem Lächeln zustande. Dann galoppierte er auf die Rolltreppen zu. Nach Coen traute er der Treppe nicht mehr.

Marilyn fummelte an Blue Eyes herum, ihre Arme in seinem Kamelhaarmantel, und ihre Zähne hieben sich in seinen Kiefer. Der Bulle konnte nicht widerstehen. Er hatte den größten Teil ihrer Bluse in der Hand. Marilyn schleuderte ihre Schuhe weg und wand sich aus ihrem Rock. Sie hätte Coen mit sich auf die Bank gerissen, aber der Bulle traute sich nicht. »Marilyn, hier laufen Detektive rum. Sie könnten uns bei Isaac verpetzen.«

»Wer macht sich was aus Petzen?«

Coen erspähte etwa sechs Meter hinter Marilyn eine Nische. Es war der Eingang zu einer Toilette, die nicht mehr in Benutzung war. Er hob ihren Rock, ihre Bluse und ihren Koffer auf. Marilyn trug ihre Schuhe. Die Nische war eng, und sie konnten sich nirgends hinlegen. Marilyn lehnte sich an eine dreckige Wand. Coen fiel die Hose auf die Knie. Ihre Bäuche trafen sich unter den Mänteln. »Blue Eyes«, sagte sie. Bald wurde ihr Murmeln undeutlich.

An sein kippbares Krankenhausbett mit den Rädern gebunden, starrte Rupert seinen Vater und Mordecai, die beiden schäbigen Prinzen der Essex Street an. Er konnte nicht »Papa« sagen und auch Mordecai nicht begrüßen. Beim Sturz von Isaacs Feuerleiter war er auf dem Genick gelandet und hatte seine Redefähigkeit verloren. Er war den Worten seines Vaters gegenüber nicht taub, aber Mordecai fiel Philip ständig ins Wort.

»Hör uns zu, Rupert. Kein Scheißbulle kann mehr in dein Zimmer kommen. Draußen steht ein Wächter mit einer Waffe. Wenn das nicht reicht, werden ich und dein Vater bei dir sitzen bleiben. Nächstes Mal halten wir Isaac auf. Rupert, magst du Orangensaft? Du mußt nur mit dem Kinn nicken.«

Ruperts Kinn war in dicke Gazewickel gehüllt. Eine Krankenschwester hatte ihm den Schädel rasiert und ihn in dreißig Meter Verband gewickelt.

»Schwachkopf«, sagte Philip. »Wie soll er uns bedeuten, daß er Saft will?«

Die Prinzen fingen an, sich zu zanken. Sie wurden von Krankenschwestern vor die Tür gesetzt. Mordecai kratzte sich am Knie. Rupert sah auf die krummen Linien, die der Rücken seines Vaters bildete. Bonbonstreifen auf einem Zwanzig-Dollar-Hemd konnten die Knoten unter Philips Schulterblatt nicht verbergen. Rupert schrie innerlich auf. Tschüß, Papa. Tschüß, Mordecai. Er würde diese beiden Männer bemuttern müssen. Sie hatten graue Büschel hinter den Ohren: Bis jetzt war keiner von beiden Großvater. Mordecai ging mit gebeugten Knien. Philip hatte einen krummen Hals von den Jahren, die er damit vergeudet hatte, sich in die Essex Street zu kauern. Er würde seinen Vater aus Isaacs Einflußbereich fortholen. In Ruperts Krankenhausboot würden sie auf den Strömen der dritten Avenue fahren. Sie würden sich an einem anderen Ende des Stadtteils niederlassen – ohne ein paar Meter Manhattan würde Philip eingehen. Sie würden Mordecai zu sich holen. Zu dritt würden sie gegen die Zuhälter antreten, die Honey gefangenhielten. Dann würde Rupert auf seinem geräderten Bett nach oben fahren und Stanley Chin aus der Häftlingsstation rausholen. Die Bullen würden nach dem großen jüdischen Tier schreien. Daraus würde sich Rupert nichts machen. Jenseits der Delancey Street existierte kein Isaac.

Ruperts Seligkeit ließ nach. Wie konnte er Esther aus der Erde ziehen? Lehm in den Ohren würde sie nicht zum Leben erwecken. Seine Lenden waren gewitzter als kilometerlange Verbände. Bellevue, Isaac und das Mumientuch, in das sie ihn gewickelt hatten, konnten den Durchbruch seiner Erektion nicht aufhalten. Sie trieb sich durch die Gaze. Er weinte ohne eine Spur von Tränen in den Augen. Es waren nicht die spröden Tränen eines Trauernden. Sein Verlangen nach Esther ließ sich nicht von der Nadel eines Arztes stillen, nicht von Zucker in den Adern.

Von Zeit zu Zeit tauchte ein Assistenzarzt auf und wunderte sich über den kaputten Jungen und seine Erektion. Die Schwestern konnten die Ausbuchtung in der Gaze sehen. Sie standen kichernd zusammen. »Praktisch bewußtlos, und er kriegt ihn hoch.« Hinter seinen unbeweglichen Backen hätte Rupert sie anknurren mögen. Wo ist Mordecai? Wo ist mein Papa? Und als sie ihn umdrehten, ihm auf die Schenkel schlugen, um die Möglichkeit von Spermaflecken zu verringern, zischte Rupert durch die Nase. Meine Damen, ein Lollipop ist nicht kleinzukriegen.

Die Tür ging auf. Er erwartete Krankenpfleger in schmutzig grünen Mänteln, die die Schläuche und Bettpfannen auswechselten. Er sah Gipsfäuste in einem Rollstuhl und einen Bullen mit traurigem Gesicht. Es waren Blue Eyes und Stanley Chin. Rupert lächelte, ohne seine Lippen zu lockern. Der Bulle war zurückhaltend. Er näherte sich nicht dem Bett. »Sag es ihm«, flehte Stanley. Coen ließ einen Arm hinter dem Rollstuhl baumeln. »Wollte dich nicht jagen im Sturm – du hättest nicht aufs Dach klettern sollen... Der Chef hat eine teuflische Feuerleiter. Es tut mir leid, Rupert.«

Der Bulle schwieg wieder. Rupert mußte nicht allzu genau hinschauen. Für Blue Eyes war der Sturm noch nicht vorbei; Farbsprenkel explodierten um Coens enorme Pupillen. Wo ist Lady Marilyn? Coen war so traurig wie Mordecai. Mumifiziert, an ein Brett gefesselt, war er froh, kein Blut aus Marilyns Hals gelöffelt zu haben. Coen konnte ihre Küsse brauchen.

Nachwort

Blue Eyes und der König der Barbiere

In der Mitte des Jahres 1973 war ich völlig im Sumpf eines neuen Romans versunken, in so einem Dinosaurier von Buch über einen König der Barbiere in der Republik Andorra – da entdeckte ich ganz plötzlich Ross MacDonald. Ich war meine eigenen Mythologisierungen leid und wollte einfach etwas Simples zum Lesen. Einen Krimi, warum nicht. Ich hatte zufällig irgendwo den »Fall Galton« aufgetrieben, und er befriedigte mich von der ersten bis zur letzten Zeile in seiner ruhigen und neutralen Tonlage.

Ich bewunderte sofort die Bauweise dieses Buches – es war gemacht, als würde Ross MacDonald den Körper entkleiden, um darunter das Skelett zu finden. Nichts war überzeichnet: Landschaft, Sprache und Charaktere – alles klar und aufs Nötige reduziert. Aber dies war kein Zufall, der etwa durch Einfalt zustandegekommen sein könnte. Es war Frucht von MacDonalds ganz besonderem Talent, dieses »wilde Mauern, das Aneinanderfügen von Einzelheit auf Einzelheit, um eine Struktur zu bilden.«

Wildes Mauern. Das ist der Kern von MacDonalds Arbeit: traurige und seltsame Geschichten, die sich in engen geschlossenen Räumen bewegen. Der verlorene Sohn, der einer brutalen und mörderischen Vergangenheit entstammt, der sich als jugendlicher Hochstapler entpuppt, dessen Identität sich selbst einer Mordtat verdankt. Und mitten in dieser großen Suche steht Lew Archer, MacDonalds Detektiv-Erzähler, der weder Phil Marlowe noch Nick Charles ist, sondern eine Art Todesengel, der Beobachter mit den unverfälschten Gefühlen, der nur einen Bruchteil seiner Persönlichkeit in den Text investiert. Ein größerer Teil von ihm ist immer irgendwo anders. Oder, wie MacDonald selbst sagt: »Genaugenommen ist mein Erzähler Lew Archer nicht der Hauptgegenstand meines Interesses oder die Figur, an deren Schicksal ich den meisten Anteil nehmen würde. Er ist die vorsätzlich verengte Version des schreibenden Ichs, so verengt, daß die Figur fast völlig verschwindet, wenn sie sich vom Geschehen abwendet.«

Dieser verengte Blickwinkel erlaubt Ross MacDonald sowohl eine Landschaft wie auch Vergangenheit ohne die leiseste Sentimentalität zu beschreiben. MacDonald ist in der Lage, ganz beiläufig zu morden, während der Roman uns einlullt.

Ich jedenfalls kehrte zu meinem Dinosaurierroman zurück, *King Jude*. Die Angelegenheiten in Andorra waren weiterhin in einem grauenhaften Zustand. Und ich fand für meinen König der Barbiere einfach keinen Weg. Ich konnte ihn in keine Erzählweise pressen, die irgendeinen Sinn ergab. Weil ich ihn aber nicht völlig aufgeben wollte, meinen König der Barbiere, beschloß ich, einen Krimi zu schreiben und Jude, den Barbier, in meinem Kopf weiter schmoren zu lassen. Aber ich hatte überhaupt nicht Ross MacDonalds einlullenden Stil. Meine Schreibweise war kratzig und tückisch wie eine Schlange. Ich konnte mit meiner Prosa keinen Körper entkleiden. Und ich liebte Kalifornien nicht so wie MacDonald. Ich hatte drei Jahre in Kalifornien gelebt. Für mich war es kein mythisches Land geworden. Alles, woran ich mich erinnerte, waren Felsen und Redwoodbäume. Ich mußte mir einen eigenen Detektiv-Helden erfinden und ihn nach New York rüberholen.

Ich war immer Bodybuilder- und Ping Pong Fan. Mein Gespür für die Unterwelt hatte ich in Billardhallen und bei Straßenbanden in der Bronx erworben. Ich war im Alter von zwölf Jahren so was wie ein Mini-Schutzgelderpresser, aber ich wuchs aus dieser Angewohnheit raus und lernte unregelmäßige französische Verben an der High School für Musik und Kunst. Was zum Teufel konnte ich über Kriminalität schreiben? Ich hätte natürlich in Bibliotheken und Archive gehen können und mir Dossiers über die bemerkenswertesten Diebe von Manhattan und der Bronx ansehen können, aber ich wollte keinen Krimi haben, der nach staubigen Akten roch. Also verließ ich mich auf ein kleines bißchen Glück. Ich hatte einen Bruder, der in der Mordkommission war. Ich machte mich auf in die Wildnis von Brooklyn, wo er arbeitete. Ich setzte mich mit Harvey Charyn in seine Polizeistation in der Nähe des Strandes. Ich sah mir die Zellen an, wo die bösen Jungs über Nacht verwahrt wurden, ich besuchte die Hinterzimmer, wo die Cops schlafen konnten, wenn sie sich nach der Mitternachtstour ein bißchen aufs Ohr hauen wollten. Ich war eben Harveys kleiner Bruder, der Tintenkuli und die Mädchen vom Polizeifunk flirteten mit mir. Ich traf einen Detektiv, dessen Ohr in einer Straßenschlägerei abgebissen worden war, einen zweiten, der seine sämtlichen Frauen mit Prahlerei vergrault hatte, und einen dritten, dessen Gesicht in einem paranoischen Tick zuckte, der aber ein ausgezeichneter Schütze war, wenn es darauf ankam.

Mein Bruder fuhr mit mir zum Leichenschauhaus, als ich mir wegen des Romans tote Körper ansehen wollte. Der Aufsichtsbeamte führte Harvey und mich herum. Die ganzen toten Männer sahen wie Indianer aus. Ihre Haut war wie Baumrinde geworden. Ich ging ein paar Meter von den aufgebahrten Leichnamen weg und gab vor, ein paar weitere in den Kühlregalen ansehen zu wollen. Harvey dagegen lutschte hektisch Pfefferminzbonbons und schien blaß um die Nase. Ich war bloß ein lausiger Voyeur im Haus des Todes.

Aber ich hatte den Anfang einer Geschichte des Verbrechens: die traurige Auslese von einigen Detektiven der Brooklyner Mordkommission. Ich fuhr mit ihnen in ihren Zivilfahrzeugen herum und hörte ihrem Haß auf die Straße zu. Sie waren nicht so sehr die Krieger, für die ich sie gehalten hatte: Sie waren wie städtische Angestellte mit einer Kanone, fixiert auf den Tag ihrer Pensionierung. Und weil ich zusammen mit meinem Bruder aufgewachsen war, seine schulterbetonten T-Shirts vor mir sah, seine Sehnsucht, Mr. America zu werden, schien er mir der traurigste von allen zu sein. Er war derjenige, der zuhause die Bücher gelesen hatte, und ich war derjenige, der Schriftsteller geworden war. Er war der Künstler der Familie, aber ich war auf der High School für Musik und Kunst und nicht Harvey. Irgendwie hatte ich den Platz meines Bruders eingenommen, irgendwann hatte ich ihn aus dem Weg geboxt. Ich saß und kritzelte in der Universität herum, und er mußte Leichen anstarren. Er erzählte mir von einem abtrünnigen Rabbi, der einen Monat lang verwesend in seiner Badewanne gelegen hatte, oder einer Vierzehnjährigen, die von einer Truppe Zuhälter zu Tode getrampelt wurde, weil sie zufällig in ihrem Revier ihre Wehen bekommen hatte, oder dem Opfer eines Bandenkrieges, dessen Arme in New Jersey gefunden wurden, während seine Beine schon bei einem Kartoffelbauern in Long Island begraben waren. Der Torso des Jungen wurde nie gefunden.

Ich sah mir das Gesicht meines Bruders genau an, als er mir das erzählte. Er gab nur die einfachen Tatsachen seines Detektivlebens weiter. Ich kam mir wie ein Monster vor, das sich von seinen Todeslisten ernährte. Und so begann ich meinen Roman über einen blauäugigen Detektiv, Manfred Coen. Seine blauen Augen waren ein seltsames Amalgam von Harvey und mir, zwei braunäugigen Jungen. Coen war ein Ping Pong-Narr, wie ich es gewesen war. Und obwohl Coen nicht Harveys Farben trug, so hatte er doch die traurige und zarte Art meines Bruders, einem Wanderer durch Manhattan und die Bronx, der von Leichen träumte, wie es Harvey tat. Ich gab Blue Eyes einen Mentor bei, Isaac Sidel, ein großes Tier im Polizeihauptquartier, der Coen zuerst aufbaut und später für seinen Tod verantwortlich ist. Isaac war der finstre Häuptling und Coen der blauäugige Engel, eine Art Billy Budd.

Einen guten Teil von *Blue Eyes* schrieb ich in Barcelona. Ich war sechsunddreißig Jahre alt und noch nie im Ausland gewesen. Ich war in Madrid gelandet und wollte buchstäblich jeden Balkon, der mir unter die Augen kam, verschlingen. Ich sah die Goyas im Untergeschoß des Prado und hatte das Gefühl, als sei mein eigenes Leben in den riesigen dunkelblutroten Leinwänden neu besetzt worden: Der Gigant, der seine Kinder verschlang, hätte in der Bronx geboren sein können. Ich ließ mich in Barcelona nieder und schrieb sechs Wochen lang.

Ich beendete *Blue Eyes* in New York und trug es zu meinem Agenten, Hy Cohen. Der schaute auf das Titelblatt und fragte: »Wer ist Joseph da Silva?«

Ich hatte beschlossen, nachdem ich sieben Romane als Jerome Charyn geschrieben hatte und alle in der Versenkung verschwunden waren, einen nom de guerre zu wählen. Ich hatte in *Blue Eyes* einen Stamm von marranischen Taschendieben erfunden, die sich die Guzmanns nannten. Isaac Sidel lag mit dem Stamm in Fehde und die Guzmanns wurden die Vollstrecker des Sturzes von Manfred Coen. Ich mochte Stämme, also nannte ich mich selbst *Joseph da Silva*, in der Hoffnung, seine Bücher würden sich besser verkaufen als Jerome Charyns.

Aber Hy Cohen überzeugte mich davon, bei Jerome zu bleiben. »Junge, du hast jetzt sieben Bücher veröffentlicht. Das ist doch eine ganz schöne Leistung. Wenn du jetzt mit da Silva anfängst, mußt du wieder ganz von vorn anfangen. Ein debutierender Autor ist eine noch viel bedrohtere Tierart als ein Autor von sieben Büchern. Die werden dich da draußen umbringen.«

Also veröffentlichte ich *Blue Eyes* ohne Pseudonym und ging wieder an die Arbeit von *King Jude*. Ich schrieb in Paris, London, Edinburgh und der Upper West Side von Manhattan daran herum. Der Roman verfettete zu tausend Seiten, und ich hatte immer noch keine Wohnung für meinen König der Barbiere gefunden. Während ich Seite auf Seite stapelte, schien mein Verstand heimlich an einem anderen Buch zu arbeiten. Ich war bekümmert über den Tod von Blue Eyes und wollte ihn unbedingt wiederbeleben. Also begann ich *Marilyn the Wild*, was Manfred Coen aus einer früheren Lebensperiode zurückbrachte. Isaac Sidel hatte eine Tochter, Marilyn, die sich dauernd verheiratete und wieder entheiratete und halb und halb in Coen verliebt war. Isaacs Ambivalenz gegenüber seinem blauäugigen Engel wurde mir immer klarer. Der alte Häuptling mißbilligte Marilyns Neigung zu Blue Eyes, obwohl er das für sich behielt. Er ist ein Feigling, wenn es um seine Tochter geht, und er will sich der wilden Marilyn auf keinen Fall entfremden. Man kann förmlich riechen, wie sich das Übel zusammenbraut. Isaac dreht halb durch wegen Marilyn, aber sie ist viel zu unabhängig für einen Hauptkommissar. Da er keine Möglichkeit sieht, sie zu beeinflussen, beeinflußt er eben Coen. Und indem er zuläßt, daß Coen getötet wird, strafte er Marilyn, Blue Eyes und sich selbst.

Ich konnte Coen nicht in Frieden ruhn lassen. Ich mußte also noch ein Buch schreiben, eines, das die Geschichte nach Coens

Tod weitererzählte. *Die Erziehung von Patrick Silver*, die von Isaacs ganz eigener Selbstkasteiung handelt. Isaac hat von den Guzmanns einen Bandwurm geerbt, der sich in ihm ausbreitet, als Coen gestorben ist. Er tappt mit diesem Wurm in ihm drin durch die Stadt und glaubt, Coen sei noch am Leben. Coens Tod hat ihn aus seinem kleinen Universum hinauskatapultiert und lastet als eine nicht abschüttelbare Qual auf ihm. Manfred und Marilyn waren die einzigen Verbindungsglieder zu einer Welt außerhalb der Polizei gewesen. Sie waren die Geschichte Isaacs. Jetzt frißt ihn der Wurm in seinem Inneren.

Ich hatte wirklich gehofft, damit die Geschichte beendet zu haben. Es gab schließlich noch meinen König der Barbiere, an den ich zu denken hatte. Aber die andorranische Erzählung blieb tot. Es war einfach eine Erfindung, die sich ohne persönliche Mythologie entwickelt hatte. Ich brachte großartige Pirouetten auf dem Papier zustande. Aber ich tanzte nur von Zeile zu Zeile, und ich sah nur eine langweilige Dekoration.

Ich ging also zu Isaac zurück und widmete ein Buch ausschließlich ihm: *Secret Isaac*. Das war die Geschichte von Isaac, nachdem er aus dem Stand der Gnade gefallen war. Je trauriger er wurde, desto mehr hatte er andererseits Erfolg. Der Wurm fraß ihn bei lebendigem Leibe, aber Isaac war nun Polizeichef von New York. Ein seltsamer Prozeß fand statt. Isaac wurde an sich selbst zum Kannibalen und ernährte sich von seinem eigenen Wurm. Er hatte den Dämon von Blue Eyes in sich hineingenommen. Er war zu Coen geworden und heulte sein eigenes Lied von Unschuld und Erfahrung.

Ich grübelte über einigen anderen Büchern, einer Balzacschen Serie von Abenteuern mit Isaac, wie er durch das Land zieht und die Vereinigten Staaten verschlingt. Welche Stadt würde zu ihm und seinem Bandwurm passen? Aber bislang habe ich es noch nicht zu Balzac gebracht. Wenn ich im Revier meines Bruders anrufe, sagt die Telefonistin »Ah, Sie sind Jerome, was macht Blue Eyes denn heute so?«

Ich bin in der Mordkommission von Brooklyn jetzt eine Berühmtheit. Die Captains und Lieutenants wollen gern, daß ich ihre

Geschichte schreibe. Ich bin nun ihr Chronist. Und Harvey? Er brummelt über die Komplikationen der letzten drei Isaac-Bücher. Er zieht die Reinheit von *Blue Eyes* vor. Manfred Coen kam aus der Bronx wie er und ich. Manfred Coen war auf der High School für Musik und Kunst. Ich war sicher, daß er sich an Coen als Gewichtheber erinnerte, aber Coen war viel zu sehr damit beschäftigt, Marilyn den Hof zu machen, als daß er dazu gekommen wäre, Gewichte zu stemmen. Blue Eyes hätte direkt aus Harveys Revier kommen können. Blue Eyes wäre einer seiner Jungs gewesen.

Aber ich betrachte Manfred Coen auch auf eine andere Weise. Blue Eyes war schon lange, bevor er getötet wurde, ein Geist. Sein Vater und seine Mutter hatten sich umgebracht, und Coen war eine Waise von »Musik und Kunst«, der irgendwie zwischen Marilyn und Isaac gefallen und nie mehr richtig aufgestanden war. Seine Anwesenheit, tot oder lebendig, schien die Kraft der vier Bücher auszumachen.

Isaac geht in seinem vierten Buch nach Irland und besucht Leopold Blooms Haus in der Eccles Street. Er ist ein Polizist, der James Joyce liebt, aber seine Pilgerreise gilt noch anderem als literarischen Schulden. Ist nicht Bloom der Vater, der Isaac immer gern gewesen wäre? Isaac hat sich mit Coen seinen eigenen Stephen Daedalus gemacht, aber er hatte ihm untaugliche Flügel gegeben. Er hatte Coen ›gemacht‹, und er hatte ihn zerstört und litt an den Wunden dieser Zerstörung. Aber warum hatte sich Coen überhaupt zu Isaac hingezogen gefühlt? Wollte er sich einen bleibenden Vater suchen, einen, der ihn nicht verlassen würde? Oder hatte er gewußt, daß alle Väter Zerstörer sind, die guten wie die bösen?

Was weiß ein Autor schon? Für mich sind diese vier Bücher auch eine umfangreiche Verwirrung über Väter und Söhne. Mein eigener Vater war ein Kürschner, der niemals sprach. Er grunzte irgendeine primitive Sprache, die sich mehr nach dem Schrei eines enttäuschten Wolfs anhörte als nach menschlichen Lauten. Aber ich hatte ja noch Harvey, der mir den Ruf des Wolfs interpretieren konnte. Er führte mich aus jeder Bronx-Wildnis wieder heraus, in die ich hineingeraten war. Er war mein Vater, mein älterer Bruder und sogar ein bißchen Mutter, obwohl er mich verriet, noch bevor ich zwölf geworden war, indem er mich vor den Augen seiner Freundin verprügelte. Er mußte sich über sein schulterbetontes T-Shirt Gedanken machen und konnte kein dürres Kind in seinem Schlepptau brauchen.

Und so war Isaacs Wurm für eine lange Zeit in mir schlafen gegangen. Er wuchs aus einem Spalt zwischen Harvey und mir, der mehr als dreißig Jahre alt war. Aber vergessen wir die Mordkommission von Brooklyn. Es bedürfte eines Sherlock Holmes, die Wurzeln jeder Fiktion bloßzulegen. Ich war zu Harvey gekommen, um Material für einen unkomplizierten Krimi zu sammeln, und es endete damit, daß ich vier Bücher über ihn und mich und einen sonderbaren Bandwurm schrieb.

Schließlich gab ich auch den König der Barbiere auf. Andorra war einfach nicht der magische Ort, an dem Jungens und Könige Heilung für sich selbst suchten. Ich hatte für Jude tausend Jahre Geschichte erfunden, eine Chronologie mit wundersamen Details angefüllt, aber sie waren eigentlich nur entstanden, um etwas anderes zu vermeiden, es mußte etwas verborgen werden. *King Jude* ist ein kaltes Buch. Eine Mythologie ohne Wurm.

Wahrscheinlich habe ich mich doch mehr auf Ross MacDonald gestützt, als ich mir selbst eingestehen wollte. MacDonald schaukelte im »Fall Galton« zurück in seine Vergangenheit und webt eine Erzählung um seine Wunde, das nagende Bewußtsein der illegitimen Geburt. Der kleine Hochstapler, der vorgibt, der verlorene Sohn von Antony Galton zu sein, hat eine unverkennbare Ähnlichkeit mit Ross MacDonalds eigenem Selbst, oder, sollte ich lieber sagen, mit Kenneth Millar, denn Ross MacDonald war nur Millars nom de guerre. »Meine Gedanken waren über Jahre von einem Jungen besetzt, den ich als die dunklere Seite meiner selbst aus Bruchstücken meiner Kindheitserinnerung hielt. Als er sechzehn war, hatte er schon in über fünfzig Häusern gelebt und in jedem die Sünden der Armut begangen. Ich konnte nie ohne Zorn und Schuldgefühl an ihn denken.«

Wie jeder Autor von Fiktion, ist auch Ross MacDonald ein »Erbschleicher, ein Absolvent des Armenhauses, der versucht, sich ins Schloß hineinzulügen«. Ich bin auch einer von diesen Erbschleichern, der hofft, mit Hilfe von Isaac Sidel und Manfred Coen ins Schloß zu kommen.

Jerome Charyn

JEROME CHARYN
BEI ROTBUCH

DER GUTE BULLE

Isaac Sidel, Supercop und Großstadtromantiker aus New York, befindet sich im Kriegszustand mit allen Mächtigen der Stadt, als er Margaret Tolstoy, den Schwarm seiner Kindertage wiedertrifft. Die alterslose femme fatale wird nicht nur von der Mafia, sondern auch von einem halben Dutzend Geheimdiensten gesucht.

»Das ist das New York der Gegenwart, besser als *Fegefeuer der Eitelkeiten*. Es ist eine absolut schwarze, bewegende Vision.«

James Elroy

Rotbuch Taschenbuch 64

PATRICK SILVER

Patrick Silver ist ein ethnisches Unikum. Ein hektoliterweise Guiness saufender irischer Jude, im Zivilberuf Synagogenwächter, aber im Moment angeheuert als Leibwächter von Jeronimo, dem geistesschwachen Benjamin einer sephardisch-marranischen Buchmachersippe. Jeronimo braucht einen Bodyguard, weil er gerade vom überlebensgroßen jüdischen Polizeicowboy der Lower East Side, Isaac Sidel, als der »Lippenstiftmörder« gesucht wird.

»Dieser Roman ist ein Meisterwerk voll Leben und voller Farben. Charyn hat den Bauch von New York untersucht.«

The New York Times

Rotbuch Taschenbuch 42

BLUE EYES

Durch das ethnische Dickicht der Lower East Side stapft Manfred Coen, der engelhafte, blauäugige Bulle. Er soll die Tochter des reichen Theatermäzen Vander Child aus den Klauen der marranischen Zuhälter- und Buchmachersippe Guzmann befreien, verfängt sich aber selbst in den Armen ihrer besten Luxushure und in den Netzen seiner eigenen Familiengeschichte, die eng mit dem Sippenoberhaupt Papa Guzmann verwoben ist.

»Eine Prosa wie Jazz.«

Nürnberger Zeitung.

KRIMIS NEU 1992
IM ROTBUCH TASCHENBUCH

Norbert Klugmann
FEUER UND FLAMINGO
Feuer ist 28 Jahre und Privatdetektiv. Flamingo hat rote Haare und dünne Waden. Beide ermitteln in Sachen Zucker. Eine Leiche in der Zuckerfabrik bringt die Aktionsgruppen *Bitterer Zucker*, das Konkurrenzunternehmen *Karies – nein danke* und die Sondereinheit der Polizei *Zuckerwürfel* auf den Plan ...
Rotbuch Taschenbuch 61

Elsa Lewin
SOLO FÜR KLARINETTE
In New York knallen drei alleingelassene Menschen in ihrer verzweifelten Suche nach dem letzten Zipfel Glück aufeinander. Ein Psychothriller der Spitzenklasse in der Tradition von Patricia Highsmith.
Rotbuch Taschenbuch 63

Jeremiah F. Healy III
GUTEN ABEND, GUTE NACHT
Der Fall ist glasklar: Eine reiche Collegestudentin liegt erschossen im Keller. Ihr schwarzer Freund hält die rauchende Kanone in der Hand und gesteht seine Schuld – in einer Selbsterfahrungs- und Therapiegruppe. Der Privatdetektiv John Cuddy weiß eigentlich nicht, was er da noch tun soll, aber er schuldet einem alten schwarzen Freund einen Gefallen.
Im Minenfeld der Liebe und des Hasses zwischen Schwarz und Weiß und Mann und Frau stößt John Cuddy auf einen kaltblütigen Mörder, der ein perfektes Verbrechen begangen hat und es immer wieder tun wird.
Rotbuch Taschenbuch 62

KRIMIS NEU 1992
IM ROTBUCH TASCHENBUCH

Tony Fennelly
DER HIPPIE IN DER WAND
Margo Fortier, angeheiratete Trägerin eines guten alten Namens in New Orleans und Gesellschaftskolumnistin, will endlich weg vom Klatsch und ran an die harten Reportagen. Ein über zwanzig Jahre altes Skelett wird in einem Wandschrank eines Stripper-Clubs auf der Bourbon Street gefunden. Der tote Hippie in der Wand gibt Margo die Chance zur großen Geschichte. Die Recherche führt sie allerdings tief in ihre eigene Vergangenheit als Stripperin *Cherry*. Margo, sexuell leistungsfähig, aber wider Willen untätig, findet dort einen Liebhaber, wo sie seit Jahren nicht mehr gesucht hat...
Rotbuch Taschenbuch 70

Lia Matera
STUDENTENFUTTER
Die studentische Chefredakteurin einer Rechtszeitschrift wird über Manuskripte gebeugt aufgefunden, erschlagen. Willa Jansson, die eigensinnige Tochter zweier alter Blumenkinder, erhält den Job und erbt den Ärger. So wird sie gleichzeitig Hauptverdächtige und möglicherweise das nächste *corpus delicti*. Tödliche Wissenschaft. »Für Willa Jansson ist der urbane Zynismus keine Pose, sondern Lebenserfahrung.« *Stuttgarter Zeitung*
Rotbuch Taschenbuch 68

Jean Vautrin
BLOODY MARY
Die Sozialbunkerstadt mit ihren Wohnwaben. Jeder in seiner Zelle. Lokomotive-Baba N'Doula, ein Air France-Export aus Mali, der sich wie eine Spinne an zwei Drahtseilen die Fassade rauf und runter hangelt und sich mit einem Fensterleder Einblick in die Wohnwürfel putzt. Jean-Y, ein Typ aus der Banlieue, der mit Granaten in der Tasche gegen die Gesellschaft Amok läuft. Und Sam Schneider, ein mieser Bulle, der seiner Liebe zu Recht und Ordnung nicht gerade kaltblütig Ausdruck verleiht, was auch an Bloody Mary, seiner Gattin, liegen mag.
Rotbuch Taschenbuch 67

WEITERE KRIMINALROMANE
IM ROTBUCH TASCHENBUCH

Yaak Karsunke
TOTER MANN
Rotbuch Taschenbuch 41

Wolfgang Kienast
ENDE EINER WEIHNACHTSFEIER
Rotbuch Taschenbuch 10

William Marshall
HONGKONG ROADSHOW
Rotbuch Taschenbuch 43

Lia Matera
FACELIFTING
Rotbuch Taschenbuch 39

Patrick Raynal
HALBMOND ÜBER NIZZA
Rotbuch Taschenbuch 24

Roger L. Simon
AUFERSTANDEN VON DEN TOTEN
Rotbuch Taschenbuch 47

Jan Stage
KAINS ALTERNATIVE
Rotbuch Taschenbuch 11

Jean Vautrin
BILLY-ZE-KICK
Rotbuch Taschenbuch 48